U0135026

封面題字・王鳳嶠

南懷瑾先生著

中國文化泛言

（原名：序集）

老古文化事業公司

再版說明

本書原名「序集」，收集了南懷瑾先生多年來為各書所寫的序。現於再版之際，更切合實際，按其內容，更名為「中國文化泛言」，並予分門別類，重新編排，俾讀者檢閱方便，對同一問題，不必翻閱全書，即可獲得更為寬廣、深入之瞭解；同時亦增加中國醫藥學術與道家之關係等篇，以充實其內容，增加其廣度，較之原書有所不足者。

本書內容廣泛論多，若能細心讀之，無論於儒、釋、道各家學說，乃至中西文化、社會發展、歷史經驗等，咸能擷要勾玄，舉其綱領，撮其法要，畢諸讀此一書，於諸家學說，非獨可窺全豹，且有登泰山而小天下之感，所謂綱舉目張，條貫井然，躍然在目矣。

辛未年一九九一年九月

編輯部謹識

目錄

儒家之部

易經之部

道家之部

經義之部

禪宗之部

密宗之部

健身之部

歷史之部

其他

儒家之部

孔學新語自序

髫年入學，初課四書；壯歲窮經，終慙三學。雖遊心於佛道，探性命之眞如；猶輸志於宏儒，樂治平之實際。況干戈擾攘，河山之面目全非，世變頻仍，文教之精神隳裂。默言遯晦，滅跡何難。衆苦煎熬，離羣非計。故當夜闌晝午，每與二三子溫故而知新。疑古證今，時感二十篇入奴而出主。講述積久，筆記盈篇。朋輩咐囑災梨，自愧見囿窺管。好在宮牆外望，明堂揖讓兩廡。徑道異行，雲輦留連一乘。六篇先講，相期欲盡全文。半部可安，會意何妨片羽。磚陳玉見，同揚洙泗之傳薪。諷頌雅言，一任尼山之拄杖。是爲序。

（民國五十一年（一九六二）孔聖誕辰，台北）

孔學新語發凡

我們作爲現代的一個人，既有很沉痛的悲慘遭遇，也有難逢難遇的幸運；使我們生當歷史文化空前巨變的潮流中，身當其衝的要負起開繼的責任。但是目前所遭遇的種種危難，除了個人身受其苦以外，並不足可怕。眼見我們歷史傳統的文化思想快要滅絕了，那才是値得震驚和悲哀的事！自從五四運動的先後時期，先我們一輩而老去了的青年們，爲了尋求救國之路，不惜削足適履，大喊其打倒孔家店。雖然人之將死，其言也善，有些人到了晚年，轉而講述儒家的思想，重新提倡孔孟之學，用求內心的悔意，可是已形成了的風氣，大有排山倒海之勢，根本已無能爲力了！

其實，孔家店在四十年前的那個時代，是否應該打倒，平心而論，實在很有問題，也不能盡將責任推向那些大打出手的人物。原因是孔家店開得太久了，經過二千多年的陳腐濫敗，許多好東西，都被前古那些店員們弄得霉濫不堪，還要硬說它是好東西，叫大家買來吃，這也是很不合理的事。可是在我們的文化裏，原有悠久歷史性的老牌寶號，要把它洗刷革新一番，本是應該的事，若隨便把它打倒，那就萬不可以。這是什麼原因呢？我有一個簡單的譬喻：我們那個老牌寶號的孔家店，他向來是出售米麥五穀等的糧食店，除非你成了仙佛，否則如果我們不吃五穀米糧，就要沒命了！固然麵包牛排也一樣可以吃飽，但是它到底太稀鬆，不能長日充饑，而且我們也買不起，甚至不客氣的說：還吃得不太習慣，常常會患消化不良的毛病。至於說時令不對，新穀已經登場，我們要把本店裏的陳霉濫貨倒掉，添買新米，那是絕對可以的事。

因此，就可瞭解孔家店被人打倒是不無原因的：

第一、所講的義理不對。第二、內容的講法不合科學。我們舉幾個例子來說：(1)「三年無改於父之道，可謂孝矣。」幾千年來，都把它解釋做父母死了，三年以後，還沒有改變了父母的舊道路，這樣才叫做孝子。那麼，問題就來了，如果男盜女娼，他的子女豈不也要實行其舊業三年嗎？(2)「無友不如己者。」又解釋做交朋友都要交比自己好的，不要交不如自己的人。如果大家都如此，豈不是勢利待人嗎？其實，幾千年來，大家都把這些話解錯了，把孔子冤枉得太苦了！所以我現在就不怕挨罵，替他講個明白，爲孔子伸冤。這些毛病出在那裏呢？古人和今人一樣，都是把論語當做一節一節的格言句讀，沒有看出它是實實在在首尾連貫的關係，而且每篇都不可以分割，每節都不可以支解。他們的錯誤，都錯在斷章取義，使整個義理支離破碎了。本來二十篇論語，都已經孔門弟子的悉心編排，都是首尾一貫，條理井然，是一篇完整的文章。因此，大家所講的第二個問題，認爲它沒有體系，不合科學分類的編排，也是很大的誤解。

爲什麼古人會忽略這一點，一直就誤解內容，錯了二千多年呢？這也有個原因：因爲自漢代獨尊儒學以後，士大夫們「學成文武藝，貨與帝王家。」的思想，唯一的批發廠家，只有孔家一門，人云亦云，誰也不敢獨具異見，否則，不但紗帽兒戴不上，甚至，被士大夫所指責，被社會所唾棄，乃至把戴紗帽的傢伙也會玩掉，所以誰都不敢推翻舊說，爲孔子伸寃啊！再加以到了明代以後科擧考試，必以四書的章句爲題，而四書的義解，又必宗朱熹的爲是。於是先賢有錯，大家就將錯就錯，一直就錯到現在，眞是寃上加錯！

現在，我們的看法，不但是二十篇論語，每篇都條理井然，脈絡一貫。而且二十篇的編排，都是首尾呼應，等於一篇天衣無縫的好文章。如果要確切瞭解我們歷史傳統文化的思想精神，必須先要瞭解儒家孔孟之學，和硏究孔子學術思想的體系，然後才能觸類旁通，自然會把它融和起來了。至於內容方面，歷來的講解，錯誤之處，屢見不鮮，也須一一加以明辨淸楚，使大家能認識孔子之所以被尊爲聖人，的確是有其偉大的道理。如果認爲我是大膽得狂妄，居然敢推翻幾千年來的舊說，那我也只好引用孟子說的：「予豈好辯哉！予不得已也！」何況我的發現，也正因爲有歷代先賢的啓發，加以力學、思辨和體驗，才敢如此做爲，開創新說。其次，更要鄭重聲明，我不敢如宋明理學家們的無聊，明明是因佛道兩家的啓發，才對儒學有所發揮，卻爲了士大夫社會的地位，反而大罵佛老。我呢？假如這些見解確是對的，事實上，也只是因爲我在多年學佛，才悟出其中的道理。爲了深感世變的可怕，再不重整孔家店，大家精神上遭遇的危難，恐怕還會有更大的悲哀！所以我才講述二十年前的一得之見，貢獻於諸位後起之秀。希望大家能秉宋代大儒張橫渠先生的目標：「爲天地立心，爲生民立命，爲往聖繼絕學，爲萬世開太平。」爲今後我們的文化和歷史，承擔起更重大的責任。我既不想入孔廟吃冷豬頭，更不敢自己杜塞學問的根源。

其次，我們要瞭解傳統文化，首先必須要瞭解儒家的學術思想。要講儒家的思想，首先便要研究孔孟的學術。要講孔子的思想學術，必須先要瞭解論語。論語是記載孔子的生平講學、和門弟子們言行的一部書。它雖然像語錄一樣用簡單的文字，記載那些教條式的名言懿行，但都是經過門弟子們的悉心編排，自有它的體系條貫的。自唐以後，經過名儒們的圈點，沿習成風，大家便認爲論語的章節，就是這種支支節節的形式，隨便排列，誰也不敢跳出這傳統的範圍，重新加以註釋，所以就墨守成規，弄得問題叢生了！這種原因，雖然是學者因襲成見，困於師承之所致。但是，最大的責任，還是由於漢、宋諸儒的思想壟斷，以致貽誤至今！

我們傳統的歷史文化，自秦漢統一以後，儒家的學術思想，已經獨尊天下，生當漢代的大儒們，正當經過戰國與秦漢的大變亂之後，文化學術，支離破碎，亟須重加整理。於是漢儒們便極力注重考據、訓詁、疏釋等的工作，這種學術的風氣，就成爲漢代儒家學者特有樸實的風格，這就是有名的漢學。現在外國人把研究中國文化的學問也統名叫做漢學，這是大有問題的，我們自己要把這個名詞所代表的不同意義分清楚。唐代儒者的學風，大體還是因襲漢學，對於章句、訓詁、名物等類，更加詳證，但對義理並無特別的創見。到了宋代以後，便有理學家的儒者興起，自謂直承孔孟以後的心傳，大講其心性微妙的義理，這就是宋儒的理學。與漢儒們只講訓詁、疏釋的學問，又別有一番面目。從此儒學從漢學的範疇脫穎而出，一直誤認講義理之學便是儒家的主旨，相沿傳習，直到明代的儒者，仍然守此藩籬而不變。到了明末清初時代，有幾位儒家學者，對於平時靜坐而談心性的理學，深惡痛絕，認爲這是坐致亡國的原因，因此便提倡恢復樸學的路線，但求平實治學而不重玄談，仍然注重考據和訓詁的學問，以整治漢學爲標榜，這就是清儒的樸學。由此可知儒家的孔孟學術，雖然經漢、唐、宋、明、清的幾個時代的變動，治學的方法和路線雖有不同，但是尊崇孔孟，不敢離經叛道而加以新說，這是一仍不變的態度。雖然不是完全把他構成爲一宗教，但把孔子溫良恭儉讓的生平，塑成爲一個威嚴不可侵犯的聖人偶像，致使後生小子，望之卻步，實在大有瞞人眼目之嫌，罪過不淺！所以現代人憤憤然奮起要打倒孔家店，使開創二千多年老店的祖宗，也受牽連之過，豈不太冤枉了嗎？

現在我們既要重新估價，再來研究論語，首先必須瞭解幾個前提。㈠論語是孔門弟子們所編記，先賢們幾經考據，認爲它大多是出於曾子或有子門人的編纂，這個觀念比較信實而可靠。㈡但是當孔門弟子編輯此書的時候，對於它的編輯體系，已經經過詳密的研究，所以它的條理次序，都是井然不亂的。㈢所以此書不但僅爲孔子和孔門弟子們當時的言行錄，同時也便是孔子一生開萬世宗師的史料，爲漢代史家們編錄孔子歷史資料的淵源。由此可知研究論語，也等於直接研究孔子的生平。至於效法先聖，自立立人以至於治平之道，那是當然的本分事。㈣可是古代書册是刻記於竹簡上的，所以文字極需簡練，後來發明了紙張筆墨，也是以卷幅抄寫捲起，但因古代的字體屢經變更，所以一抄再抄，訛誤之處，不免有所脫節，因此少數地方，或加重複，或有脫誤，或自增刪，都是難免的事實。㈤古代相傳的論語有三種，即魯論二十篇，和齊論二十二篇，又在孝景帝的時期，傳說魯恭王壞孔子故宅的牆壁，又得古文論語。但古文論語和齊論，到了漢魏之間，都已逐漸失傳，現在所傳誦的論語，就是魯論二十篇了。㈥至於論語的訓詁注疏，歷漢、唐、宋、明、清諸代，已經有詳實的考據，我們不必在此另作畫蛇添足的工作。至若極言性命心性的微言，自北宋五大儒的興起，也已經有一套完整的努力，我們也不必另創新說，再添枝葉。

最後舉出我們現在所要講的，便是要入乎其內，出乎其外的體驗，擺脫二千餘年的章句訓詁的範圍，重新來確定它章句訓詁的內義。主要的是將經史合參，以論語與春秋的史蹟相融會，看到春秋戰國時期政治社會的紊亂面目，以見孔子確立開創教化的歷史文化思想的精神；再來比照現代世界上的國際間文化潮流，對於自己民族、國家和歷史，確定今後應該要走的路線和方向。因此若能使一般陷於現代社會心理病態的人們，在我們講的文字言語以外去體會，能夠求得一個解脫的答案，建立一種卓然不拔，矗立於風雨艱危中的人生目的和精神，這便是我所要馨香禱祝的了。

〔民國五十一年（一九六二），台北〕

論語別裁前言

回首十五年的歲月，不算太多，但也不少。可是我對於時間，生性善忘，悠悠忽忽，眞不知老之將至，現在爲了出版這本論語講錄，翻檢以前的記錄，才發覺在這短短的十五年歷程中，已經講過三四次論語。起初，完全是興之所至，由於個人對讀書的見解而發，並沒有一點基於衞道的用心，更沒有標新立異的用意。講過以後，看到同學的筆記，不覺灑然一笑，如憶夢中囈語。「言亡慮絕，事過無痕。」想來蠻好玩的。

第一次講論語，是五十一年秋天的事，當時的記載，只有開始的六篇，後來出版，初名「孔學新語」——論語精義今訓，由楊管北居士題簽。又有一次再於有關單位講了半部論語，沒有整理記錄。再到六十三年四月開始，一次在信義路鼎廬，固定每週三下午講兩小時，經過近一年時間，才將全部論語講完。而且最可感的是蔡策先生的全部筆錄。他不但記錄得忠實，同時還替我詳細地補充了資料，例如傳統家譜的格式，另外還有對傳統祭禮的儀範，可惜他事情太忙，未能全部補充。蔡君在這段時間，正擔任中央日報秘書的職務。一個從事筆政工作的人，精神腦力的勞碌，非局外人可以想像，而他卻毫無所求地費了十倍聽講的時間，完成這部記錄，其情可感，其心可佩。

此外，這本講錄，曾經承唐樹祥社長的厚愛，在青年戰士報慈湖版全部發表（自六十四年四月一日開始到六十五年三月十六日止）；同時人文世界刊登大部分。又蒙李平山先生見愛，資助排印成書。不過，這部論語的講述，只是因時因地的一些知見，並無學術價值。況且「書不盡言，言不盡意。」更談不到文化上的分量。今古學術知見，大概都是時代刺激的反映，社會病態的悲鳴。誰能振衰補敝，改變歷史時代而使其安和康樂？端賴實際從事工作者的努力。我輩書生知見，遊戲文章，實在無補時艱，且當解悶消愁的戲論視之可也。

至於孔子學說與論語本書的價值，無論在任何時代、任何地區，對它的原文本意，只要不故加曲解，始終具有不可毀、不可讚的不朽價值。後起之秀，如篤學之，愼思之，明辨之，融會有得而見之於行事之間，必可得到自證。現在正當此書付印，特錄宋儒陳同甫先生的精闢見解，以供讀者借鏡。

如其告宋孝宗之說：「今之儒者，自以爲正心誠意之學者，皆風痺不知痛癢之人也。舉一世安於君父之讎，而方低頭拱手以談性命，不知何者謂之性命。」而於論語，則說：

「論語一書，無非下學之事也。學者求其上達之說而不得，則取其言之若微妙者玩索之，意生見長，又從而爲之辭：曰此精也，彼特其粗耳。此所以終身讀之，卒墮於榛莽之中，而猶自謂其有得也。夫道之在天下，無本末，無內外。聖人之言，烏有擧其一而遺其一者乎！擧其一而遺其一，是聖人猶與道爲二也。然則論語之書，若之何而讀之，曰：用明于心，汲汲于下學，而求其心之所同然者，功深力到，則他日之上達，無非今日之下學也。於是而讀論語之書，必知通體而好之矣。」

本書定名爲「別裁」，也正爲這次的所有講解，都自別裁於正宗儒者經學之外，只是個人一得所見，不入學術預流，未足以論下學上達之事也。

〔民國六十五年（一九七六）三月，台北〕

論語別裁再版記言

本書自今年端午節出版之後，蒙廣大讀者的愛好，現在即須再版。這實在是始料所不及的事。

由此可見社會人心的向背，孔子學說的可貴，畢竟是萬古常新，永遠顚撲不破。因此反而使我深爲慚愧，當時並未加以嚴謹的發揮，未免罪過。當初版問世之時，承蒙朋友們的盛意，紛紛惠示意見，希望繼續開講孟子等經書，俾使儒家一系列的學說，以現代化的姿態出現。此情極爲可感。無奈青春頑劣，白首疏狂的我，向來只圖懶散。況且先孔子而生，非孔子無以聖。後孔子而生，非孔子無以明。我輩縱有所見，亦無非先賢的糟粕而已，眞是何足道哉！何足道哉！因此當時便寫了一首總答朋友問的詩：「古道微茫致曲全，由來學術誣先賢。陳言豈盡眞如理，開卷倘留一笑緣。」際此再版，同學們要我寫點意見，便記此以留一笑之緣可也。

（民國六十五年（一九七六）冬月，台北）

孟子旁通前言

生爲二十世紀的中國人，正當東西方文化潮流交互排盪撞擊的時代，從個人到家庭，自各階層的社會到國家，甚至全世界，都在內外不安，身心交瘁的狀態中，度過漫長的歲月。因此在進退失據的現實環境中，由觸覺而發生感想，由煩惱而退居反省，再自周遍尋思，周遍觀察，然後可知在時空對待中所產生的變異，只是現象的不同，而天地還是照舊的天地，人物還是照舊的人物，生存的原則並沒有變；所變的，只是生活的方式。比如在行路中而迷途，因爲人爲的方向而似有迷惑，其實，眞際無方，本自不迷。如果逐物迷方，必然會千迴百疊，永遠在紛紜混亂中忙得團團而轉，失落本位而不知其所適從。

我是中國人，當然隨著這一時代東方的中國文化命運一樣，似乎是眞的迷失了方向，也曾一度跟著人們向西方文化去摸索，幾乎忘了我是立足在本地方分上的一個生命，而自迷方向。周易序卦說：「窮大者必失其居，故受之以旅。旅而無所容，故受之以巽。巽者，入也。入而後說之，故受之以兌。兌者，說也。」我們自己的文化，因幾千年來的窮大而一時失去了本分的立足點，因此而需要乞求外來的文明以自濟困溺，所謂：「他山之石，可以攻錯。」這是勢所難免的事實。然而一旦自知久旅他方而無以自容於天地之間，那便須知機知時而反求諸己，喚醒國魂，洗心革面以求自立自強之道。正因爲如此的心情，有些西方的朋友和學生們，都認爲我是頑固的推崇東方文化的倔強分子，雖有許多歐美的友人們，屢加邀請旅外講學而始終懶得離開國門一步。其實，我自認爲並無偏見，祇是情有所鍾，安土重遷而已。同時，我也正在忠告西方的朋友們，應該各自反求諸己，重振西方哲學、宗教的固有精神文化，以濟助物質文明的不足，才是正理。

至於我個人的一生，早已算過八字命運——「生於憂患，死於憂患」。每常自己譬解，猶如古老中國文化中的一個白頭宮女，閒話古今，徒添許多絡索而已。有兩首古人的詩，恰好用作自我的寫照。第一首唐人張方平的宮詞：「竟日殘鶯伴妾啼，開簾祇見草萋萋。庭前時有東風入，楊柳千條盡向西。」詩中所寫是一隻飄殘零落的小黃鶯，一天到晚陪伴著一個孤單的白頭宮女，淒淒涼涼地自在悲啼，毫無目的地愴然獨立，恰如我自況的情景。偶而開簾外望，眼前盡是萋迷芳草，一片茫然，有時忽然吹過一陣東風，却見那些隨風飄蕩的千條楊柳，也都是任運流轉，向西飄去。第二首是唐末洞山良价禪師的詩偈：「淨洗濃粧爲阿誰？子規聲裡勸人歸。百花落盡啼無盡，更向亂峯深處啼。」這首詩也正好猶如我的現狀，長年累月抱殘守闕，濫芋充數，侈談中國文化，其實，學無所成，語無倫次，祇是心懷故國，儼如泣血的杜鵑一樣，「百花落盡啼無盡，更向亂峯深處啼。」如此而已。每念及此，總是沓然自失，洒然自笑不已。

但是人生的旅程，往往有不期然而然的際遇，孟子曾經說過人有「不虞之譽，求全之毁。」一個人的一生，如果在你多方接觸社會各層面的經驗中，就會容易體會到孟老夫子的話，並非向壁虛構，確是歷練過來的至理名言。當在民國六十四年（西元一九七五年），我因應邀講完一部「論語」之後（事見論語別裁前言），由蔡策先生悉心記錄，復受社會各階層的偏愛，慫恿排版出書。但我自知所講的內容，既非正統的漢、唐、宋儒的學術思想，又非現代新儒家的理路，到底祇是因應時代潮流的亂談，屬於旁門左道，不堪入流，因此便定名叫它「論語別裁」，以免混淆視聽，惑亂後學。誰知出書以後，却受到廣大讀者的愛好，接連出了十二版，實在彌增惶恐，生怕誤人。因爲徒手殺人，罪不過抵死而已，如果以學問誤人，便是戕人慧命，萬死不足以辭其咎。此所以在我們固有文化的傳統中，學者有畢生不願著書，或者窮一生學力，只肯極其謹嚴地寫幾篇足以傳世的文章而已。這就是以往中國文化人的精誠，當然不如我們現代一樣，著作等身，妄自稱尊的作風。

但繼此以後，友人唐樹祥先生，在他擔任青年戰士報社長的時期，極力邀請在其報社繼續再講「孟子」、「大學」、「中庸」等所謂四書之學。唐社長平時說話極爲風趣，尤其對我更是暢所欲言，不拘形跡。當他擔任中正理工學院政戰部主任的時期，常來拉我去講課，而且勸說：在這個時期，大家都忙得沒有時間讀書，你寫書寫文章有什麼用？多來講課，敎授青年學子，還比較有意義。總之：我在他的盛情不可却的壓迫下，只好被他拖上講臺。但當他調任報社社長的時期，他便說：多講還不如多寫的好。希望我多寫點東西，好交他在報上披露。他的能言善道，我對他眞是莫可奈何。其實，我對講學則言不異衆，寫作則語不驚人，可以說一竅不通，毫無長處。但畢竟擋不住他的熱情，終於在民國六十五年（一九七六年）的秋天，開始在青年戰士報的樓上開講孟子。那個時候，也正是我思念在苦難中的父母，心情最難排遣的時期。講到孟子，就自然而然地聯想到千秋母敎儀範的孟母，因此開章明義，便引用了黃仲則的詩：「搴帷拜母河梁去，白髮愁看淚眼枯。慘慘柴門風雪夜，此時有子不如無。」當然，這種情懷，不祗我一人是如此，在當時現場的聽衆們，大多數也有所同感。同時蔡策也對講四書的記錄工作，極有興趣和決心，他一再強調，這是他一生中最有意義的一件事。「孟子」講稿的因緣，就在唐、蔡兩位的鼓勵下完成。

後來因爲俗務累積太多，自己沒有眞正安靜的時間看記錄稿，因此，積壓多年無法完帙。目前，老古文化圖書公司的出書業務，正由陳世志同學來擔任。他站在現代青年的立場，又一再催迫出書，我常笑他猶如宗澤的三呼渡河，左季高的大喊兒郎們出擊一樣，壯氣如山，無奈太過冒昧！然而他畢竟強人所難的做了，還要催我寫序。事實上，孟子的序言，實在不好寫，因此祇是先行略抒本書問世的始末因由，暫且交卷。書名「旁通」，却又暗合宋代的桂萸及元代的杜瑛兩位先生所撰的佚書命題。但我所以定名「旁通」的本意，仍如「論語別裁」一樣，祇是自認為旁門左道之說，大有別於正統儒家或儒家道學們的嚴謹學術著作而已，並非旁通各家學說的涵義。

〔民國七十三年（一九八四）端陽節，台北〕

印行二顧全書前記

近世卓識之士，抱經世之志，究文武之略，相聚而論學術之實用，必曰二顧全書。然以二顧之鉅著，非遊心於史實而踪跡於山川形勢者，終難引古證今而學以致用也。溯自司馬子長唱言學究天人之際，通古今之變。皆知實修之學非讀萬卷書，行萬里路，博識弘達，無可以語此道。唯明清變革以還，崑山顧亭林，常熟顧祖禹二先生，足以當此而無愧。雖曰不得見於當時反正之事功，而立言彰教，影響炎黃後裔於百世之下，足有餘裕。

抗戰軍興，余亦蜀山行役，蕭條行李，跋涉艱難，唯珍襲二書，終不忍舍。孰意四十餘年後，朝夕摩娑之卷帙，翻隨陸沉。時迍世變，彌切懷舊鑑新之思。近年坊間雖有出版，或顧此而失彼，終難並得二顧全書而再細讀之。

頃間門人陳得清電告於海外覓得二顧全書完帙，不禁皤然興起，喜不自勝。因此籌付印行，庶得流傳廣布，以供仁人志士復國建國之資，豈非萬億之幸乎！書成，採附清史稿二顧先生之傳記，雖未盡詳實，亦秉述而不作之旨，留待後賢之參證已耳。

且聞之昔日遺老所言，亭林先生挾經世之學，懷復國之志，行脚遍宇內，隨處而別成室家以防不測，哲人有後，隱晦不宣，蓋爲避世而藏也。清史稿及諸家所載，大多言其無子，其然乎？豈其然乎！附誌於此，不沒舊聞，其亦興滅繼絕之師意焉。至若先生所著天下郡國利病書之旨，如其詩所謂：「十年天地干戈老，四海蒼生痛哭深。」「感慨河山追失計，艱難戎馬發深情」之意，不復贅言之矣。

〔民國七十年（一九八一）仲夏，台北〕

易經之部

周易今註今譯敍言

「易經」，是中國文化最古老的典籍，歷代正統派的學者，用許多不同的文字贊揚它，大致說來，推崇它為「羣經之首」，致予無上的敬意。相反的，認為僅是古代的一部卜筮之書，近於巫祝的誣詞，卑不足道，只是經過孔子的傳述「周易」以後，又加上歷代許多學者穿鑿附會，才有了後世的盲從和崇敬。甚之，近代以來，還有許多類似輕薄的譏刺。

無可否認的，「易經」原是上古卜筮的學術，但到了商、周之際，經過文王的整理和註述，把它由卜筮的範圍，進入「天人之際」的學術領域，由此「周易」一書，便成為中國人文文化的基礎。自東周以來，再經過孔子的研究和傳述，同時又散為諸子百家學術思想的源泉，這是無可否認的事實。

因此，如要研究中國文化，無論是春秋、戰國時期的儒、道、墨和諸子百家，乃至唐、宋以後的儒、佛、道等諸家之學，不從「易經」探研，便有數典忘祖之概了。

易經與三易

通常我們提到「易經」，就很自然地知道是指「周易」這本書。因爲中國文化，自經孔子刪詩、書、訂禮、樂以後，冠以「周易」一書，統稱六經。經是天地的大準則，也是人生的大通道。稱「周易」等書爲六經，便是說明經過孔子所整理過的這六部書，它是包括中國傳統文化「天人之際」所有學問的大原理、大法則。

自秦、漢以後，研究易學的，對於「易經」一書命名的內涵問題，就有「三易」之說的異同出現了。

第一：屬於秦、漢以後正統儒家學派的理論，根據「易緯乾鑿度」這本書的觀念，認爲「易」的內涵，包括三個意義：

㈠易。就是簡易、平易的意思。因爲天地自然的法則，本來就是那樣簡樸而平易的。

㈡變易。認爲天地自然的萬事萬物以及人事，隨時在交互變化之中，永無休止。但是這種變化的法則，卻有其必然的準則可循，並非亂變。

㈢不易。天地自然的萬事萬物以及人事，雖然隨時隨地都在錯綜複雜、互爲因果的變化之中，但所變化者是其現象。而能變化的，卻本自不易，至爲簡易。

第二：屬於秦、漢以後儒、道兩家學者通用的觀念，根據「周禮大卜」篇對於三易的涵義，是指上古以來直到周代初期之間的「易經」學術思想，約分爲三個系統：㈠「連山易」㈡「歸藏易」㈢「周易」。

據說：伏義時代的易學，是「連山易」。首先以「艮卦」開始，象徵「山之出雲，連綿不絕」。

黃帝時代的易學，是「歸藏易」。首先以「坤卦」開始，象徵「萬物莫不歸藏於其中。」意思是指人類的文化和文明，都以大地爲主。萬物皆生於地，終又歸藏於地。

周代人文文化的開始，便以現在留傳的「周易」爲寶典，首先從「乾」「坤」兩卦開始，表示天地之間，以及「天人之際」的學問。

但東漢的大儒鄭玄，認爲夏代的易學是「連山」。殷代的易學是「歸藏」。當然，周代的易學便是「周易」了。

又另有一說：認爲上古的神農氏世系名「連山氏」，又名「列山氏」。所謂「連山」，便是「列山」的音別。黃帝的世系又名「歸藏氏」。

因此兩說，又有異同的問題存在其間。如果認爲夏代所宗奉的易學便是「連山易」。殷代所宗奉的易學便是「歸藏易」。到了周代，經過文王的整理，才構成爲「周易」體系的易學。那麼關於這兩個分歧的意見，也就沒有太大的出入了。

但以考據學者的觀點來看「易緯乾鑿」和「周禮大卜」篇這兩種文獻資料，應該都有值得懷疑的地方。歷來考據學家們，認爲「易緯乾鑿度」等書，純出漢末或魏、晉人的僞作，假託是上古的傳承。這種觀念，並非完全無理，也的確值得研究、考慮。

可是兩漢以後的學者，硬性捨棄「周禮大卜」的觀念而不採信，偏要採用更有問題的「易緯乾鑿度」之說，認爲「簡易、變易、不易」爲天經地義的易學內涵，這便是後世以儒理說易的根據。那是不顧考據，只取所謂三易原理的內義，用之說明易學的大要而已。

此外，關於「連山、歸藏、周易」的三易之說，在漢、魏以後道家的學術思想中，便又發生了兩種觀念。

㈠認爲「連山、歸藏」這兩個系統的易學，早已失傳。

㈡認爲漢、魏以後的象、數易學，便是「連山」、「歸藏」的遺留，頗爲合理。而且「連山」、「歸藏」易學的精義，確已成爲秦、漢以後道家學術思想的主幹。如十二辟卦之說，便是以「歸藏」的「坤」卦爲主。卦氣起「中孚」之說，便是以「艮卦」的半象爲用。

易名的定義

後世有人從「易經」內容所擧例的動物，如龍啊！馬啊！象啊！象啊！鹿啊！等等着眼，並且採用「繫辭傳」所說，我們的老祖宗伏羲開始畫卦時有「遠取諸物」的說明，認爲原始的「易」字，便是取其象形飛鳥的觀念。不過，此說並未引起重視。

到了近代，有人認爲「易」便是蜥蜴的簡化。蜥蜴這種生物，它的本身顏色隨時隨地變化多端，當它依附在某種物體時，它的顏色，便會變成與某種物體的色相相同。「易經」是說明天地間事物的必然變化之理，所以便取蜥蜴作象徵，猶如經書中的龍、象等一樣。但總不能叫它是蜴經，因此便取名爲「易」。主張此說的，以日本的學者中最爲強調。這等於在第二次大戰前，說「堯」是香爐、「舜」爲蠟燭臺、「禹」是爬蟲，同樣的都含有輕薄的惡意誣蔑，不值得有識者的一笑，不足道也。

那麼「易經」的「易」字，究竟是什麼意義呢？根據道家易學者的傳統，經東漢魏伯陽著「參同契」所標出，認爲「日月之謂易」的定義，最爲合理。「易」字，便是上日下月的象形。「易經」學術思想的內涵，也便是說明這個天地之間，日月系統以內人生與事物變化的大法則。

並且從近世甲骨文的研究的確有象形上日下月的「易」字。因此更足以證明道家傳統和魏伯陽之說：「日月之謂易」的定義之準確性。目前「易經」的學術思想，在西方歐、美各國，逐漸大加流行，我們自己對國家民族祖先文化準確的定名和解釋，絕對不能跟着人云亦云，含糊混淆，自損文化道統的尊嚴。

易經的作者

「易更三聖」。這是秦、漢以後的作者，對於上古形成易學傳統者公認的定說。也是我們現在開始研究易學者必須先得瞭解的問題。

秦、漢以後，儒家學者的共同認定，開始畫八卦的，是我們的老祖宗伏羲氏。演繹八卦的，當然是周文王。發揚易學精義的，便是孔子。因此說「易更三聖」就是指畫卦者伏羲、演卦者文王、傳述者孔子。事實上，文王演卦而作「卦辭」，他的兒子周公又祖述文王的思想而發揚擴充之，便著了「爻辭」，爲什麼三聖之中卻不提到周公呢？據漢儒的解說，根據古代宗法的觀念，父子相從，因此三聖之中便不另外提到周公了。關於這個問題，如此結案，是否公允而有理，還是很難認定。

開始畫卦的，當然是伏羲，這是毫無疑問的事。經過文王演卦、周公祖述、孔子發揚以後，硬要賴掉周公在文化學術上的功勞，恐怕孔子夢對周公時，於心難安。同時，又輕易地溜掉「更三聖」的這個更字，也不應該。古文更字又有曾經的意思，所謂「易更三聖」者，是指易學經過三位聖人學者的整理，才得發揚光大。

由伏羲畫八卦開始，到了商、周之際，再經過文王、周公、孔子三聖的研究和著述，才建立了「周易」學術思想的系統。因此可知「易更三聖」一語，嚴格的說，應該是對「

周易」一書而言。如果說對所有的易學系統來說，硬拉下伏羲來湊合三聖，似乎有點牽強。連帶這個問題而來的，便是「文王演易」和重複演繹爲六十四卦的問題了。

伏羲畫卦，這是古今公認的事實。由八卦演繹成六十四卦，卻有四種說法：

㈠認爲六十四卦也是伏羲所排列的。

㈡有的認爲六十四卦也是文王的演繹。

㈢認爲由八卦重複排演成六十四卦的，是神農氏。

㈣認爲重複演卦的人是夏禹。

主張第一說的，以王弼（輔嗣）等爲最有力。主張第二說的是司馬遷等。主張第三說的是鄭玄等。主張第四說的是孫盛等。

要把這四種說法加以考據確定，實在不容易，而且幾乎是絕不可能的事。至於認定重複卦象的人是周文王，大概是從「文王演易」這個演字的觀念來推定。其實，這個演字，不能硬說就是演繹六十四卦的涵義，只能說是對「周易」一書六十四卦排列的次序和方式，以及「周易」書中對卦爻辭的演義而言。這是無可否認的，都是文王的傑作。至於伏羲畫出的卦象，它的原來次序程式究竟是如何排演的？爲什麼「連山」易的排列以「艮卦」爲首，爲什麼「歸藏」易的排列以「坤卦」爲首等問題，都是值得研究的。王輔嗣的主張，認爲重複排演六十四卦者，仍是伏羲的創作，這是最爲有理的。

十翼的作者及其他

研究易學，都須知道有漢儒鄭玄所提出的：「十翼」之說。「翼」，當然是羽翼的意思。「周易」一書的內容，有十種論著，都是輔翼易學、發揚而光大之主要著作。這便是：

㈠上經的彖辭。㈡下經的彖辭。㈢上經的象辭。㈣下經的象辭。㈤繫辭上傳。㈥繫辭下傳。㈦文言。㈧說卦傳。㈨序卦傳。㈩雜卦傳。

這是鄭氏對於「周易」內容所作的分類範圍，凡欲研究易學者，應當先加瞭解。

至於有關「十翼」的作者問題，大致說來，又有三種異同的見解。

一般的認定，「十翼」都出於孔子的手筆。這是傳統的觀念，完全屬於尊孔的意識所出發。

其次，認爲文王作卦辭，當然沒有問題。但是象辭也是周公的著作，並且根據「左傳」中「韓宣子適魯，見易象」說：「吾乃知周公之德」的話，更爲有力的佐證。漢末的學者：馬融、陸績等，都同意主張此說。

事實上，彖辭與象辭對卦象的論斷，有許多地方，彼此互有出入，實在難以確認同是一人的觀點。復次，除了彖辭、象辭以外，關於「繫傳」以及「序卦」、「說卦」等篇，不但它的文詞、思想，處處有先後異同的論調，嚴格說來，絕對不能認為都是孔子的手筆。其中有許多觀念，可能都是孔子以後後人的著作。或者可以說是孔門弟子們的著作，統統歸併於夫子的名下，那也是古代著述中常有的事。

易學的傳承及其他

在中國文化的領域中，自經孔子刪「詩」「書」，訂「禮」「樂」之後，由他編著了六經，贊述「周易」以來，關於「周易」易學的傳承，在司馬遷的「史記」，班氏的「漢書」，以及范曄的「後漢書」中，都記載有孔子以下易學傳承的系統。

但自唐、宋以後，我們所讀的「周易」，關於「十翼」的排列程序，事實上，大多都是根據漢末王弼的排列的。他把「乾」「坤」兩卦的文言，拿來放在本卦下面，同時把「繫傳」的中間次序，有些地方也照他自己的意思來顛倒安排。等於我們現在讀的「大學」一書，那是經過宋儒的安排，並非原本的「大學」的次序。現在對於研究「周易」來講，這點應當注意及之。

自孔子至戰國末期的易學：孔子授商瞿，商授魯橋庇子庸，子庸授江東馯臂子弓（其人是荀卿之子），子弓授燕周醜子家，子家授東武孫虞子乘，子乘授齊田何子莊。此其一。

又：孔子歿，子夏也講易學於河西，但受到孔門同學們的駁斥，認為他對於易學的修養不夠，所以子夏以後的傳承，並無太準確的資料。唯後世留傳有「子夏易傳」一書，眞僞難辨，但確具有古代「易學」思想上的價値。此其二。

西漢的易學：田何授（東武）王同子中、（雒陽）周王孫、（梁）丁寬、（齊）服生。四人皆著易傳數篇，但後世已散佚。

其次：自（東武）王同子中一系，再傳（菑川）楊何，字元敬。元敬傳京房，房傳梁丘賀，賀傳子臨。臨傳王駿

丁寬一系，又再傳田王孫，王孫傳施犨，犨傳張禹，禹傳彭宣。

以上都是著名專長易學學者的傳承。至於陰陽、納甲、卦氣等易學，自田何到丁寬之後，又另有一系。

主陰陽、卦氣之說的，由王孫傳孟喜。喜再傳焦贛，字延壽，著有「易林」一書，迥然打破「周易」的蹊徑。又另一京房，承傳焦延壽的易學，著有「京房易傳」一書，開啓象數易學的陰陽「納甲」之門。

東漢與後漢的易學：西漢的易學，到了東漢時期，其間的傳承似乎已經散失不備，因此象數之學與易理的分途，也便由此而形成了。後漢的易學，傳承的系統更不分明。此時的著名易學大家，便有馬融、鄭玄、荀爽、劉表、虞翻、陸績，以及魏末的王弼等人。

其中以荀爽的易學，曾經有後人採集當時的九家易學合成一編的論述，故在後世研究

易學中，經常有提到「九家易」或「荀九家」的名詞，就是對此而言。鄭玄的易學，開始是學京房的象數，後來才捨離京學，專學費直之說，以孔子「易傳」來解說易學。

漢末的易學，大概都跟着荀爽、虞翻的脚跟而轉，愈來愈加沒落，因此才有青年才俊的王弼的起來別走一途，專從老、莊玄學的思想而說易了。最爲遺憾的，後世的易學，大體上又一直跟着王輔嗣的脚跟在轉，不能上窮碧落，下極黃泉，直探羲皇之室。

兩派十宗及其他

由秦、漢以後直到現在，大致綜合易學發展的系統，我過去曾臚列它爲兩派六宗。所謂兩派：

㈠即是以象數爲主的漢易，經唐、宋以後，其間貫通今古的大家，應當以宋代邵康節的易學爲其翹楚。又別稱爲道家易學系統的，這便是道家易學的一派。

㈡宋儒崛起，間接受到王輔嗣等易註的影響，專主以儒理來說易的，這便是儒家易學的一派。

所謂六宗：

㈠占卜。㈡災祥。㈢讖緯。㈣老莊。㈤儒理。㈥史事。

「占卜」、「災祥」、「讖緯」等三宗易學，其實都是不脫象數的範圍。以「老莊」來說易的，開始於魏、晉之初，由阮籍、王弼等開其先聲。繼之而起，便有北魏以後的道教，套用東漢魏伯陽著「參同契」的觀念，彼此挹注，雜相運用「易」與「老莊」的道理。「儒理」說易，大盛於南北宋時期，如司馬光的「潛虛」、周敦頤的「太極圖說」、程頤的「易傳」，以至於朱熹的「易本義」等，大抵都屬於這一範圍。史事一系，也由宋儒開始，如楊萬里的易學，便偏重於這一觀點。

事實上，我以前所提出的六宗之說，還不能盡概兩千餘年易學關連的內容。如果加上由象數易學的發展，包括術數的雜易等，應該可歸納為十宗，除了以上所說的六宗以外，另有四宗，便是：

(七)醫藥。

(八)丹道。

(九)堪輿。

(十)星相。

至於明末清初，佛教中的大師，如藕益和尚所著的「周易禪解」、道盛和尚的「金剛大易衍義」等，都從唐末曹洞宗的爻象思想所開發，雖別有會心之處，但究竟不能列入易學的正宗。但上述四宗所涉及的易學，都以象數為主，比較偏向於固有的科學性質，素來不為尋章摘句、循行數墨的學者所能接受，因此在過去的學術專制時代中，便被打入江湖術士的方伎之流，無法有所增益與發明，頗爲可惜。

事實上，「易經」學術思想的根源，如果離開象數，祇是偏重儒理，對於中國文化來說，未免是很大的損失。古人所謂「象外無詞」，也便是這個意思。如果潛心研究象數的易學，配合科學思想的方法，相信必有更新的發現，很可能會替中國文化的前途，開發更大的光芒。古人雖然也有這種企圖，但始終不敢脫離前人的窠臼。例如焦延壽的「易林」、京房的「易傳」、南宋以後邵康節的「皇極經世」、以及假託邵康節所著的「河洛理數」、明代術數家們所著的「太乙數統宗」等易書。雖然對於象數易學，別有心得，完全不採用「周易」的原意，大膽地創設卦爻辭例，但仍困於災祥休咎的觀念，只作人事吉凶的判斷，並未擴充到仰觀天文，俯察地理，中通萬物之情的境界。

清代的儒者，研究易學的風氣頗盛，如王船山、惠棟、江永、焦循等，都有專著，唯仍多依違於漢、宋儒易的範圍，爲清代的經學生色不少，如近人杭辛齋、尙秉和頗得象數的效用，亦自成家。

易學的精神

唐、宋以後的易學研究，應該說：又建立了另一「三易」之說。這個新的「三易」觀念，也是說明秦、漢以後以至現代的易學內涵之範圍。換言之，唐、宋以後所謂易學的內涵，它大要包括有「理、象、數」的三個要點。如果用現代的觀念來說：

「理」，便是類似於哲學思想的範圍。它是探討宇宙人生形上、形下的能變、所變，與不變之原理。

「象」，是從現實世界萬有現象中，尋求其變化的原則。

「數」，是由現象界中形下的數理，演繹推詳它的變化過程，由此而知人事與萬物的前因與後果。反之，也可由數理的歸納方法，瞭解形而上的原始之本能。

再來綜合這三種內涵的意義。便可知「易理」之學，是屬於哲學性的。「象、數」之學，是屬於科學性的。總而言之：完整的易學，它必須要由「象、數」科學的基礎而到達哲學的最高境界。它並非屬於純粹的思想哲學，只憑心、意識的思惟觀念，便來類比推斷一切事物的。

宇宙萬象，變化莫測。人生際遇，動止紛紜。綜羅易學「理、象、數」的內涵，無非教人知變與適變而已。知變是「理」智的結晶。適變是「象、數」的明辨。禮記「五經解」中，提到易學的宗旨，便說「絜靜精微，易之教也。」所謂「絜靜」的意義，是指易學的精神，是具有宗教哲學性的高度理智之修養。所謂「精微」的意義，是指易學「絜靜」的內涵，同時具有科學性周密明辨的作用。但在明辨理性之間，倘使不從沉潛靜定的涵養而進入易學的境界，稍一走向偏鋒，便會流入歧途，自落魔障。故「經解」中，又說到易學的偏失，很可能會「使人也賊」。

從「理、象、數」的精華來看易學，由「乾」、「坤」兩卦開始，錯綜重疊，旁通蔓衍，初從八卦而演變爲六十四卦。循此再加演繹，層層推廣，便多至無數，大至無窮，盡「精微」之至。

如果歸納卦爻內在的交互作用，便可瞭解六十四卦的內容，只有「乾、坤、剝、復、睽、家人、歸妹、漸、姤、夬、解、蹇、頤、大過、未濟、既濟」等十六卦象。在六十四卦的內在交互中，這十六卦象，每卦都出現四次。

再由此十六卦而求其內在交互的作用，便只有「乾、坤、既濟、未濟」四卦，每卦各出現四次。

復由此類推，就可了知在此天地之間，除了「乾、坤、坎、離」代表陰、陽的元本功能以外，凡宇宙以外的物理或人事，無論如何千變萬化，它的吉凶觀念價値的構成，唯有「既濟、未濟」兩個對待的現象而已。

由此而精思入神，便可瞭解一畫未分以前，陰、陽未動之初的至善眞如之境界，可以完全體認大易「絜靜精微」的精神，就能把握到自得其圜中的妙用了。

本書譯事的經過

本書的完成，說來非常慚愧。遠在三年前，有一天，程滄波先生對我說：商務印書館要翻譯「周易」爲白話，這個工作，原來是由劉百閔先生擔任。劉先生承諾以後，忽然作古，所以王雲五先生與程先生談起，想叫我來擔任這個工作，我與百閔先生也認識，當時聽了，便衝口而出承擔了此事。在我的想法，如果沒有別的打擾，每天翻譯一卦，至多半年可以完成。誰知開始着手翻譯時，才發現許多難以解決的問題。例如：

一、譯本的原文是「周易」，必須要盡量與原文原意不離譜。不可以隨便說自己的易學見解。也不能獨取某一家的易學見解爲準。

二、上古的文字，一個字或兩三個字便可代表一句話或幾句話的語意。如果已經瞭解了古文的內涵，「周易」原文的本身，本來就是白話，用不着更加語譯。現在既要用現代語來譯出，既不能離經一字，又必須要加上解釋字義、考證原意等工作。有時原文只用一個字，但我們需要用好多字來表達它，而且還不能作到盡善盡美。因此便要在「今譯」以外，再加「今釋」，才能瞭解。

三、歷代學者對於五經的著述和研究，包括「四庫」以後的著述，如「皇清經解」、「續皇清經解」等書以外，要算有關「易經」的著述爲最多，而且各家都別有會心，甚至，互相矛盾的也不少。

我們當然也不能忽略這些資料而不顧，究竟如何取裁也是一個很大的問題。

我當時的立意，是以漢易爲原則，盡量避開宋易的解釋。因爲易學的內涵，雖然以「理、象、數」爲主，如果眞能懂得了注重「象、數」的漢易，其理自然便在其中了。「象外無詞」，原是研究易學的篤論。

有了這些問題横梗在前，所以開始翻譯乾坤兩卦時，便費了一個半月的時間。其餘每一個卦，原意計劃用一個星期把它翻譯出來，結果還是不能如願以償。

在這一段時間，除了手邊原有收藏有關「易經」的書籍以外，還得王新衡先生的幫助，送我一套文海出版社國學集要第十種中有關「易經」這一全部的書籍，盛意可感，至今還欠上這筆情債。

跟着，我的俗事和課務紛至沓來，實在無法閒坐小窗翻「周易」了，所以一拖再拖，翻到「觀」卦時，便擱筆遲延，一直沒有繼續工作。中間曾經寫信向王岫老商量，希望另請高明完成此事，結果岫老又堅持不便改約。

去年春天，徐芹庭來看我，談到「易經」譯稿的事，他看我忙的可憐，便願意替我完成其事。我當時也想叫他試試看。因爲芹庭剛進師大的那一年，便認識我。除了欣賞他誠樸的氣質以外，還有很多難能可貴的善行，不是一般人能做到的。他是一個孝子，每個星期都要趕回苗栗鄉下，赤脚耘田，幫助父母去種地。所以我就叫他先從「來註易經」入手，希望他對「易經」下番工夫，結果他的碩士論文照着這個目的來完成，博士論文則研究漢易。他目前偏重「來易」和漢易。從我研究「象、數」方面的朱文光博士，又遠在國外，不能和他互相切磋。

半年以後，芹庭送來全部譯稿，他從「噬嗑卦」以後，一氣呵成的成績。我看過以後，便對他說：「很可惜」你仍未脫離「來易」及漢易的範圍。但是，有了這樣的成就，的確很不容易。

這樣一擱又是一年。到了年底，程滄波先生又催我交卷。我也覺得實在說不過去了，再去信和岫老商量，希望能採用芹庭的譯稿，而且由芹庭負起這本書的著作責任。結果得到岫老的勉強同意，但說必須註明是我和芹庭的合著。因此才有本書的問世。

但我仍以至誠向商務印書館和王雲五先生以及讀者，致無限的歉意。才力和精力有限，未能達成想像中的任務，希望將來能夠好好地完成一部易經的研究，貢獻給大家以作補償。這是否能成爲「既濟卦」或「未濟卦」的祝詞，便很難預料了。

〔民國六十三年（一九七四），台北〕

周易今註今譯再校後記

商務印書館，在王岫老主持今註今譯經部第一集之時，「周易」一書，因劉百閔先生逝世，輾轉交由我來語譯，其間經過，已略於敍言。然我所從事者，僅上經二十卦（由乾卦至觀卦）而已。

「周易今註今譯」出版發行以後，經諸學子發現有漏今譯今釋者，已悔付託匪人，狂簡從事，愧疚不已。近年以來，又經諸學子陸續發現誤譯及簡陋之處者，更加惶悚。乃轉請商務印書館負責諸公，再付校讐。俾稍能補闕以交卷，待他日眞得息影專心時，當爲易學盡本分之貢獻。今由蔡策、朱文光二人審核今譯部分，差已完整。至於今釋部分，後續者偏於虞（翻）易之處，及未能完全語譯詳明者，不及盡能更正，至以爲憾。

民國三十三年（一九四四年）暑期，我過四川嘉定烏尤寺復性書院，晉訪馬一浮先生，談及先生之著述，承告「深悔昔年輕率著書，擬欲盡毀其版而不盡能」云云，言下頗爲不快。而我意謂先生謙抑自牧，或未必然。然讀蔡元培先生自述傳略，有云：「孑民在青島不及三月，由日文譯德國科培氏哲學要領一册，售稿商務印書館。其時無參考書，又心緒不寧，所譯人名多詰屈。而一時筆誤，竟以空間爲宙，時間爲宇。常欲於再版時修正之。」等語。方知人生非年事經歷不到處，決不能深悉悔恨前非之心情。今特誌於卷首，庶明向讀者發露懺悔之意，並待他日自能善於補過也。

（民國七十三年（一九八四），台北）

易經數理科學新解序言

易之爲書，深密難窮，爲群經之宗祖。河洛精蘊無盡，範圍品物而無遺。與其精蘊深密，昧者淺嘗點滴，詡爲悉知千古秘學。達者韜光守晦，覲其薪傳。於是歷世愈久，支離愈甚，易有隨時偕進之義，誠如是乎！倘未然也。

傳統易學，約其演變，有漢易、宋易之分。綜其支流，有占卜、禨祥、象數、老莊、儒理、史事諸宗。古太卜掌占卜而斷之以易，此占卜之宗也。漢儒去古未遠，推演象數，陰陽五行之說，統入其學，此象數之宗也。京房、焦贛諸賢，專言禨祥，圖讖之言迭興，此禨祥之宗也。揚子雲著太玄，以九疇之數，合卦象而言天道，應爲別裁。王弼、王肅以老莊言易，開兩晉玄學之風，此老莊玄易之宗也。魏伯陽著參同契，隱含卦氣、變通、爻辰、升降、納甲之義，參合老莊之說，以言丹道，儒者未之或信，然開千古丹經援易之風，實自此始。宋儒胡瑗、程頤以儒理言易，此儒理之宗也。邵康節以易統造化，出入儒道，別樹學幢。李光、楊萬里以史事言易以明人事之變，此以易論史事之宗也。僧肇引易理而入佛，曹洞師弟，據卦爻立五位君臣之義，以理心性之修證，開後世以易擬佛之漸。明清以還，治易諸儒，代有輩出，卓爾名家者頗有其人，要皆不出漢、宋諸學遺緒，迴翔於談玄實用之間。迨乎清末，西學東漸，學術文物，於茲丕變，易學衰歇，不絕如縷。先聖有言：作易者其有憂患乎！稽之往史，每當世運邅屯悔吝之際，必有賢者奮起，荷負開繼，或述而不作，或作而不傳，其感於憂患而望於治平者，誠有是於斯言也。

今世治易諸賢，信而好古者有之，疑而譏嫌者有之。或從傳統，或言男女、或輕記事，或四科學。以邏輯（Logic）符號說易者有之，以自然科學釋易者有之。潮流所趨，夾珠玉泥沙而俱來，雖未前邁古人，易學日新，此亦時勢所必然也。余潛心學易有年，智淺識陋，未盡探賾索隱之妙，欲求寡過，亦須天假之年，庶幾可望。平居偶爲新進諸子論易，徒涉皮毛已耳。今覩薛氏宿講易經河洛著述，觀其所由，乃比以現代自然科學之數理而相互發明，故原名其書曰：易經科學講。曰：超相對論。諸生有研讀其書者，率議重梓，以廣流傳，俾粗言自然科學之擬易者，資爲借鑑。倘溫故知新，有所發現，亦爲天地立心，生民立命之意歟。爰爲言之如是。

（民國五十三年（一九六四），台北）

周易尚氏學前言

余自少年玄尚易學，壯歲行脚四方，孜孜以訪求易學經師，參尋術數高士爲樂。中間世易國變，而嚮學之志靡懈。今已皎皎華髮，於學於易，終未敢云窺其堂奧。久聞尚秉和先生湛深於易學，所著周易尚氏學，響譽士林，惜乎終未得見。頃間汪君忠長遊美乍返，見贈是書，喜能得償夙願。展讀感佩，固甚尚矣。其學引經註經，闡發千古幽隱易象，昔無出其右者。唯於數理玄閫，惜未抉賾爲憾。然其取法之誠謹，能不肅恭禮敬之耶！發揚前修絕學，啓廸後賢新智，是爲宿志。故爲之記而付印行焉。

〔民國七十年（一九八一），台北〕

讀易劄記序

易之爲書，周流六虛，變動不居，是其大要。與其不居於一隅，於是範圍天地而不過，曲成萬物而不遺，如百川入海、萬學同睞、千彩麗空、十方異見。道并行而不相悖，何一而非易，何一而賅易焉。四庫全書睞類十三經歷代之疏注，唯易四百七十六部、都四千一百十九卷。遠超春秋百家之言。乾嘉以後，猶不預其數。近代作者尤衆，一得十挹、意邁前賢，而終未能意得忘象、魚脫筌遺也。雖然，分河飲水、別樹門庭，而資生解渴、各取所需，庸何傷哉：抑何碍耶！

休寧汪君忠長，學易於知命之年、睞志於攝生之道，於是揉諸家理象之旨，滙成一家之言，著書立說，題曰讀易劄記，固是觀成，且亦學效，唯其將有遠行，屬爲之言，適余春假期中，督衆禪悅，因循時日，稽延應命。今因梓工將竣，亟起援筆爲書。秉老氏贈人以言之趣，爲之記曰：

羲皇之上，未畫無形，幾動象生，數具理神。敷陳萬類，截決要津。悟通心易，不着點塵。成師無朕。愼莫師心。

〔民國七十一年（一九八二）孟春，台北〕

易經的圖與卦序

吾國上古之世，文武本不分途，及至春秋，孔門七十子之徒，文武兼資，習以爲常，亦多可考可證。時代愈降，文韜武略，漸至分途，積弊所至，常以不學無術以視革胄之士，亦由來久矣。故在吾國軍事史上，以書生從戎，功遂名就而彪炳史册者，莫盛於清代中興之際，然亦僅曾、左、彭、胡麾幕之佐。君子豹變，殊不多覯。故論軍中學術之盛，人才輩出者，較之往史，尚莫過於國民革命軍之後期，如此時此地之輝煌燦爛也，蓋亦復國任務之所寄，毋忘在莒，薪胆之所砥礪也。

閆君修篆，以書生而從軍有年，其在軍書旁午，狼烟鋒鏑之間，終不輟學忘讀，不敢或忽學以補不足之訓。前者君之博士學位論文，即以「周易論卦」而卒業。今復以易經的圖與卦一書，囑以爲序。忝屬先聞，誠不可却，乃強爲之言。

夫以易學之淵源幽遠，浩博綜羅，兩漢以還，有關經學之註釋，多莫過於易經。自唐虞世南有言：「不讀易，不可爲將相。」於是有用世之志，濟世之才者，尤孜孜有索於易矣。然迄宋、元、明、清以降，縱覽易學之作，圖文並茂，萬象森羅。但雲山雖同，溪徑各別，是非紛然，非義皇上人，孰敢確其一是。唯從易簡而視之，則古今修途，仍皆畫限於易之圖變、易之數演。甚至，亦如數學中之遊戲數學，雖慧思奇奧，終莫出此數學公式之範疇，而究之實用，及今雖窮人類之智術，猶未探得其足資利用之源，可以開物成務之功也。不然，則析理於人倫日用之間，坐談心性，徒託空言而已。此實爲易學聖明之痼病，更有甚於禮記經解篇中所論易之弊也之說矣。或有說曰：易所統攝三玄之言，皆時興於衰變之世。今者，易學勃興，雖曰受國際學者注重中國文化之影響，然不期而合於世道衰變之際，可不懼哉！曰：是何傷乎，苟謂三玄之學，皆起於衰世，則孔孟之說，豈作於盛平之時耶？人事有代謝，世道有興衰，而學則永固，隋末有何汾講學之後，即有盛唐之崛起，庸何傷哉！唯望今時學者，志心於圖卦之說，苟能舍其筌象，而得其圜中以應用無窮，則爲幸矣。是爲序。

（民國六十六年（一九七七），台北）

太乙數統宗大全

術數之學，原出於陰陽之官，陰陽設官，始著於三代，蓋職掌星象，順適農時，因應人事者也。然溯其源流，曠渺幽遠，書載猶闕，稽之初民，智識樸實，茫茫世事，欲逆料而知來者少，於是託賴占卜，以決休咎。繼而文明進展，人事紛繁，卜筮之術，枝蔓流衍，同異互見。然原始要終，不外五行、八卦、九宮、曆算。隨之據星象而納甲於八卦，引九宮而遁伏於奇門，於是太乙、六壬、丁戊、紫白，方伎競起，各擅勝籌。

秦漢之間，援易象數而為術，讖緯之說，瀰漫上下，有學無學，咸準為式，雖通儒碩學，亦所難免。唐宋之際，佛道學說，參雜並陳，自希夷傳太極圖象，邵子宗河洛理數，會三元於往復，列四象而為元會運世，於是託古圖讖，附會預言者，屢出不鮮。佞之者奉為天則，闢之者嗤為妄誕，要皆未明天時人事之機樞，雖曰天命，豈非人事；固為人謀，亦應天運。欲窮其奧，此乃天心所祕，非聰明睿智，至誠通慧者所難知也。苟有其人，則知未必言，言又放誕，神祕理事，流散支離，羣以江湖小術而目之矣。

固知人事有代謝，往來無古今，物情遞變，雖微渺而不可思議，而先聖有言，數往者順，知來者逆。居易以俟命，極言其大象細則，未嘗不可測知。第學之未至，知之不逮耳，蓋術數之學，實據於天文、地理，物情演變之妙而定其準則，雖小道，亦有可觀者矣。苟擴而充之，啓發慧知，方之今日科學，大有互相發明之處。昔儒囿於傳統，目爲雜學，置而不論。吾嘗有言：欲言中國文化，如不通雜家之說，殆難窺其全貌。今英人著有中國科學技術發展史者，（SCIENCE AND CIVILISATION IN CHINA）其所引用，多爲雜家之學，適符斯語，能不慨然。

黃陂胡玉書夫子，沉潛易象數之學五十餘年，余嘗從之執經問難，多所啓迪，猶未悉盡其學。宋今人君欲將太乙數統宗大全梓版，徵之於余，乃舉以質之夫子，咸囑爲言。夫太乙之說，原於天干之名數，而胎息於方伎者流，道家論天地星辰消息，列述太乙之神，漢代劉向校書於天乙閣，託太乙燃藜而爲奇。醫有太乙之鍼，兵有太乙之術，異名愈出，恍惚難測。實皆寓陰陽於象數，寄變化於神奇。太乙數者，雖不類同於河洛法則，參合三元運轉，述象數之變而推知人事之理者，其揆一也。會之者，應用之妙，存乎一心。床之者，但存闕疑，留待後昆，或可隨時偕進於文明之途歟！是爲序。

（中華民國五十四年歲次乙巳臘月南懷瑾序於台北）

朱文光著易經象數的理論與應用代序

東西文化幕後之學

人類的思想與行為，乃形成文化的主體。到目前為止，人類的文化滙成東西兩大系統。但這兩大文化系統，除了人文科學與自然科學的種種，無論東方文化或西方文化，都有一種不可知的神秘之感存於幕後。例如宇宙與一切生物的奥秘，人生的命運和生存的意義等問題，仍然茫然不可解的一大疑團，還有待於科學去尋探究竟的答案。將來科學的答案究竟如何，現在不敢預料。但在東西雙方文化的幕後始終存在著一個陰影，有形或無形地參加文化歷史的發展，隱隱約約地作為導演的主角。無論學問、知識有何等高深造詣的人，當他遭遇到一件事物，實在難以知其究竟，或進退兩難而不可解決的時候，便本能地爆發而變成依賴於他力的求知心，較之愚夫愚婦，並無兩樣。

術數與迷信

在中國五千年文化的幕後，除了儒、佛、道三教的宗教信仰以外，充扮歷史文化的導演者，便以「術數」一系列的學說爲主。由於「術數」的發展而演變爲各式各樣求預知的方法，推尋個人的、家庭的、國家的、宇宙的生命之究竟者，分歧多端，迷離莫測。世界上有其他學識的人雖然很多，但對於這些學識未曾涉獵者，由於自我心理抗拒「無知」的作祟，便自然地生起「強不知以爲知」的潛在意識，冒然斥拒它爲「迷信」。其實，迷信的定義，應指對某一些事物迷惘而不知其究竟，但又盲目地相信其說，纔名爲「迷信」。如果自己未曾探討便冒昧地指爲迷信，其實反爲迷信之更甚者。相反的，自猶不知其究竟而深信其說爲必然的定理，當然屬於迷信之尤。但在中國過去三千年來的帝王、將相，和許多知識分子，以及一般民間社會，潛意識中都沉醉於這種似是而非的觀念裏，以致埋葬了一生，錯亂了歷史上的作爲，事實俱在，不勝枚擧，那麼，這一類的「術數」學識，究竟有無實義？究竟有無學問的價值？而且它又根據些什麼來憑空揑造其說呢？這就必須要加以愼思明辨了。

西方文化吹起了新術數的號角

最近，一個學生自美國回來探親，他告訴我目前正在加州大學選修「算命」的學科，而且說來津津有味，頭頭是道，但大體都是根據大西洋學系和埃及學系的「星相學」而來，與中國文化的淵源不深。年輕的國家，文化草昧的民族，正以大膽的創見，挖掘、開發自己文化的新際運，不管是有道理或無道理，加以研究以後再作結論。但本自保有祖先留下來五千年龐大文化遺產的我們，却自加鄙棄而不顧，一定要等到外人來開採時才又自吹自擂的宣傳一番了事，這眞是莫大遺憾的事。

民國六十年朱文光博士自美國回來任教臺大農學院客座副教授的一年期間，在其講學的餘暇，不肯浪費一點時間，秉着他回國的初衷，幫助我整理有關這一類的學科。可惜的是時間太短，經費又無着落，未能做到盡善盡美的要求，他又匆匆再去國外搜集資料。因此只能就初步完成的草稿，交付給我，算是他這次回國研究工作的部分心得報告。有關解釋和未完的事，又落在我的肩上。偏偏我又是一個「無事忙」的忙人，實在不能專務於此。況且對科學有認識、有造詣的助手難得，肯為學問而犧牲自我幸福的人更不易得。科學試驗的設備和圖書資料等等問題，都一籌莫展，也只有把未完的工作，留待以後的機緣了。

術數之學在中國文化幕後的演進

在中國五千年文化的幕後，有關「術數」一門學識，不外有五種主幹，綜羅交織而成。一、「陰陽」「五行」。二、「八卦」「九宮」。三、「天干」和「地支」。四、天文星象。五、附托於神祇鬼怪的神秘。這五種學說，開始時期，約有兩說：㈠傳統的傳說，約當西曆紀元前二千七百年之間，也就是黃帝軒轅氏時代。㈡、後世與近來的疑古學派，寧願將自己的歷史文化「斷鶴續鳧」式的截斷拉短，而認為約當西元前一千七百年左右，也就是「商湯」時代之後，才有了這些學說的出現。反正歷史的時間是不需化錢的無價之寶，它不反對任何人替它拉長或縮短，它總是默默無言的消逝而去。我們在它後面拚命替它爭長，它也不會報以回眸一笑以謝知己。即使硬要把它截短，它也是悠然自往而並不回頭。

但由於這五類主幹的學說，跟着時代的推進而互相結合，便產生了商、周（西元前一一五〇）之間「占卜」世運推移的學識了。歷史上有名的周武王時代，「卜世三十，卜年八百」之說，便開啓後世爲國家推算命運之學的濫觴。到了東周以後，也正是孔子著「春秋」的先後，占卜風氣彌漫了「春秋」時代的政治壇坫。「戰國」之間，自鄒衍的陰陽之說倡盛，談天說地的風氣，便別立旗幟，異軍突起於學術之林。儘管卿士大夫的縉紳先生們（知識份子）如何的排駁或不齒，但賢如孟子、荀子等人，也或多或少受其影響而參雜於其學問思想之間，歷歷有據可尋。秦、漢之間，五行氣運與帝王政治的「五德相替」之說，便大加流行，左右兩漢以後兩千多年的中國政治思想和政治哲學。尤其自秦、漢以來，「占卜」、「星相」、「陰陽」、「擇日」、「堪輿」（地理），「讖緯」（預言）等學，勃然興起，分別飲水而各據門庭，即使兩漢、魏、晉、南北朝而直到唐、宋以後二千多年來的歷史演變，幕後都彌漫著一股神秘而有左右力量的思潮，推盪了政治和人物的命運，其為人類的愚昧，抑或為天命固有所屬，殊為可怪而更不可解。在這中間，正當漢、魏時期的佛學輸入，又滲進了印度的神奇「星象」學說。到了隋、唐之際，又加入了阿拉伯的天文觀念。因此參差融會而形成了唐代「星命」之學的創立，產生李虛中的四柱八字之說，和徐子平的「星命」規例。

星命和星相與心理的關係

人類本來就是自私的動物，人生在世最關心的就是自己的幸福和安全。其次，纔是關心與六親共同連帶的命運。因此自有子平「星命」之學的出現以後，人們便積漸信仰，風行草偃而習以為常了。但是子平的「星命」之學的內容，一半是根據實際天文的「星象」之學，一半又參雜有京房等易象數的「卦氣」之說的抽象「星象」觀念，同時又有印度抽象「星象學」的思想加入而綜合構成。如果精於此術的推算結果，大致可以「象其物宜」，可能有百分之九十的相似。否則，默守成規，不知變通的，便承虛接響，或少有相似而大體全非了。

從隋唐、五代而到北宋之際，有關「占卜」的方法，便有「火珠林」等粗淺的書籍留傳。它所用在「占卜」的方式，大體仍是脫胎於京房的卜算，但又不夠完備、精詳。有關國家歷史命運的預言，脫胎於兩漢的「讖緯」之說的，便有李淳風「推背圖」的傳說，風行朝野，暗地留傳在歷史文化的幕後，左右個人、家庭、社會、國家等種種措施的思想和觀念。同時「相人」之術—通常人們習慣相稱的「看相」，也集合秦、漢以來的經驗，配上「五行」、「八卦」等抽象的觀念，而逐漸形成爲專門的學識。人處衰亂之世，或自處在艱難困苦的境遇中，對於生命的悲觀和生存前途的意義和價値之懷疑，便油然生起，急想求知。俗語所謂：「心思不定，看相算命。」，便是這個道理。

宋代以後的術數

這種學識的內容，歷經兩三千年的留傳，自然累積形成爲不規則的體系。從宋代開始，便隨着宋朝的國運與時代環境的刺激，自然而然有學者加以注意。因此有了邵康節易理與象數之學的興起，出入於各種術數之間而形成「皇極經世」的鉅著了。邵氏之學雖如異軍突起崛立於上下五千年之間，但爲探尋它的究竟，學雖別有師承，而實皆脫胎於術數而來，應當另列專論。自此以後，中國的「星命」、「星相」、「堪輿」、「讖緯」、「占卜」等之學識，或多或少，都受邵氏之學的影響而有另闢新境界的趨向。此類著作，或假託是邵氏的著述，或撮取邵氏之學的精神而另啓蹊徑。

由此而到了明代，「星命」之學，便有「河洛理數」、「太乙數」、「果老星宗」、「紫微斗數」、「鐵板數」等方法的繁興。「堪輿」之學，便有「三合」、「三元」等的分歧。但「九宮（星）」、「紫白」等方法，又通用於「星命」與「堪輿」等學說之間。其餘如「占卜」、「選擇」之學，則有「大六壬」神數，與「奇門遁甲」等相互媲美。綜羅複雜，學多旁歧，難以統一。且因歷代學者儒林——傳統的習慣觀念，對於這些「術數」學識多予鄙棄，並不重視。專門喜愛「術數」的術士或學者，又限於時代環境的閉塞，讀書不多，研究意見不得交流融會。故步自封而敝帚自珍的處處皆是，因此駁而不純，各自爲是地雜亂而不成系統。到了清初，由康熙的編纂「圖書集成」，羅列資料，頗具規模。但並未研究整理成爲嚴謹的體系，而且沒有加以定論。乾隆接踵而起，除了搜集選擇「術數」等有關的著作，分門別類，列入「四庫全書」以內，又特命「術數」學家們，編纂了「協紀辨方」一書，以供學者的參考。對於學理的精究，畢竟仍然欠缺具體的定論。但是，它在中國文化思想的幕後具有的影響力量，依然如故。只是人人都各自暗中相信、尋求，但人人又都不肯明白承認。人心與學術一樣，許多方面，都是詭怪得難以理喻，古今中外，均是如此。所以，對於幕後文化明貶暗褒的情形，也就不足爲怪了。

〔民國六十一年（一九七二）南懷瑾先生講述，朱文光記錄於台北〕

附：邵康節的歷史哲學

一個人天才和氣質的秉賦，雖然各有所長，但氣質的秉賦，對於學問，實在有很大的關係。在北宋時代，與邵康節同時知名的蘇東坡，曾經說過「書到今生讀已遲」的名言；這句話雖然有點過於神秘之感，但在強調天才和氣質的關係上，實在含有深意。中國文化史上知名的北宋五大儒之一——邵康節，有出塵脫俗的秉賦和氣質，加以好學深思的工力，和溫柔自處的高深修養，所以盡他一生學問的成就，比較起來，就有勝於「二程」和「張載」諸大儒。後來朱晦翁（熹）對他甚為崇拜，並非純為感情用事。北宋諸大儒的學問出入佛老之後，創建了「理學」而不遺餘力地排斥佛道之說。此外，不講「理學」，留情佛老之學如蘇東坡、王安石等人，又因各人對於世務上有了意見的爭執而互相黨同伐異，彼此攻訐不已，自誤誤國，與魏、晉談玄學風的後果，可以說跡異而實同。其間唯有邵康節的學養見識，綜羅儒、佛、道三家的精英，既不佞佛附道，亦不過分排斥佛老，超然物外，自成一家之言。單就這種態度和見解來講，殊非北宋諸大儒所能及的。他的見地修養，除了「觀物外篇」與「擊壤集」，有極深的造詣，對易經「象數」之學，更有獨到的成就。綜羅漢、唐之說而別具見解，以六十四卦循環往復作爲「綱宗」的符號，推演宇宙時間和人物的際運，說明「歷史哲學」和人事機運的演變，認爲人世事物一切隨時變化的現象，並非出於偶然，在在處處，「雖曰人事，豈非天命！」因而他對「歷史哲學」的觀念，認爲有其自然性的規律存在，本此著成「觀物內篇」的圖表，與「觀物外篇」合集而構成「皇極經世」的千古名著。「觀物內篇」的內容，好像是歷史的宿命論，而又非純粹的宿命論。可以說是中國歷史上讖緯預言之學的綜論或集成，同時也可以說是「易經」序卦史觀的具體化。

中國文化星象曆法的時間觀念

年月日時的區分：根據「尚書」的資料，中國的歷史文化，自唐堯開始，經過虞舜而到夏禹，早已秉承上古的傳統，以太陰曆爲基準，確定時間的標準。一年共分爲十二個月；每月均分爲三十天；每天分爲十二時辰──子、丑、寅、卯、辰、巳、午、未、申、酉、戌、亥；一時又分三刻。這種星象曆法的時間觀念，由來久遠，相傳遠始於黃帝時代，這事是否可信，另當別論。但都是以太陰（月亮）爲基準，所以代表十二時辰的十二個符號，便叫作「地支」。擴充「地支」符號的應用，也可以作爲年的代號，例如子年、丑年而到亥年以後，再開始爲子年、丑年等循環性的規律。

二十四節氣的區分：古代的「星象曆法」，同時也以太陽在天體的行度作標準。所以中國過去採用的陰曆，實際上是陰陽合曆的。除了一年十二個月，一個月三十天的基準以外，根據太陽在天體上的行度與地面上氣象的變化和影響，又以「春、夏、秋、冬」四季，統率十二個月。也等於「易經」乾卦卦辭所謂「元、亨、利、貞」的四種德性。並且除了以四季統率十二個月外，又進一步畫分它在季節氣象上的歸屬，而分爲二十四個節氣，例如「冬至、小寒十二月節大寒，立春正月節雨水，驚蟄二月節春分，清明三月節穀雨，立夏四月節小滿，芒種五月節夏至，小暑六月節大暑，立秋七月節處暑，白露八月節秋分，寒露九月節霜降，立冬十月節小雪，大雪十一月節」等二十四個名號。這廿四節氣的標準，是根據太陽與地球氣象的關係而定，並非以太陰（月亮）的盈虧爲準。

五候六氣的畫分：除了四季統率十二個月、二十四節氣以外，又以「五天爲一候」「三候爲一氣」「六候爲一節」作爲季節氣候畫分的基準。根據這種規例，推而廣之，便可用在以三十年爲一世，六十年爲兩世，配合「易經」六爻重畫卦的作用。縮而小之，則可用在一天十二個時辰、刻、分之間與秒數的微妙關係。

這種上古天文氣象學和星象學，以及曆法的確立，雖然是以太陰（月亮）的盈虧爲基準，但同時也須配合太陽在天體上的行度，以及它與月亮、地球面上有關季節的變化。可是上古中國天文星象學除了這些以外，再把「時間」擴充到天體和宇宙的「空間」裏去，探究宇宙時間的世界壽命之說，不但並不完備，實在還很欠缺。只有在秦、漢以後，逐漸形成以天文星象的公式，強自配合中國地理的「星象分野」之學，勉強可以說它便是中國上古文化的「時」「空」統一的觀念。很可惜的這種「時」「空」統一的學說仍然只限於以中國即天下的範圍，四海以外的「時」「空」，仍然未有所知。況且「星象分野」之學，在中國的地理學上，也是很牽強附會的思想，並不足以爲據。青年同學們讀國文，看到王勃「滕王閣序」所謂的：「星分翼軫」，便是由於這種「星象分野」的觀念而來。

邵子對「時」「空」思想的開拓

漢末魏、晉到南北朝數百年間，佛學中無限擴充的宇宙「時」「空」觀進入中國以後，便使中國文化中的宇宙觀，躍進到新的境界。但很可惜的，魏、晉、南北朝數百年間的文化觸角，始終在「文學的哲學」或「哲學的文學」境界中高談形上的理性，並沒有重視這種珍奇的宇宙觀，而進一步探索宇宙物理的變化與人事演變的微妙關係。甚之，當時的人們，限於知識的範圍，反而視爲荒誕虛玄而不足道。（關於佛學的宇宙觀和世界觀的補充說明，必須要另作專論，才能較爲詳盡。）直到北宋時代，由邵康節開始，才撮取了佛家對於形成世界「成、住、壞、空」劫數之說的觀念，揉入「易」理「盈、虛、消、長」「窮、通、變、化」的思想中，構成了「皇極經世」的「歷史哲學」和「易學的史觀」。其實，邵子創立「皇極經世」「易學史觀」的方法，我想他的本意，也是寓繁於簡，希望人人都能懂得，個個都可一目瞭然。因此而「知天」「知命」，「反身而誠」而合於天心的仁性。並非是故弄玄虛，希望千載之後的人們，「仰之彌高」，鑽之不透的。無奈經過後世學者多作畫蛇添足的註解，反而使得邵子之學，愈來愈加糊塗。

在邵康節所著人盡皆知的「皇極經世」一書中，最基本的一個概念，便是他把人類世界的歷史壽命，根據易理象數的法則，規定一個簡單容易記錄的公式。他對這個公式的定名，叫做「元、會、運、世」。簡單地講，以一年的年、月、日、時作基礎。所謂一元，便是以一年作單元的代表。一年（元）之中有十二個月，每個月的月初和月尾，所謂晦朔之間，便是日月相會的時間，因此便叫做會。換言之，一元之間，便包含了十二會。每個月之中，地球本身運轉三十次，所以一會包含三十運。但一天之中又有十二個時辰，每一個時辰，又有三十分。因此把一運之中包含十二世，一世概括三十分。擴而充之，便構成了「三十年為一世，十二世之中，共計三百六十年為一運。三十運之中，共計一萬八百年為一會，十二會之中，共計十二萬九千六百年為一元」。一元便是代表這個世界的文明形成到毀滅終結的基數，由開闢以後到終結的中間過程之演變，便分為十二會，每一會中又有運世的變化。這種觀念大致是受到佛學中「大劫、中劫、小劫」之說的影響而來。如果把它列成公式，便如：

$$30（世）\times 12\times 30\times 12=126900$$

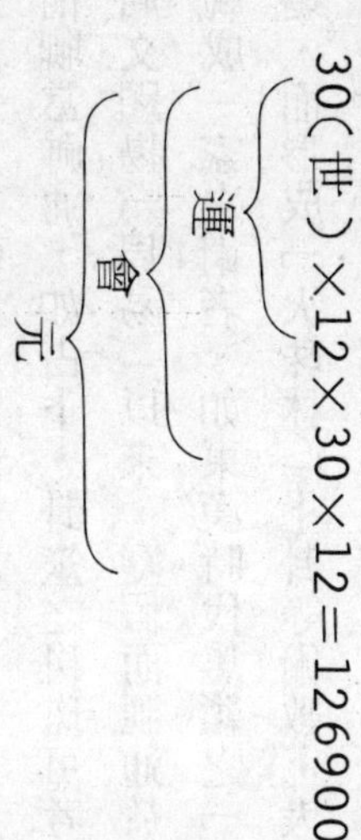

但是這種算式，在一般沒有算學素養的人是不容易記得的，因此便把一元之中的十二會，用子、丑、寅、卯等十二地支作數字的符號，便於記憶。由世界開闢到終結，便分成了十二會。於是「天開於子，地闢於丑，人生於寅」的觀念，便由邵氏的「元、會、運、世」之學中形成為後世陰陽家們的共通觀念了。

邵子創立了「元、會、運、世」之學，用來說明自開天闢地以來，到達最後的「亥會」，合計為一十二萬九千六百年。但邵子所說的天地始終之數，並非就是地球由出生到毀滅的壽命。這個「元、會、運、世」的數字之說，只是大致相當於佛學所說的一個「小劫」，是說世界人類文明的形成到毀滅的一段過程。佛學只用「刀兵」「饑饉」「瘟疫」等人類社會的活動現象作說明。邵子却以數字配合卦象作代表。至於循環之說，又與輪迴的道理，默相契合，頗堪玩味。

〔民國六十一年（一九七二），南懷瑾先生講述，朱文光記錄於台北〕

未來預知術出書記

人生世事，假使畫分過去、現在、未來爲三分段，則過去多追悔，未來不可知，所謂現在，亦但隨逐時勢運會而轉，極少能盡如人意者。於是上下億萬年，縱橫九大洲之人類，莫不設想未來，求其先知以爲快。故無論宗教、哲學、科學如何發展，所謂先知者及預言者，終爲世人所嚮往。我國先民求預知之道，相同於世界各民族祖先文化，大致多假借依通之術聊當神通，如占卜、卦筮之斑斑可考也。

迨周文顯揚「周易」以來，寖假而滙通於春秋後出之陰陽家言，因之以占卜而求預知之學，輒成一家之術者，如東漢時代焦贛之「易林」，京房之「易傳」等作，相繼問世。一變再變，而形成「火珠林」卜卦等術數，大異周易之趣。然深邃焦京術數之易學者，固知其因時移世易，用原始周易之術數，已不足以概人事日繁之世，故不背易理而新創隨時之說者也。

魏晉以降「關朗易傳」，猶繼焦京等易學而再變，差可應世。迨乎宋代，邵子康節乘時崛起，融貫易理、陰陽、風角諸術，別成一家之言。其大著如「皇極經世」，小術如後人託名之「河洛理數」等書，不一而足，風行數百年。明朝中葉以後，則復有「太乙數統宗」等術，比翼邵子之學而並行，唯作者自遯其名，考證爲難。

清朝以還，繼周易筮法，焦京餘緒，邵子「河洛理數」，「太乙術數」等法則，愈演愈趨小徑，大多皆以「卜筮正宗」之金錢卜法爲準，實爲「火珠林」之遺術也。

晚清末造，占卜靈驗之術，所見所知，頗有多家新著，然皆並行不悖，難論軒輊。要之，變而通之，神而明之，在乎其人，不在其定式。

近日旅居海外學人陳君得清，遙寄「未來預知術」一書見贈，乃自搜購於域外之絕本，閱而不覺爲之展顏。其術其辭，簡明扼要，有如「易林」之雋永，有如「河洛理數」之平言，復有如神廟籤詩之俚句，融通雅俗，頗堪玩味。作者雖不可考，然其玩索易理而有得者，亦至幽且深矣。與其秘作枕中鴻寶，何如公之於世，庶使昔人心力，不沉埋於未來，亦足樂也。是以付印，並爲之記。

〔民國六十九年（一九八〇）冬月，台北〕

道家之部

推介中國傳統文化主流之一「道藏」緣啓

中國文化，爲東方學術思想之主流，此爲世界學者所知之事。而中國文化之中堅，實爲道家之學術思想，此則往往爲人所忽略。蓋自秦漢以後，儒道與諸子分家，儒家學術，表現其優越成績於中國政治社會問者，較爲明顯。道家學術則每每隱伏於幕後，故人但知儒術有利於治國平天下之大計，而不知道實操持撥亂反正之機樞。更何況後世之言治術與學術思想者，雖皆內用黃老，外示儒術，而故作入主出奴之筆，使人迷惑其源流。復因歷代修纂歷史學者，與乎明清兩代編集羣書：如永樂大典、四庫全書等。主持之編纂者，大抵皆極力標榜儒術而偏斥道家。於是冠以經、史、子、集爲正統傳統文化之經緯，外若道家學術，若不冠以異端偏說之論，即漫存少數於子部之中。雖賢如紀曉嵐亦有明言評其內容爲『綜羅百代，博大精微』之語，要皆囿於傳統學者之習見，不敢明揚而推廣之，殊爲遺憾。因此而使後世學者，不知中國文化主流之一之道家學術思想爲何事，僅以老子、莊子、列子等數人學說，即以概道家學術之全體，豈但貽人淺陋之譏，實亦不悉周秦以前儒道本不分家之淵源脈絡，與其演變爲百家學說之因由，至爲可惜。至於清代以後之道家者流，高明之士，大都高蹈遠引，不預世務。粗淺之輩，多半孤陋寡聞，師心是用，抱殘守缺，自以鳴高，尤堪浩嘆。

然以中國往昔歷代古人，對於固有文化學術之重視，雖因見仁、見智，各有不同，而具有遠大胸襟，不避世俗譏議，修集道家學術思想爲一大藏，仿效印度佛教傳入中國以後之整編工作，有明正統萬曆間，相繼纂修，以千字文爲次，自天字至羣字爲彙刻舊藏之目；自英字至纓字，爲明人新續之目，總爲五千四百八十五卷，卽爲傳世之正統道藏正續編。固已將自周秦以前以迄明清爲止之五千年來，凡有關於道家學術思想之撰述，眞僞精粗，均已一併羅列俱存，使後世之人，欲窮先民學術思想之根源，以及黃帝子孫，欲瞭然於列祖列宗博大精微之思想者，確已藏集無遺。雖如長炬明燈，自來皆埋光於幽室之間，然終將有時燭照天下，透其五千年來智慧結晶之光輝於無間也。

前人保存將護此一文化學術之巨帙，固已歷盡艱辛，而後世子孫能加發揚而光大之者，尤當責無旁貸。但自民國初年，由康有爲、梁啓超師弟爲之號召，促成當時大總統徐東海主銜其事，曾經影印北平白雲觀版之道藏及續藏全部以外，至今仍如闇室幽燈，隱晦不明。故有心之士，身際此時此地，當此民族文化存亡絕續之秋，寧不見義勇爲，爲之重新鑄版而闡揚之耶！近年以來，即有自由出版社蕭天石先生首倡影印道藏精華中有關丹道之古本以來，今有藝文印書館嚴一萍先生，獨力具此壯志，不計成敗利鈍，毅然從事重印，豈獨爲經營而牟利？實亦泣血椎心，有不得不姑作犧牲之懷抱也。何況正當此時，又得僑居海外學者及國際友人等之鼓勵，豈可讓此中國文化之主流，湮沒而不彰乎！

然因世人不知道藏之內蘊爲何事，往往誤以畫符鍊咒，捉妖拏怪之法術，即謂此即爲道家與道敎之學術思想，卑陋淺薄如原始之巫醫而不足道者，誠爲可怪。假設道藏爲一毫無價值之叢書，試想歷三千年來我輩之先賢，皆爲有目無珠，胸無點墨，而盲然爲此者乎？積數千年前人學者之累積，而不經悉心研究閱讀，動輒斥爲卑陋，恐貽識者有非狂即愚之誚矣！寧不見每當國家板蕩之秋，若干命世之才，其匡時救世之韜略兵機，陰陽鈎距，縱橫捭闔，建功立業而措變亂於安定者，靡不學宗道術，德操中和，重如伊尹、姜尙、張良、孔明、以及劉秉忠、姚廣孝、劉基等輩，此皆彰明較著者；他若功成身退，沒世而名不稱者，比比皆有。至如南面君人之術，無爲至治之道，若不知黃老之學，未有成功而不敗者。故須略加說明其內容，望吾民族國人與國際人士之有明見者，應當更加珍惜而推廣流傳之。上則可以對先民及吾列祖列宗在天之靈，下則使我後世人類之子孫，或可由此藏帙中溫故而知新，藉得啓發而光大之，對於人類生存之未來大計，將大有裨益矣。

蓋道藏中所列諸經，汪洋淵博，祇須去其宗敎神話色彩之外衣，則可由此瞭解東方古代文化思想中，對於宇宙形而上之形成萬物根元，早已另有發現。此則凡研究東西方哲學與宗教之士，不得不讀。

其中有關於天文推步，日月星宿運行之原理與現象，要亦為東方原始天文氣象學之淵源。故凡研究天文學說，以及瞭解印度、阿拉伯與中國天文之溝通者，不得不讀。

其中有關於陰陽術數，五行八卦，奇門遁甲等學。故凡研究奇術異能者，此中尤多原始淵府，不得不讀。

其中有關於河瀆名山，神仙洞府，則為中國三千年前對於地球物理之基本觀念。故研究自然科學如地球物理，欲參考先民遠見之資料者，不得不讀。

其中有關於五金八石，燒鉛鍊汞，擣藥凝丹，則為三千年前人類遠祖之化學端緒。故研究藥物化學與礦物學者，不得不讀。

其中有關於靈芝奇卉，本草仙葩，足以治療身心壽命；故研究中國醫藥以及醫學與藥物發展史者，不得不讀。

其中有關於符籙咒術，神通天人之際。故研究三千年前中國音聲瑜伽，與印度梵文，以及埃及符籙之關係，與乎催眠術與心靈學者，不得不讀。

其中有關於修身養性，志存長生不老之仙道，坎離交媾，蛇女嬰兒會合，河車旋運，九轉丹成等。故研究神仙丹道者，不得不讀。

其中有關於堪輿風水，奇門擇日，九宮紫白等術。故研究山川地理、與地質學、氣象學者，不得不讀。

其中有關於日月奔璘，飛騰變化。故研究三千年前中國學術思想之追求太空宇宙，與探尋其他星球之理想者，不得不讀。

至若研究周秦以前儒道同根之源頭，與欲瞭解漢魏以下，佛教思想傳入中國以後，其與固有儒道學術之溝通蹤跡，對於中國文化儒、佛、道三家之滙通者，尤其不可不讀。

此皆舉其犖犖大者而言，其他如窮究東方神秘世界之玄妙，與乎人類原始神人思想之學術，語多怪異，文多奇詭者，尤其難以盡述。至如文章奇麗，詞藻清新，瑤苑琳臺，霞迷雲擁，其爲想像難聞者，則爲道家文學之特質，不待介說可知。今即約略言之如上，可知道家學術思想所形成兩漢以後之道教原因，並非無故。蓋因秦漢以後，因人文思想獨攬社會風氣之大權，將此五千年來固有傳統之有關於物理世界之學術思想，一概摒棄，故惟如神龍見首而不見其尾，但能附形寄影於宗教外衣之下而建立依存於道教之中，寧非我民族國家文化學術上一大不幸與一大遺憾者乎！是故望天下有心人，應當共同奮起，加以推廣，藉以保此先民文化，與我國歷史傳統文化之巨帙，俾使其與四庫、佛藏，同輝千古，實爲無量功德，豈僅爲吹噓藝文印書館爲文化服務之微意哉！是爲啓。

〔民國五十二年（一九六三）七月一日，台北新天地月刊第二卷第五期〕

略論中國醫藥學術與道家之關係（序一）

／南懷瑾

吾聞論中國醫藥者，皆云淵源於道家，而言道家之學術，則云綜羅百代，博大精微，然則醫藥所宗之道家者，爲方伎神仙之道？抑爲形而上太極玄微之道？則似儱侗未定其界說，故有撲朔迷離之惑，如折衷其旨，宜歸於方伎神仙家之道較爲互同。方伎神仙家之爲道術也，以養生爲宗，以修煉內外金丹爲用，但言其術者，動輒推尊黃老，而黃帝之學，世謂其書大都出於後人之僞託，老子之學，已明白具於五千言，其間顯見爲醫藥之文者，未之見也。有之，唯黃帝靈樞素問，世並稱之謂內經，以及道家之黃庭內外景經與丹書雜學，確爲養生醫藥淵源之新本，姑不論其問世時代之遠近，信爲秦漢間之著述，當無疑義，由此可見中國醫藥之源流，其由來久遠，而昌明於周秦之際。實則無論有無文化之民族，其生老病死之過程，莫不殊途而同歸，有生老病死之人生現實存在，亦必有醫藥隨之以俱來，唯其學其術有精微粗率之別，而無有無之分也。中國醫藥，既云淵源於道家，而道家又以精微博大著稱，其學術自當別具高明，奈何近世以來，一遇西洋醫藥輸入，舉國之人，幾視其爲陳腐朽敗不經之學，將欲盡棄而勿論之耶？吾甚疑之，故喜涉獵其中，探尋其跡，乃知古之習醫學者，必以靈樞素問內難二經爲其初基，再次而研習傷寒金匱，本草脈訣，然後博通羣籍，融會諸學，方可以言醫。至若粗知本草，略記藥性，讀湯頭脈訣或專於科方針砭者，卽驟自行醫，實爲醫家之左道，人羣之危人也。晚近有研求金元四大家之學，或探醫宗金鑑之集，已可稱爲此中巨擘，既謂五運六氣之說，徒有名言，概無實義，觀摩止此，其他何足論哉。

夫靈樞素問內難之旨，先須詳知人身氣化之本，經脈血氣與天地陰陽盈虛消長之理，然後效法以養生，應用以醫世。神仙方伎，故奉之爲修煉之寶典，但研讀之者，苟未識小學訓詁，不知天文物理，且乏文學之修養者，則往往被其陰陽名目之迷而益滋煩惑，反視爲虛玄謬說矣。至若難經之五行六運之說，輒取周易八卦之理則，智者知其爲人生物理學術之最高原則，淺者反視爲一派胡言亂統而已。何況黃庭內外景與丹書所言，龍虎水火，嬰兒姹女，尤跡近神妙，苟不好學而深思之，必不易知其設喩所指之眞諦也。須知內難二經等所言生老病死之變遷，併天地間物理與人生之關係，統納法則於易經，而易學之理，則本於天文地理人事物理之自然規律，其學術秉承，淵源有本，確非空言妄構，徒爲虛玄也。老子有言曰：「人法地，地法天，天法道，道法自然。」蓋謂人之生存於天地之間，其生命本能現象，與天地自然規律之氣化，固有息息相關者存焉，識知天地生物盈虛消長變通之理，然後方可以言養生與醫藥，中國醫藥之學術，其根本基礎實秉此而來，則較之西洋醫學，徒以人身爲本位，以衞生醫療藥物理論等爲專科，大有不同者在焉。

人生天地之間，生活起居，不離地域，日月運行，寒暑遷改，皆與人有俯仰往來密切之影響，窮探此自然規律之來源，則須以本系星球中心之太陽爲準則，古稱五行以日元爲主，卽此意也。而所謂五行者，謂太陽輻射能之及於地球，互爲吸引排蕩而生變化，其間並感受其他四大行星互相放射之作用，地球上生物與人，卽受行星間各種輻射能而生存，復皆藉地氣之中和而受其變化之妙用。行者，卽爲旋轉運行不息之意，强名謂金木水火土，亦爲代表顯示其現象之名辭，並非謂金卽金鐵，木卽林木也，如食古不化，死守成文，則劍過已遠，刻舟何用。至於九宮八卦，六壬推步，乃效法天地生物演變之一種固定法則，以卦顯其演變之現象，以宮定其變遷之部位，六壬記其次序，推步述其過程，詳知四時寒暑代謝之間，生物之成壞有序，晝夜明暗之際，精神之衰旺不同，例如七日來復，爲天地氣化同人身氣血盈虧之規律，春生冬藏，爲熱脹冷縮心身互用之情形，良知疾病之由來，非但爲外界傳染，與飲食起居之所致，卽太陽系內各星球之影響人類生存者，隨時間空間而互變，更有大且甚者。醫藥所以爲養生，養之醫之而不窮究其本元在此，徒爲術耳，未足以言學也。

由此研究人身之本能，法則天地造化之奧秘，其微密精細，如出一轍，古稱人身爲一小天地，亦決非誇張其辭，丹書所謂：「日出沒，比精神之衰旺，月盈昃，喻氣血之盛衰。」則知精神與氣血，並爲生命之中心，五藏之互相關係，有同於五行之運轉，六腑之流通，有同於天地氣機之往來，血管神經，同於江河之流注，情意暢抑，同於氣象之陰晴，奇經八脈，爲本能活動氣化之徑道，丹田命門，爲能量儲藏之機樞，此皆爲生之學，從生命存在而可驗其狀況，並非有固定之質，不能於死後解剖可知其究竟。餘如認竅穴以針灸，爲佛道兩家之特長，煉神氣以長生，乃神仙方伎之專業。秉其學而致用爲醫藥之術，則有一針二灸三砭四湯醫之分，輔之以精神治療，如視由符咒之神異，見之以本能力量，有推拿氣功之妙用。其他如辨藥性，須知地理地質氣象性能之互變，究物理，須知有化朽腐爲神奇之妙用，總此方得言醫，豈非綜羅百代，集學術精微之大成者耶！

中國醫藥之所長既在此，而近世不知而闢之者亦正以此，每況愈下，乃不能會中西醫藥之精華，而發揚光大之，徒持門戶之爭，而蒙文化之羞，不亦事有必致，理所固然者乎？須知中國醫藥，其源流由來雖久，而於東漢南北朝間，已隨時代文化而一變，其間吸收古印度與西域諸國之所長，至盛唐而別具其光芒，歷宋金元明，雖間有小變，但皆秉此餘緒，出入乘除，現代一切文明，既與西洋文物接觸，其交光迴互，發揚精闢，正爲此一時代有心者之職責，應當急起直追，融會而貫通之，實無暇閉戶稱尊，彼此拒納也。西洋醫藥，寄精細於解剖，窮詳證於物理，假手機械之神明，試臨床之實驗，其小心仔細，確非泛知虛玄理論之空言也。但其囿於生物之理，而昧於宇宙大化之機，視人如物而忽視其氣化之精神，此則較之中國醫藥，似有遜色，若能截長補短，互相融化於一爐，苟日新而日日新之，豈僅爲民族之光，進而可爲人羣世界造大幸福，則所謂自親親，自仁民，而及於愛物直致於大同之世者，實有厚望焉。

吾愧才疏學淺，有志於醫藥而限於智力所未能，今因，此書編者坐索爲言，乃不辭譾陋，略抒鄙見所及之處爲論其概要，并引大醫孫思邈眞人之言以證吾知。如云：「爲大醫者，須妙解陰陽祿命諸家相法，及灼龜五兆，周易六壬，並須精熟，若不爾者，如無目夜遊，動致顚殞。又須涉獵羣書，何者？若不讀五經，不知有仁義之道，不讀三史，不知有古今之事，不讀諸子，覩事則不能默而識之，不讀內典，則不知有慈悲喜捨之德，不讀莊老，不能任運體眞，則吉凶拘忌，觸途而生，至於五行休壬，七曜天文，並須探賾，若能具而學之，則於醫道無所滯礙，盡善盡美矣。」苟醫能若此，則其爲儒爲道，實不得而分，直爲聖人之智，吾不得而識其精微博大之涯際矣。是爲序。時歲在庚子，月在太簇。

〔南懷瑾序於台北〕

歷史的經驗㈠前言

歷史本來就是人和事經驗的記錄，換言之：把歷代人和事的經驗記錄下來，就成爲歷史。讀歷史有兩個方向：

一是站在後世——另一個時代，另一種社會型態，另一種生活方式，從自我的主觀習慣出發，而又自稱是客觀的觀點去看歷史，然後再整理那一個歷史時代的人事——政治、經濟、社會、教育、軍事、文學、藝術等等各個不同的角度去評論它、歌頌它、或譏刺它。這種研究，儘管說是客觀的批判，其實，始終是有主觀的成見，但不能說不是歷史。

二是從歷史的人事活動中，擷取教訓，學習古人做人臨事的經驗，做爲自己的參考，甚之，藉以效法它、模仿它。中國自宋代開始，極有名的一部歷史鉅著，便是司馬光先生的「資治通鑑」。顧名思義，司馬先生重輯編著這一部歷史的方向，其重點是正面針對給皇帝們——領導人和領導班子們的政治教育必修的參考書。所謂「資治」的涵義，是比較謙虛客氣的用詞。資，是資助——幫助的意思。治，便是政治。合起來講，就是拿古代歷史興衰成敗的資料，幫助你走上賢良政治、清明政治的一部歷史經驗。因此，平常對朋友們談笑，你最喜歡讀「資治通鑑」意欲何為？你想做一個好皇帝，或是做一個頂天立地的大臣和名臣嗎？當然，笑話歸笑話，事實上，「資治通鑑」就是這樣一部歷史的書。

我講歷史的經驗，時在民國六十四年（一九七五年）春夏之間，在一個偶然的機會，一時興之所至，信口開河，毫無目的，也無次序的信手拈來，隨便和「恒廬」的一般有興趣的朋友談談。既不從學術立場來討論歷史，更無所謂學問。等於古老農業社會三家村裡的落第秀才，潦倒窮酸的老學究，在瓜棚豆架下，開講「三國演義」、「封神榜」等小說，贏得大衆化的會心思忖而已。不料因此而引起許多讀者的興趣，促成老古文化出版公司搜集已經發表過的一部份講稿，編排付印，反而覺得有欺世盜名的罪過，因此，聯想到顧祖禹的一首詩說：「重瞳帳下已知名，隆準軍中亦漫行。半世行藏都是錯，如何壇上會談兵」。我當懺悔。

（民國七十四年（一九八五）端陽，台北）

歷史的經驗(二)前記

吾國學術，自漢武帝罷黜百家，壹尊儒術，千載以還，致使百家之文，多流散佚。諸子之說，視若異端。此風至宋、明尤熾。然縱觀兩千餘年史跡，時有否泰，勢有合分。其間撥亂反正之士，盛平拱默之時，固未特以儒術鳴也。明陳恭尹讀秦紀有言：「謗聲易弭怨難除，秦法雖嚴亦甚疏：「夜半橋邊呼孺子，人間猶有未燒書。」」蓋指張良受太公兵法於圯下，佐高祖一統天下也。近世梁啓超先生，治學有宗。亦以憂世感時，憤儒家之說，難濟艱危，曾賦言以寄：「六鰲搖動海山傾，誰入滄溟斬巨鯨。括地無書思補著，倚天有劍欲長征。抗章北闕知無用，納履南山恐不成。我欲青溪尋鬼谷，不論禮樂但論兵。」目今世局紛紛，人心糜詐。動闢詭譎，道德夷凌。故謀略一詞，不僅風行域外，即國內亦萍末颸風，先萌朕兆。波瀾既起，防或未遲，故有不得已於言者。

史遷嘗論子貢曰：「田常欲作亂於齊，憚高國鮑晏，故移其兵，欲以伐魯。孔子聞之，謂門弟子曰：夫魯，墳墓所處，父母之國。國危如此，二三子何爲莫出？子貢請行，孔子許之。……故子貢一出，存魯，亂齊，破吳，彊晉而霸越。子貢一使，使勢相破，十年之中，五國各有變。」又曾子亦有言：「用師者王，用友者霸，用徒者亡。」夫二子者，孔門高弟，儒林稱賢。審曾子之言，析子貢之術，皆鈎距之宗綱，長短術之時用也。故時有常變，勢有順逆，事有經權。若謂儒學皆經，是乃書生之管見，自期期以爲不可。此其一。

謀略之術，與人俱來。其學無所不包，要在人、事兩端。稽諸歷史，亦人也，亦事也。入世之學，有出於人、事者乎？其用在因勢利導，順以推移。故又名長短術，或曰鈎距術，亦稱縱横術，皆陰謀也。陰者：暗也，險也，柔也。故爲道之所忌，不得已而用之。「君子得之固窮，小人得之傷命。」若無深厚之道德以爲基，苟用之，未有不自損者也。故蘇秦隕身，陳平絕後。史跡昭昭，因果不昧，可不愼哉。此其二。

近世教育方針，受西風影響至鉅。啓蒙既乏應對之宜，罔知立己修身之本。深研復無經濟之學，昧於應世濟人之方。無情歲月，數紙文憑。有限年華，幾場考試。嗟呼！一士難求，才豈易得。故大風思猛士，大廈求良材。此千古一調，百世同所浩歎也。或云時代之流風，豈非人謀之不臧。廿世紀末世界文化趨向，起復於東方，歷史循環返復，殆無疑義。既光固有文化，豈限一尊？欲建非常功事，何妨幷臻。此其三。

老子有言：「以正理國，以奇用兵，以無事取天下。」際此太白經天，兵氛搖曳。爰檢素書太公兵法（俗稱三略，古之玉鈐。）詳爲闡述。或旁徵採博，用明其體。或記事論人，欲證其用。總君臣師三道之菁英，概三千年來歷史人事。或奇或正，亦經亦權。非爲自詡知見，但祈逗誘來機。隻眼旣具，或可直探驪珠，會之於心。倘能以德爲基，具出塵之胸襟而致力乎入世之事業，因時順易，功德豈可限量哉！

是書講述之時，有客聞見之而謂曰：「三略之書，雖云太公、黃石所傳，亦有謂宋相張商英所撰，考之皆係僞托。子以盲接引，窮極神思，得毋空勞乎？」師笑曰：「子之論似是而非。昔者，林子超先生喜藏字畫，然多贋品，人莫能辨。有識者詰之，則答曰：『書畫用娛心目，廣胸次，消塊壘。雖贋品，其藝足以匹眞，余翫之，心胸旣暢，雖然贋，庸何傷哉？』余愛其言也。」客稱善焉。

（民國六十四年（一九七五）南懷瑾先生講述，馮道元記於台北）

正統謀略學彙編初輯前言

謀略之學，道家所長，儒者所忌。道家喜談兵而言謀略，儒者揭仁義而力治平。道家如良醫診疾，談兵與謀略，亦其處方去病之藥劑，故世當衰變，撥亂反正，捨之不爲功。儒者如農之種植，春耕秋割，時播百穀而務期滋養生息，故止戈而后修齊以致治平，捨此而莫由。若時勢疾病，不事藥劑之療治則病將何瘳。如藥到病除，則此牛溲馬勃皆可藏之他山，封之後世，但知而不用，唯事休養生息而已矣。然則，儒道雖異其治，而其致同歸也。今者老古出版社有鑒於侈言謀略之多歧也，思從傳統文化儒道兩家之古籍中，擇其有益於撥亂反正之思惟者而爲書，囑爲揀選；乃就今古簡册，隨手成編，作此初輯，或有匡於思益，並以就正於方家云爾。是爲之言。

〔民國六十七年（一九七八）端陽，台北〕

毛宗崗批三國演義前介

昔人云：孔子作春秋，而亂臣賊子懼。而孔子則自言：「知我者春秋，罪我者春秋。」作春秋而何罪之有？此爲千古一大疑情，一大話頭。吾人幼時讀春秋、左傳，而耆年碩學者則告誡曰：少年不宜讀左傳，恐因此而誤入歧途；吾輩後生小子，則相譏謂：然則，何以關雲長讀春秋，俗世反稱爲武聖，美髯公貞爲春秋所誤耶！此亦一大疑情，一大話頭。大可一參。

先民遺產古籍中之有春秋、左傳、戰國策等著作，誠皆爲可讀而不可讀之書；可讀者，以其敍述歷史人與事之險阻艱難，情僞得失，波詭雲幻，變化莫測，實爲壯觀。其不可讀者，人能觀今鑑古而克己爲聖爲賢爲善者難；人而讀書而有知識，學足雜濟其奸，文足掩飾其過，反而資助於爲非爲惡者易。由此而知孔子自嘆罪我者春秋之言，則爽然而盡釋疑情矣。

泛觀秦漢以後歷經魏、晉而南北朝之歷史人物，慧黠者口說春秋大義而陰用左傳、國策之權謀者，代不乏人，尤其以魏蜀吳之三國局勢，最爲顯著。於是初唐之際，而有趙蕤著「長短經」之作，評議古今，昭示正反之旨，其於三國權謀，尤所議論。自此以後，宋、元則誤於理學之清談，以積弱爲能事而已。

順沿而至明末，則有李卓吾輩之崛起，攻訐歷史，揭櫫用經用權之談，騷然於學術之林；一變再變，復有馮夢龍等「古今譚概」、「智囊補」等之作，楊愼修「廿五史彈詞」以及明末清初金聖嘆評論說部之談，言賅意長，借詞比事，往往深含夫子微言大義之旨，以示權謀韜略之可用與不可用，以彰善善惡惡之分齊，必須愼思明辨，方能得其圜中。

至若清初毛宗崗批「三國演義」之詞，據稱爲金聖嘆同意之作，事實爲何，不得而考。但其批語，雖爲說部小品，而涵義深遠，足發左傳、國策謀略之旨要，誠爲三百年來不可多得之慧解。惜乎歷來被埋沒於「三國演義」本事之外，而爲明眼者所忽略，殊爲可慨。今由老古文化出版公司特爲彙集成爲專書，俾世之講謀略者，藉此可發深省，則爲幸甚。

〔民國七十四年（一九八五）端陽，台北〕

經義之部

楞嚴大義今釋敍言

(一)

在這個大時代裡，一切都在變，在變動之中，自然亂象紛陳。變亂使凡百俱廢，因之，事事都須從頭整理。專就文化而言，整理固有文化，以配合新時代的要求，實在是一件很重要的事情。那是任重而道遠的，要能耐得淒涼，甘於寂寞，在沒沒無聞中，散播無形的種子。耕耘不問收穫，成功不必在我。必須要有香象渡河，截流而過的精神，不辭艱苦地做去。

歷史文化，是我們最好的寶鏡，觀今鑑古，可以使我們在艱苦的歲月中，增加堅毅的信心。試追溯我們的歷史，就可以發現每次大變亂中，都吸收了外來的文化，融合之後，又有一種新的光芒產生。我們如果將歷來變亂時代加以畫分，共有春秋戰國、南北朝、五代、金元、滿清等幾次文化政治上的大變動，其間如南北朝，爲佛敎文化輸入的階段，在我們文化思想上，經過一段較長時期的融化以後，便產生盛唐一代的燦爛光明。五代與金元時期，在文化上，雖然没有南北朝時代那樣大的變動，但歐亞文化交流的跡象卻歷歷可尋。而且中國文化傳播給西方者較西方影響及於中國者爲多。自清末至今百餘年間，西洋文化隨武力而東來，激起我們文化政治上的一連串的變革，啓發我們實驗實踐的欲望。科學一馬當先，幾乎有一種趨勢，將使宗敎與哲學，文學與藝術，都成爲它的附庸。這乃是必然的現象。我們的固有文化，在和西洋文化互相衝突後，由衝突而交流，由交流而互相融化，繼之而來的一定是另一番照耀世界的新氣象。目前的一切現象，乃是變化中的過程，而不是定局。但是在這股衝盪的急流中，我們既不應隨波逐流，更不要畏懼趦趄。必須認清方向。把穩船舵，此時此地，應該各安本位，無論在邊緣或在核心，祇有勤愼明敏的各盡所能，做些整理介紹的工作。這本書的譯述，便是本著這個願望開始，希望人們明瞭佛法既不是宗敎的迷信，也不是哲學的思想，更不是科學的囿於現實的有限知識。但是卻可因之而對於宗敎哲學和科學獲得較深刻的認識，由此也許可以得到一些較大的啓示。

(二)

依據西洋文化史的看法，人類由原始思想而形成宗教文化，復由於對宗教的反動，而有哲學思想和科學實驗的產生。哲學是依據思想理論來推斷人生和宇宙，科學則係從研究實驗來證明宇宙和人生。所以希臘與羅馬文明，都有它劃時代的千秋價值。自歐洲文藝復興運動以後，科學支配著這個世界，形成以工商業爲重心的物質文明。一般從表面看來，科學領導文明的進步，唯我獨尊，宗教和哲學，將無存在的價值。事實上，科學並非萬能，物質文明的進步，並不就是文化的昇華。於是在這科學飛躍進步的世界中，哲學和宗教，仍有其不容忽視的價值。

佛教雖然也是宗教，但是一種具有高深的哲學理論和科學實驗的宗教。它的哲學理論常常超出宗教範疇以外，所以也有人說佛教是一種哲學思想，而不是宗教。佛教具有科學的實證方法，但是因爲它是從人生本位去證驗宇宙，所以人們會忽略它的科學基礎，而仍然將它歸之於宗教。可是事實上，佛教確實有科學的證驗，及哲學的論據。它的哲學，是以科學爲基礎，去否定狹義的宗教：它的科學，是用哲學的論據，去爲宗教做證明。楞嚴經爲其最顯著者。研究楞嚴經後，對於宗教、哲學和科學，都將會有更深刻的認識。

(三)

世間一切學問，大至宇宙，細至無間，都是爲了解決身心性命的問題。也就是說：都是爲了研究人生。離開人生身心性命的研討，便不會有其他學問的存在。楞嚴經的開始，就是講身心性命的問題。它從現實人生基本的身心說起，等於是一部從心理生理的實際體驗，進而達致哲學最高原理的綱要。它雖然建立了一個眞心自性的假設本體，用來別於一般現實應用的妄心，但卻非一般哲學所說的純粹唯心論。因爲佛家所說的眞心，包括了形而上和萬有世間的一切認識與本體論。可以從人人身心性命上去實驗證得，並且可以拿得出證據，不祇是一種思想論辯。舉凡一切宗教的，哲學的，心理學的或生理學的矛盾隔閡，都可以自其中得到解答。

人生離不開現實世間，現實世間形形色色的物質形器，究竟從何而來？這是古今中外人人所要追尋的問題。澈底相信唯心論者，事實上並不能擺脫物質世間的束縛。相信唯物論者，事實上隨時隨地應用的，仍然是心的作用。哲學把理念世界與物理世界勉強分作兩個，科學卻認爲主觀的世界以外，另有一個客觀世界的存在。這些理論總是互相矛盾，不能統一。可是早在二千多年前，楞嚴經便很有條理、有系統地講明心物一元的統一原理，而且不僅是一種思想理論，乃是基於我們的實際心理生理情形，加以實驗證明。楞嚴經說明物理世界的形成，是由於本體功能動力所產生。因爲能與量的互變，構成形器世間的客觀存在；但是眞如本體也仍然是個假名。它從身心的實驗去證明物理世界的原理，又從物理的範圍，指出身心解脫實驗的理論和方法。現代自然科學的理論，大體都與它相吻合。若干年後，如果科學與哲學能夠再加進步，對於楞嚴經上的理論，將會獲得更多的瞭解。

楞嚴經上講到宇宙的現象，指出時間有三位，空間有十位。普通應用，空間只取四位。三四四三，乘除變化，縱橫交織，說明上下古今，成爲宇宙萬有現象變化程序的中心。五十五位和六十六位的聖位建立的程序，雖然祇代表身心修養的過程；事實上，三位時間和四位空間的數理演變，也說明了宇宙萬有，祇是一個完整的數理世界。一點動隨萬變，相對基於絕對而來，矛盾基於統一而生，重重疊疊，所以有物理世界和人事世間錯綜複雜的關係存在。數理是自然科學的鎖鑰，從數理之中，發現很多基本原則，如果要瞭解宇宙，從數理中，可以得到驚人的指示。目前許多自然科學不能解釋證實的問題，如果肯用科學家的態度，就楞嚴經中提出的要點，加以深思研究，必定會有所得。若是祇把它看作是宗教的教義，或是一種哲學理論而加以輕視，便是學術文化界的一個很大不幸了。

(四)

再從佛教的立場來討論楞嚴，很久以前就有一個預言流傳著。預言楞嚴經在所有佛經中是最後流傳到中國的。而當佛法衰微時，它又是最先失傳的。這是預言，或是神話，姑且不去管它。但在西風東漸以後，學術界的一股疑古風氣，恰與外國人處心積慮來破壞中國文化的意向相呼應。楞嚴與其他幾部著名的佛經，如圓覺經、大乘起信論等，便最先受到懷疑。民國初年，有人指出楞嚴是一部僞經。不過還祇是說它是僞託佛說，對於眞理內容，卻沒有輕議。可是近年有些新時代的佛學研究者，竟乾脆認爲楞嚴是一種眞常唯心論的學說，和印度的一種外道的學理相同。講學論道，一定會有爭端，固然人能修養到圓融無礙，無學無諍，是一種很大的解脫，但是爲了本經的偉大價值，使人有不能已於言者。

說楞嚴經是僞經的，近代由梁啓超提出，他認爲第一：本經譯文體裁的美妙，和說理的透闢，都不同於其他佛經，可能是後世禪師們所僞造。而且執筆的房融，是武則天當政時遭貶的宰相。武氏好佛，曾有僞造大雲經的事例。房融可能爲了阿附其好，所以才奉上繙譯的楞嚴經，爲的是重邀寵信。此經呈上武氏以後，一直被收藏於內廷，當時民間並未流通，所以說其爲僞造的可能性很大。第二：楞嚴經中談到人天境界，其中述及十種仙，梁氏認爲根本就是有意駁斥道教的神仙，因爲該經所說的仙道內容，與道教的神仙，非常相像。

梁氏是當時的權威學者，素爲世人所崇敬。他一舉此說，隨聲附和者，大有人在。固然反對此說者也很多，不過都是一鱗半爪的片段意見。民國四十二年學術季刊第五卷第一期，載有羅香林先生著的：唐相房融在粵筆受首楞嚴經繙譯考一文。列舉考證資料很多，態度與論證，也都很平實，足可爲這一重學案的辨證資料。我認爲梁氏的說法，事實上過於臆測與武斷。因爲梁氏對佛法的研究，爲時較晚，並無深刻的工夫和造詣。試讀譚嗣同全集裡所載的任公對譚公詩詞關於佛學的註釋便知。本經譯者房融，是唐初開國宰相房玄齡族系，房氏族對於佛法，素有研究，玄奘法師回國後的譯經事業，唐太宗都交與房玄齡去辦理。房融對于佛法的造詣和文學的修養，家學淵源，其所譯經文自較他經爲優美，乃是很自然的事；倘因此就指斥他爲阿諛武氏而僞造楞嚴，未免輕率入人於罪，那是萬萬不可的。與其說楞嚴辭句太美，有僞造的嫌疑，毋寧說譯者太過重於文學修辭，不免有些地方過於古奧。

依照梁氏第一點來說：我們都知道藏文的佛經，在初唐時代，也是直接由梵文繙譯而成，並非取材於內地的中文佛經。藏文佛經裡，卻有楞嚴經的譯本。西藏密宗所傳的大白傘蓋咒，也就是楞嚴咒的一部份。這對於梁氏的第一點懷疑，可以說是很有力的解答。至於說楞嚴經中所說的十種仙，相同於道教的神仙，那是因爲梁氏沒有研究過印度婆羅門和瑜伽術的修煉方法，中國的神仙方士之術，一部分與這兩種方法和目的，完全相同。是否是殊途同歸，這又是學術上的大問題，不必在此討論。但是仙人的名稱及事實，和羅漢這個名詞一樣，並不是釋迦佛所創立。在佛教之先，印度婆羅門的沙門和瑜伽士們，已經早有阿羅漢或仙人的名稱存在。譯者就我們傳統文化，即以仙人名之，猶如唐人譯稱佛爲大覺金仙一樣。絕不可以將一切具有神仙之名實者，都攫爲我們文化的特產。這對於梁氏所提出的第二點，也是很有力的駁斥。

而且就治學方法來說，疑古自必須考據，但是偏重或迷信於考據，則有時會發生很大的錯誤和過失。考據是一種死的方法，它依賴於或然性的陳年往迹，而又根據變動無常的人心思想去推斷。人們自己日常的言行和親歷的事物，因時間空間世事的變遷，還會隨時隨地走了樣，何況要遠追昔人的陳跡，以現代觀念去判斷環境不同的古人呢？人們可以從考據方法中求得某一種智識，但是智慧並不必從考據中得來，它是要靠理論和實驗去證得的。如果拚命去鑽考據的牛角尖，很可能流於矯枉過正之弊。

說楞嚴經是眞常唯心論的外道理論，這是晚近二三十年中新佛學研究派的論調。持此論者祇是在研究佛學，而並非實驗修持佛法。他們把佛學當作學術思想來研究，卻忽略了有如科學實驗的修證精神。而且這些理論，大多是根據日本式的佛學思想路線而來，在日本，眞正佛法的精神早已變質。學佛的人爲了避重就輕，曲學取巧，竟自捨本逐末，實在是不智之甚。其中有些甚至說禪宗也是根據眞常唯心論，同樣屬於神我外道的見解。實際上，禪宗重在證悟自性，並不是證得神我。這些不值一辯，明眼人自知審擇。楞嚴的確說出一個常住眞心，但是它也明白解說了那是爲的有別於妄心而勉強假設的，隨著假設，立刻又提醒點破，祇要仔細研究，就可以明白它的眞義。舉一個扼要的例來說：如本經佛說的偈語：「言妄顯諸眞，眞妄同二妄。」豈不是很明顯的證明楞嚴並不是眞常唯心論嗎？

總之，癡慢與疑，也正是佛說爲大智慧解脫積重難返的障礙；如果純粹站在哲學研究立場，自有他的辯證、懷疑、批判的看法。如果站在佛法的立場，就有些不同了。學佛的人若不首先虛心辨別，又不肯力行證驗，只是人云亦云，實在是很危險的偏差。佛說在我法中出家，卻來毀我正法，那樣的人纔是最可怕的。

(五)

生在這個時代裡，個人的遭遇，和世事的動亂，眞是瞬息萬變，往往使人茫然不知所之。整個世界和全體人類，都在惶惶不可終日的夾縫裡生活著。無論是科學、哲學和宗教，都在尋求人生的眞理，都想求得智慧的解脫。這本書譯成於拂逆困窮的艱苦歲月中，如果讀者由此而悟得眞實智慧解脫的眞理，使這個顚倒夢幻似的人生世界，能昇華到恬靜安樂的眞善美之領域，就是我所馨香禱祝的了。

關於本書譯述的幾點要旨，也可以說是凡例，並此附誌于後：

凡例

①本書祇取楞嚴經的大意，用語體述明，以供研究者的參考，並非依據每一文句而譯。希望由本書而通曉原經的大意，減少文字與專門術語的困難，使一般人都能理解。

②特有名辭的解釋，力求簡要明白；如要詳解，可自查佛學辭典。

③原文有難捨之處，就依舊引用，加『』號以分別之。遇到有待疏解之處，自已加以疏通的意見，就用（）號，表明衹是個人一得的見解，提供參考而已。

④本書依照現代方式，在眉批處加註章節，既為了便利於一般的閱讀習慣，同時也等於給楞嚴經列出一個綱要。衹要一查目錄，就可以明瞭各章節的內容要點，並且對全部楞嚴大意，也可以有一個概念了。

⑤關於楞嚴經原文的精義，與修持原理方法有連帶關係者，另集為楞嚴法要串珠一篇，由楊管北居士發心恭錄製版附後，有如從酥酪中提煉出醍醐，嘗其一滴，便得精華。

⑥本書譯述大意，衹向自已負責，不敢說就是佛的原意。讀者如有懷疑處，還請仔細研究原經。

⑦為了小心求得正確的定本，本書暫時保留版權，以便于彙集海內賢智大德的指正。待經過愼審考訂，決定再無疑義時，版權就不再保留，俾廣流通。

〔民國四十九年（一九六〇），台北〕

附一：楞嚴法要串珠

當知一切衆生。從無始來。生死相續。皆由不知常住眞心。性淨明體。用諸妄想。此想不眞。故有輪轉。內守幽閒。猶爲法塵分別影事。昏擾擾相。以爲心性。一迷爲心。決定惑爲色身之內。不知色身外洎山河虛空大地。咸是妙明眞心中物。譬如澄清百千大海。棄之。唯認一浮漚體。目爲全潮。窮盡瀛渤。若能轉物。則同如來。身心圓明。不動道場。於一毫端。徧能含受十方國土。離一切相。卽一切法。見見之時。見非是見。見猶離見。見不能及。殊不能知生滅去來。本如來藏。常住妙明。不動周圓。妙眞如性。性眞常中。求於去來迷悟生死。了無所得。當知了別見聞覺知。圓滿湛然。性非所從。兼彼虛空地水火風。均名七大。性眞圓融。皆如來藏。本無生滅。一切世間諸所有物。皆卽菩提妙明元心。心精徧圓。含裹十方。反觀父母所生之身。猶彼十方虛空之中。吹一微塵。若存若亡。如湛巨海。流一浮漚。起滅無從。背覺合塵。故發塵勞。有世間相。而如來藏唯妙覺明。圓照法界。是故於中一爲無量。無量爲一。小中現大。大中現小。不動道場。徧十方界。身含十方無盡虛空。於一毫端。現寶王刹。坐微塵裡。轉大法輪。滅塵合覺。故發眞如妙覺明性。心中狂性自歇。歇卽菩提。勝淨明心。本周法界。不從人得。隨拔一根。脫黏內伏。伏歸元眞。發本明耀。諸餘五黏。應拔圓脫。不由前塵所起知見。明不循根。寄根明發。由是六根互相爲用。若棄生滅。守於眞常。常光現前。根塵識心。應時銷落。想相爲塵。識情爲垢。二俱遠離。則汝法眼應時清明。云何不成無上知覺。知見立知。卽無明本。知見無見。斯卽涅槃無漏眞淨。於外六塵。不多流逸。因不流逸。旋元自歸。塵既不緣。根無所偶。反流全一。六用不行。十方國土。皎然清淨。譬如瑠璃。內懸明月。身心快然。獲大安穩。一切如來密圓淨妙。皆現其中。是人卽獲無生法忍。當知虛空生汝心內。猶如片雲點太清裡。況諸世界。在虛空耶。汝等一人發眞歸元。此十方空。皆悉銷殞。圓明精心。於中發化。如淨瑠璃。內含寶月。圓滿菩提。歸無所得。生因識有。滅從色除。理則頓悟。乘悟併銷。事非頓除。因次第盡。

附二：五陰解脫次第法要

汝坐道場。銷落諸念。其念若盡。則諸離念一切精明。動靜不移。憶忘如一。當住此處。入三摩提。如明目人。處大幽暗。精性妙淨。心未發光。此則名為色陰區宇。若目明朗。十方洞開。無復幽黯。名色陰盡。是人則能超越劫濁。觀其所由。堅固妄想以為其本。

彼善男子。修三摩提。奢摩他中。色陰盡者。見諸佛心。如明鏡中。顯現其像。若有所得而未能用。猶如魘人。手足宛然。見聞不惑。心觸客邪而不能動。此則名為受陰區宇。若魘咎歇。其心離身。返觀其面。去住自由。無復留礙。名受陰盡。是人則能超越見濁。觀其所由。虛明妄想以為其本。

彼善男子，修三摩提。受陰盡者。雖未漏盡。心離其形。如鳥出籠。已能成就。從是凡身。上歷菩薩六十聖位。得意生身。隨往無礙。譬如有人。熟寐寱言。是人雖則無別所知。其言已成音韻倫次。令不寐者。咸悟其語。此則名為想陰區宇。若動念盡。浮想銷除。於覺明心。如去塵垢。一倫生死。首尾圓照。名想陰盡。是人則能超煩惱濁。觀其所由。融通妄想以為其本。

彼善男子。修三摩提。想陰盡者。是人平常夢想消滅。寤寐恒一。覺明虛靜。猶如晴空。無復麤重。前塵影事。觀諸世間大地山河。如鏡鑒明。來無所黏。過無蹤跡。虛受照應。了罔陳習。唯一精真。生滅根元。從此披露。見諸十方十二衆生。畢殫其類。雖未通其各命由緒。見同生基。猶如野馬。熠熠清擾。為浮根塵究竟樞穴。此則名為行陰區宇。若此清擾熠熠元性。性入元澄。一澄元習。如波瀾滅。化為澄水。名行陰盡。是人則能超衆生濁。觀其所由。幽隱妄想以為其本。

彼善男子。修三摩提。行陰盡者。諸世間性。幽清擾動。同分生機。倏然隳裂。沈細綱紐。補特伽羅。酬業深脈。感應懸絕。於涅槃天。將大明悟。如雞後鳴。瞻顧東方。已有精色。六根虛靜。無復馳逸。內外湛明。入無所入。深達十方十二種類。受命元由。觀由執元。諸類不召。於十方界。已獲其同。精色不沈。發現幽秘。此則名為識陰區宇。若於群召已獲同中。銷磨六門。合開成就。見聞通鄰。互用清淨。十方世界。及與身心。如吠瑠璃。內外明徹。名識陰盡。是人則能超越命濁。觀其所由。罔象虛無。顛倒妄想以為其本。

汝等存心。秉如來道。將此法門。於我滅後。傳示末世。普令衆生覺了斯義。無令見魔。自作沈孽。保綏哀救。銷息邪緣。令其身心入佛知見。從始成就。不遭岐路。

精真妙明。本覺圓淨。非留死生。及諸塵垢。乃至虛空。皆因妄想之所生起。斯元本覺妙明精真。妄以發生諸器世間。如演若多。迷頭認影。妄元無因。於妄想中。立因緣性。迷因緣者。稱為自然。彼虛空性。猶實幻生。因緣自然。皆是衆生妄心計度。阿難。知妄所起。說妄因緣。若妄元無。說妄因緣。元無所有。何況不知。推自然者。是故如來與汝發明。五陰本因。同是妄想。

是五受陰。五妄想成。汝今欲知因界淺深。唯色與空。是色邊際。唯觸及離。是受邊際。唯記與忘。是想邊際。唯滅與生。是行邊際。湛入合湛。歸識邊際。此五陰元。重疊生起。生因識有。滅從色除。理則頓悟。乘悟併銷。事非頓除。因次第盡。

中華民國六十七年（西元一九七八年）正月，歲次戊午，適余掩室已過一年之期，老古出版社亦已成立一年，乃發起重印楞嚴大義第五版，決心增排原經文相互對照，便利讀者之研究查證。當經編輯部同仁李淑君、張明貞、戴玉娟校定。原文採用慧因法師所編楞嚴經易讀簡註之版本爲準，校以臺灣印經處歷年影印昔日上海佛學書局版本，互相資證，然後統由戴玉娟悉心校排，費時三月餘，方蕆其事。

今當其送審之際，有感專事修證佛法者之岐路，特將第九、第十兩卷中，五陰解脫次第之法要，增輯於初譯完稿時所綴串珠之後，以期有利末法時世之依法行者，是所祈願。

謹以此誌勝緣。

〔民國六十七年（一九七八），台北〕

楞嚴大義今釋後記

芸芸衆生，茫茫世界，無論入世或出世的。一切宗教，哲學，乃至科學等，其最高目的，都是爲了追求人生和宇宙的眞理。但眞理必是絕對的，眞實不虛的，並且是可以由智慧而尋思求證得到的。因此世人才去探尋宗教的義理，追求哲學的睿思。我也曾經爲此努力多年，涉獵的愈多，懷疑也因之愈甚。最後，終於在佛法裡，解決了知識欲求的疑惑，才算心安理得。但佛經浩如烟海，初涉佛學，要求得佛法中心要領，實在無從著手。有條理，有系統，而且能夠概括佛法精要的，祇有楞嚴經，可算是一部綜合佛法要領的經典。明儒推崇此經，曾有「自從一讀楞嚴後，不看人間糟粕書，」的頌辭，其偉大價値可以槪見。然因譯者的文辭古奧，使佛法義理，愈形晦澀，學者往往望而卻步。多年以來，我一直期望有人把它譯爲語體，普利大衆。爲此每每鼓勵朋輩，發憤爲之。但以高明者旣不屑爲，要作的又力有未逮，這個期望遂始終沒有實現。

避世東來，匆匆十一寒暑，其間曾開楞嚴講席五次，愈覺此學的迫切需要。去年秋末的一個晚上，講罷楞嚴，臺灣大學助教徐玉標先生，與師範大學巫文芳同學，同在我斗室內閒談，又講到這個問題。他們希望我親自動手譯述，我說自己有三個心戒，所以遲延至今。第一：譯述經文，不可冒昧恃才。尤其佛法，首先重在實證，不能但作學術思想來看。即或證得實相，又須仰仗文字以達意。所以古人對於此事，曾有一句名言，謂「依文解義，三世佛寃。離經一字，允爲魔說。」如唐代宗時，一供奉謁慧忠國師，自云要註思益經。國師說，要註經必須會得佛意。他說：不會佛意，何以註經。國師就命侍者盛一碗水，中間放七粒米，盌面安一支箸，問他是什麼意？他無語可對。國師說：你連老僧意都不會，何況佛意？由此可見註經的不易。我也唯恐佛頭著糞，不敢率爾操觚。第二：從前受蜀中一前輩學者囑付云：人心世道，都由學術思想而轉移。文字是表達學術思想的利器，可以利人，亦可以害人。聰明的思想，配合動人的文辭，足可鼓舞視聽，成名一時。但現在世界上邪說橫行，思想紊亂，推原禍始，都是學術思想製造出來的。如果沒有眞知灼見，切勿祇圖一時快意，舞文弄墨。從此我對文字就非常戒懼，二十年來，無論處在何種境遇，總是祇求潛修默行。中間一度，幾乎完全摒棄文字而不用，至于胸無點墨之境。現在前人雖已作古，但言猶在耳，還是拳拳服膺，不敢孟浪。第三：向來處事習慣，既經決定方針，必竭全力以赴。自參究心宗以後，常覺行業不足。習靜旣久，就嗜疏懶爲樂。偶或動寫作興趣，就會想到德山說的：「窮諸玄辯，如一毫置于太虛。徹世機樞，似一滴投于巨壑。」便又默然擱筆了。徐巫二位聽了，認爲是唐塞的遁辭，遂說但要我來口述，他們當下記錄，以免我寫作的龐煩。我想這樣可以試而爲之，就隨便答應下來。起初是把每句文辭意義，逐字逐句繙成白話，所以字斟句酌，不勝其繁。過了三天，蕭正之先生來訪，又談到此事。他認爲佛法被人誤解，也正如其他宗教一樣，病在不肯脫掉宗教神秘的色彩，所以不能學術化，大衆化。不如擷取其精華，發揮其要義，比較容易使人瞭解。我同意他的意見，爲切合時代的要求，就改了方式，但用語體來述說它的大義，而且盡可能純粹保留原文字句的意義。揉合繙譯和解釋兩種作用，定名爲楞嚴大義講話。而徐巫二位，因學校開學事忙，不能兼顧，我祇有自己擔起這付擔子。起初預計三個月可以全部完成，不料日間忙於俗務和賓客酬應，必須到深夜更闌，方能燈前執筆。雖然每至連宵不寐，仍然拖到今年初夏，才得完成全稿。

每一事的成功，卻須仰仗許多助緣。這本書的完成，也不外此例。當我寫了一半的時候，楊管北居士聞知此事，即發心共同完成此一願望，預定由他集資印出贈送，以廣宏揚。對篇章編排方面，他並且提供了若干意見，這對于本書順利問世，是一有力的助緣。劉世綸（葉曼）也立志襄助此事，在此半年期間，朝夕爲之校閱原經和譯稿，雖風雨而無阻。每因一字一句的斟酌，往返商量數次方定。雖值出國行期匆促，仍于百忙中竟成其事。其他如楊嘯伊夫婦爲之安排稿紙。韓長沂居士爲之謄淸全稿，查考註釋，並自動發心負總校對之責。所以在印刷校對方面，我可以省卻許多心力。有這許多自發的至誠，乃益增加我的努力。程滄波先生又爲總閱原稿一遍，並爲文跋其後，且提議改爲今名，在此同誌謝意。此外，去年秋間，張起鈞教授赴美國華盛頓大學講學之先，曾留贈名筆一枝，希望他返國之時，能夠看到我一部著作。雖然沒有寫出如他所預期的那本書，但這本書的完成，曾數易其稿，都用這枝筆來寫成，也可說是不負其所望，故誌之以爲紀念。張翰書教授、朱亞賢居士、巫文芳小友、邵君圓舫、龔君健羣、有的協助抄寫，有的分神校閱，或多或少，都貢獻過心力，並筆之以誌勝緣之難得。蕭天石、魯寬緣兩位居士，曾提議要附印原經，以便讀者對照研究。但因印刷不便，所以未能依照他的雅教，謹致歉意。最後，接洽印刷事務，多蒙妙然、悟一兩位法師的幫忙，感謝無量。

這本書的譯述，祇能算是一得之見，一家之言，不敢說是完全符合原經意旨。但開此風氣之先，做爲拋磚引玉。希望海內外積學有道之士，因此而有更完善的譯本出現，以闡揚內典的精英，爲新時代的明燈，庶可減少我狂妄的罪責。這誠是我薰香沐禱，衷心引領企望的。乃說偈曰：

白話出，楞嚴沒。願其不滅，故作此說。

爲世明燈，照百千劫。無盡衆生，同登覺闕。

〔民國四十九年（一九六〇）孟秋，台北〕

楞伽大義今釋自敍

(一)

楞伽經，它在全部佛法與佛學中，無論思想、理論或修證方法，顯見都是一部很主要的寶典。中國研究法相唯識的學者，把它列為五經十一論的重心，凡有志唯識學者，必須要熟悉深知。但注重性宗的學者，也勢所必讀，尤其標榜傳佛心印、不立文字的禪宗，自達摩大師東來傳法的初期，同時即交付楞伽經印心，所以無論研究佛學教理，或直求修證的人，對於楞伽經若不作深入的探討，是很遺憾的事。

楞伽的譯本，共有三種：

㈠宋譯（西元四四三年間劉宋時代）：求那跋陀羅翻譯的楞伽阿跋多羅寶經，計四卷。

㈡魏譯（西元五一三年間）：菩提流支翻譯的入楞伽經，計十卷。

㈢唐譯（西元七〇〇年間）：實叉難陀翻譯的大乘入楞伽經，計七卷。

普通流行法本，都以宋譯爲準。

本經無論那種翻譯，義理系統和文字結構，都難使人曉暢了達。前人盡心竭力，想把高深的佛理，譯成顯明章句，要使人普遍明白它的眞義，而結果愈讀愈難懂，豈非背道而馳，有違初衷。有人說：佛法本身，固然高深莫測，不可思議，但譯文的艱澀，讀之如對海上三山，可望而不可卽，這也是讀不懂楞伽經的一個主要原因。其實，本經的難通之處，也不能完全歸咎於譯文的晦澀，因爲楞伽奧義，本爲融通性相之學，指示空有不異的事理，說明理論與修證的實際，必須通達因明（邏輯），善於分別法相，精思入神，歸於第一義諦。同時要從眞修實證入手，會之於心，然後方可探驪索珠，窺其堂奧。

無論中西文化，時代愈向上推，所有聖哲的遺敎，大多是問答記錄，純用語錄體裁，樸實無華，精深簡要。時代愈向後降，浮華愈盛，洋洋灑灑，美不勝收，實則有的言中無物，使人讀了就想忘去爲快。可是習慣於浮華的人，對於古典經籍，反而大笑卻走，眞是不笑不足以爲道了。楞伽經當然也是問答題材的語錄體裁，粗看漫無頭緒，不知所云，細究也是條分縷析，自然有其規律，只要將它先後次序把握得住，就不難發現它的系統分明，陳義高深。不過，讀楞伽極需愼思明辨，嚴謹分析，然後歸納論據，融會於心，才會了解它的頭緒，它可以說是一部佛法哲學化的典籍（本經大義的綱要，隨手已列了一張體系表）。他如解深密，楞嚴經等，條理井然，層層轉進，使人有抽絲剝繭之趣，可以說是佛法科學化的典籍。阿彌陀、無量壽觀及密乘等經，神變難思，莊嚴深邃，唯信可入，又可以說是佛法宗教化的典籍。所以研究楞伽，勢須具備有探索哲學、習慣思辨的素養，纔可望其涯岸。

楞伽經的開始，首先由大慧大士隨意發問，提出了一百多個問題，其中有關於人生的、宇宙的、物理的、人文的，如果就每一個題目發揮，可以作爲一部百科論文的綜合典籍，並不祇限於佛學本身的範圍。而且這些問題，也都是古今中外，人人心目中的疑問，不僅祇是佛家的需求。倘使先看了這些問題，覺得來勢洶湧，好像後面將大有熱鬧可瞧，誰知吾佛世尊，卻不隨題作答，信手一擱，翻而直截了當的說心、說性、說相，依然引向形而上的第一義諦，所以難免有人認爲大有答非所問的感覺。實則，本經的宗旨，主要在於直指人生的身心性命，與宇宙萬象的根本體性。自然物理的也好、精神思想的也好，不管那一方面的問題，都基於人們面對現實世界，因現象的感覺或觀察而來，這就是佛法所謂的相。要是循名辨相，萬彙紛紜，畢竟永無止境。即使分析到最後的止境，或爲物理的，或爲精神的，必然會歸根結柢，反求之於形而上萬物的本來而後可。因此吾佛世尊才由五法、三自性、八識、二無我，加以析辨，指出一個心物實際的如來藏識作爲總答，此所以本經爲後世法相學者視爲唯識宗寶典的原因。

(二)

自佛滅以後，唯識法相之學，隨時代的推進而昌明鼎盛，佛法大小乘的經論，也可以純從唯識觀點而概括它的體系。不幸遠自印度，近及中國，乃至東方其他轉譯各國的佛學，卻因此而有「勝義有」與「畢竟空」的學術異同的諍論，歷兩千餘年不衰，這誠非釋迦當初所樂聞的。殊不知如來藏識，轉成本來淨相，便更名爲眞如，由薰習種性，便名爲如來藏，此中畢竟無我，非物非心，何嘗一定說爲勝義之有呢？所以在解深密經中，佛便說：「阿陀那識甚深細，一切種子如瀑流。我於凡愚不開演，恐彼分別執爲我。」同一道理，佛說般若方面，一切法如夢如幻，無去無來，而性空無相，又眞實不虛，他又何嘗定說爲畢竟的空呢？倘肯再深一層體認修證，可謂法相唯識的說法，卻是破相破執，才是徹底說空的佛法。般若的說法，倒是老實稱性而談，指示一個如來自性，躍然欲出呢！

但無論如何說法，佛法的說心說性，說有說空，乃至說一眞如自性，或非眞如自性；它所指形而上的體性，如何統攝心物兩面的萬有羣象？乃至形而上與形而下物理世界的關聯樞紐，始終沒有具體的實說。而且到底是偏向於唯心唯識的理論爲多，這也是使人不無遺憾的事。如果在這個問題的關鍵上，進一步剖析得更明白，那麼，後世以至現代的唯心唯物哲學觀點的爭辯，應該已無必要，可以免除世界人類一個長期的浩劫，這豈不是人文思想的一件大事嗎？唐代玄奘法師曾經著八識規矩頌，歸納阿賴耶識的內義，說它「受熏持種根身器，去後來先做主公。」而一般佛學，除了注重在根身，和去後來先做主公的尋討以外，絕少向器世界（物理世界）的關係上，肯做有系統而追根究柢的研究，所以佛法在現代哲學和科學上，不能發揮更大的光芒。也可說是拋棄自家寶藏不顧，缺乏科學和哲學的素養，沒有把大小乘所有經論中的眞義貫串起來，非常可惜。如果稍能擺脫一些濃厚而無謂的宗教習氣，多向這一面著眼，那對於現實的人間世，和將來的世界，可能貢獻更大；我想，這應該是合於佛心，當會得到吾佛世尊的會心微笑吧！倘使要想向這個方向研究，那對於華嚴經與瑜伽師地論等，有關於心識如何建立而形成這個世界的道理，應該多多努力尋探，便會不負所望的。

反之，說到參禪直求修證的人，最容易犯的毛病，就是通宗不通教，於是許多在意根下立定足根，或在獨影境上依他起用，就相隨境界而轉；或著清靜、空無，或認光明、爾餤；或樂機辯縱橫；或死守古人言句。殊不知參禪，也僅是佛法求證的初學入門方法，不必故自鳴高，不肯印證教理，得少爲足，便以爲是。這同一般淺見誤解唯識學說者，認爲「諸法無自性」、或「一切無自性」，自己未加修證體認，便說禪宗的明心見性是邪說，都同樣犯了莫大的錯誤。須知「諸法無自性」、「一切無自性」，這個觀念，是指宇宙萬有的現象界中，一切形器羣象，或心理思想分別所生的種種知見，都沒有一個固定自存，或永恒不變的獨立自性。這些一切萬象，統統是如來藏中的變相而已，所以說它「無自性」。華嚴經所謂：「一切皆從法界流，一切還歸於法界」，便是這個意思。如有人對法相唯識的著作或說法，已經有此誤解者，不妨酌加修正，以免墮在自誤誤人，錯解佛法的過失中，我當在此合掌曲躬，慇懃勸請。

(三)

中華民國四十九年（一九六〇），月到中秋分外明的時候，楞嚴大義的譯述和出版，初次告一段落，又興起想要著述楞伽大義的念頭。有一天，在北投奇巖精舍講述華嚴會上，楊管北居士也提出這個建議，而且他的夫人方菊仙女士，發心購贈兩隻上等鋼筆，迴向般若成就。因緣湊泊，就一鼓作氣，從事本書的譯述。自庚子重陽後開始，歷冬徂春，謹愼研思，不問寒暑晝夜，直到五十年（一九六一）六月十二日，夏曆歲次辛丑四月廿九日之夜，粗完初稿。在這七、八個月著述的過程中，覃思精研，有難通未妥的地方，唯有宴坐入寂，求證於實際理地，而得融會貫通，那時我正寓居一個菜市場中，環境憒閙，腥臊汚穢堆積，在五濁陋室的環境裏，做此佛事，其中況味，憶之令人啞然失笑！處於這種情景十多年來，已能習慣成自然，而沒有淨穢的揀別了。祇有一次冬夜揮毫，感觸正法陵夷，邪見充斥，人心陷溺的現況，却情不自禁，感作絕句四首，題爲庚子冬夜譯經即賦，雖如幻夢空花，姑錄之以爲紀念。其一：風雨漫天歲又除。泥塗曳尾說三車。崖巉未許空生坐。輸與能仁自著書。其二：靈鷲風高夢裡尋。傳燈獨自度金針。依稀昔日祇園會。猶是今宵弄墨心。其三：無著天親去未來。眼前兜率路崔嵬。人間論議與誰證。稽首靈山意已摧。其四：青山入夢照平湖。外我爲誰傾此壺。徹夜翻經忘已曉。不知霜雪上頭顱。

本書的著述，參考楞伽三種原譯本，而仍以流通本的楞伽阿跋多羅寶經爲據，但譯義取裁，則彼此互採其長，以求信達。遇有覺得須加申述之處，便隨筆自加附論標記，說明個人的見解，表示祇向自己負責而已。後來有人要求多加些附論，實在再提不起精神了。這次述著，除了楊管北居士夫婦的發心外，還有若干人的出力，他們的發心功德，不可泯滅。臺大農化系講師朱文光，購贈稿紙千張，而且負責謄清和校對，查訂附加註解，奔走工作，任勞任怨，雖然他向來緘默無聞，不違如愚，但這多年來，旦夕相處，從來不因我的過於嚴格而引生退意，甚之，他作了許多功德事，也是爲善無近名的。但到本經出版時，他已留學美國，來信還自謂惜未盡力。其餘如師大學生陳美智、湯珊先，都曾爲謄稿抄寫出過力。中國文化研究所的研究生吳怡，也曾爲本書參加過潤文，和提出質疑的工作。韓長沂居士負責出版總校對。最後，程滄波居士爲之作序。這些都是和本書著述完成及出版，有直接關係的人和事，故記敍眞相，作爲雪泥鴻爪的前塵留影。

本書述著完成以後，對於文字因緣，淡到索然無味，也許是俱生秉賦中的舊病，素來作爲，但憑興趣，興盡即中途而廢，不顧任何詬責，或者因人過中年，閱歷愈深，遇事反易衰退，故原稿抄好一擱，首尾又是四年了。在這四年中間，也寫作過儒、道兩家的一些學術著作，但都是時作時輟，興趣索然。甚之覺得著述都是多餘的事，反而後悔以前動筆的孟浪。每念德山禪師說的：「窮諸玄辯，若一毫置於太虛。竭世樞機，似一滴投於巨壑。」實在是至理名言，很想自己燬之為快。引用佛家語來說，可謂小乘之念，隨時油然而生，故對本書的出版，一延再延。今年春正，禪集法會方畢，楊管北居士又提出此事，並且說，為廻向他先慈薛太夫人，要獨自捐資印刷本書五千部，贈送結緣，藉資冥福，所以今日才有本書的問世。始終成其事者，為楊管北居士，經云：「孝子不匱，永錫爾類。」我但任興而為，得失是非，都了不相涉，祇是對本書的譯文，仍然不如理想的暢達，確很遺憾。倘使將來觸動修整的興趣，再為本書未能盡善的缺憾處，重作一番補過工夫。但排印中間，又為誤罹目疾而躭擱了七八個月，深感業重障深，蕆事之難。本來要替本經與唯識法相的關係，及性相兩宗的互通之處，作一篇簡單的綱要，但又覺得多事著述，徒費筆墨紙張，於人於世，畢竟沒有多大益處，所以便懶的提筆。唯在前賢著述中，尋出范古農居士述八識規矩頌貫珠解，附印於次，以便學者對唯識法相，有一基本認識，可以由此入門，研究性相的異同，契入經藏。

〔民國五十四年（一九六五），台北〕

金剛經卅二品偈頌自話

大乘佛法，以菩提解脫爲先。金剛經者，爲般若解脫道之中堅。自梵本翻譯華言，先後計有七種譯本。通常流行習誦者，皆以姚秦時代鳩摩羅什法師譯本爲準。原譯本無品數之分，拈提品名者，實由梁昭明太子所作也。分品雖似割裂，然提綱醒目，叮嚀後學，確甚有功。余初學佛，亦由此經起信，故於般若因緣，更感殊勝。偈頌之作，乃昔年掩室山中時之寱語，鄙陋不文，不足爲訓。且偈語不必盡依詩律，心有所感，即信口吟成，不知所云。今因友輩偏愛，促予付梓問世，貽笑方家，染汚般若，難免罪過。

禪宗自達摩大師初傳心印，當時咐囑，並授楞伽經以印證心法。迨五祖以後，方改以金剛般若經爲法印。六祖因之，廣宏般若，禪宗又號稱爲般若宗者，蓋自此因緣始也。禪宗源於釋迦文佛之親授，自東來數傳以後，托胎般若，含融中華文物之精英，家風屢易，蛻變宗教情調而歸於平常日用之間者，金剛般若經之影響，最爲有力。然諦觀本經首從文佛行持，極其平常之穿衣喫飯說起，絕非高推聖境，誕託虛玄者可比。其與後世宗風擔柴運水，擧餅吃茶，事無二致。審夫世出世間事物，參詳諦當，智行相應，理事明了，雖奇特虛玄者，亦至爲平實。苟愚頑罔思，雖至平實者亦極其玄妙。

即作頌了，乃復不揣謬見，隨品數之分，更爲拈提經偈所關大旨，用醒眉目，俾知偈頌出處。

第一、法會因由分。如經所云，佛於食時，著衣持鉢，入舍衞大城乞食。於其城中，次第乞已。還至本處，飯食訖，收衣鉢，洗足已，敷座而坐。此正說明本經述說釋迦文佛住世教化之時，行極平實，更無奇特。一如常人穿衣吃飯，洗足敷座。並非雲生足下，頂現圓光。

第二、善現起請分。正當佛自安座事了，時有長老須菩提（華言譯其名字，另一意義爲善現。）即從大衆中起而問法。問云：如來善護念諸菩薩，善咐囑諸菩薩。若使有善男信女，發心求無上正等正覺者，應該如何住在此一初發自覺清淨之正信心境中，應該如何降伏一切妄想煩惱之心。而本經所記佛之答語，極其有味，異常巧妙，但重複須菩提之問語云：如來善護念諸菩薩，善咐囑諸菩薩。應如是住。如是降伏其心。初無加上許多說法。及須菩提長者嘮叨不休，繼續而說：唯然！世尊，願樂欲聞。方引出以後若干經文，橫說竪說，刹說衆生說矣。其實，本經全部重心，在於善護念三字。無論聖人與凡夫，但能善護初心一念清淨，則初發心即成正覺。苟善護此一清淨正念，則往後文長，皆成賸語矣。

第三、大乘正宗分。正以凡夫衆生，不能善護其善念，學佛中人，不能放下我證涅槃佛果，我在度人之相。則等同世間凡人，人相、我相、衆生相、壽者相，樣樣不能放下，同為大病。若放却此世出世間諸相，豈非是一個無事凡夫，逍遙自在，快樂無憂，行同諸佛。

第四、妙行無住分。故佛於放下四相之後，乃說，菩薩於法，應無所住，行於布施，令此心猶如虛空。所謂布施者，內捨放諸緣之相，法施衆生，外施捨身心財物，以濟衆生是也。功高萬世，不住功相。德侔天地，不着德相。方為眞布施也。

第五、如理實見分。到此又說，不可以身相見如來。故佛云：凡所有相，皆是虛妄。若見諸相非相，即見如來。無奈言者諄諄，聽者藐藐，殊堪一嘆。

第六、正信希有分。因此再三叮嚀，知我說法，如筏喻者，法尚應捨，何況非法。能生信心，以此為實。誠為希有之正信也。

第七、無得無說分。繼而說明無有定法，名阿耨多羅三藐三菩提。亦無有定法，如來可說。所以者何？一切聖賢，皆以無為法而有差別。

第八、依法出生分。於是提出持經說法之福德，無有自性之相可着，其廣博猶如虛空。故云：所謂佛法者，即非佛法，是名佛法。

第九、一相無相分。不但福德功勳，猶如幻化。即如四果聲聞，亦不能着意圓成。但了無相、無着、無願之旨，可以當下釋然一切經論教義之旨矣。

第十、莊嚴淨土分。但應如此生清淨心，如經所云：莊嚴佛土者，即非莊嚴，是名莊嚴。可謂明白曉暢之至。

第十一、無爲福勝分。到此又復重申無爲福勝，凡有爲者，皆是世間塵滓之事，豈不當下爽然若失矣！

第十二、尊重正教分。義如品名，不必拈提。

第十三、如法受持分。乃知般若無知，法身無相，然後可以降伏鏡裏魔軍，大作夢中佛事矣。

第十四、離相寂滅分。於是重申玄旨，乃言：離一切諸相，即名諸佛。又說：離一切相，發阿耨多羅三藐三菩提心。實相即是非相。如來所得法，此法無實無虛云云。

第十五、持經功德分。義如品名，不必拈提。

第十六、能淨業障分。義如品名，不必拈提。

第十七、究竟無我分。經云：如來者，即諸法如義。如來所得阿耨多羅三藐三菩提，於是中無實無虛。是故如來說，一切法皆是佛法。若菩薩通達無我法者，如來說名眞是菩薩。畢竟還是要人自無我相，方與佛法相應。

第十八、一體同觀分。經云：何以故？如來說諸心，皆爲非心，是名爲心。過去心不可得，現在心不可得，未來心不可得。

第十九、法界通化分。莫以世間求福德之心而求佛法，是爲至要。

第二十、離色離相分。經云：如來說諸相具足，即非具足，是名諸相具足。

第二十一、非說所說分。經云：說法者，無法可說，是名說法。

第二十二、無法可得分。經云：乃至無有少法可得，是名阿耨多羅三藐三菩提。

第二十三、淨心行善分。義如品名，不必拈提。

第二十四、福智無比分。義如品名，不必拈提。

第二十五、化無所化分。義如品名，不必拈提。

第二十六、法身非相分。經云：若以色見我，以音聲求我，是人行邪道，不能見如來。

第二十七、無斷無滅分。經云：發阿耨多羅三藐三菩提心者，於法不說斷滅相。

第二十八、不受不貪分。經云：菩薩所作福德，不應貪着，是故說不受福德。

第二十九、威儀寂靜分。經云：若有人言如來若來、若去、若坐、若臥，是人不解我所說義。何以故，如來者，無所從來，亦無所去，故名如來。

第三十、一合理相分。經云：若世界實有者，即是一合相。但凡夫之人，貪著其事。

第三十一、知見不生分。義如品名，不必拈提。

第三十二、應化非眞分。經云：云何爲人演說，不取於相，如如不動。又云：一切有爲法，如夢幻泡影，如露亦如電，應作如是觀。

〔民國五十三年（一九六四），台北〕

爲金剛楞伽楞嚴三經重印首語

釋迦文佛一代時教，若不自東漢以後而傳入中國，則將早隨印度本土文化而淪喪殆盡。佛教輸入中國，在魏、晉以後，若無達摩一系禪宗之崛起，亦將隨南北朝之衰亂而心法無遺矣。故中國文化與佛教，正當盛唐之興隆而卓然挺拔，良有以也。

但自晚唐五代之際，禪佛而有五宗七派之門庭設施，則已由盛而衰，勢必入於儒道而相互依存，蛻異競秀。因之而有宋代理學之突出，神仙丹道之輝耀，亦勢易時變之必然也。過此以還，迨於明代中葉，左右佛老而匯集於理學心宗，則有陽明王學之作。當此之時，禪門佛子從王學而入道者，頗不乏人。

及乎明季末期，身爲智識分子之儒冠學者，頗非王學之濫而欲規正於禪，但又鄙薄禪僧而不爲，獨以居士身而手提禪宗正令者，因而風起。如：田素菴、李卓吾、瞿汝稷、曾鳳儀輩，皆以當時名士而標示學佛，且爲士大夫之所誹議者，其數不少。其間尤以李卓吾之得罪名教中人，遭逢不幸，最爲可哀。

由此禪宗與理學，隨宋明朝代之異易，亦轉爲入世應用之學，或爲文詞慧業而肆其智辯者，則有馮夢龍、李笠翁、金聖嘆，似皆承其餘緒而故示跌宕也。

但禪佛正宗法印，幾已蕩然無存，師僧中雖有密雲悟以及憨山、達觀少數幾人撐持門戶，殆亦强弩之末，勢不能穿魯縞者耶，由此而及淸初，能振興禪宗，高提正印而掃蕩陰霾者，有之，唯雍正一人而已。惜乎！身爲帝王身，應爲帝王身而得度者，恐終難得其人矣。今因學子周勳男之請，囑爲明末曾鳳儀所輯金剛、楞伽、楞嚴三經宗通再版爲序，旅泊中人，塵勞繁劇，實已無暇及此。然因其而三催促，簡書禪佛宗乘之衍變如此，則可知曾氏之輯，固有其獨具匠心，足資千古者。非大心開士，曷能作此，應爲隨喜讚歎，是法住法位云爾！

〔辛未年一九九一年四月廿八日記於香江〕

華嚴經教與哲學研究序

釋迦文佛一代時教，綜羅萬辨，旨在求證超邁人間世與物理世界之交縛，然後和順眞俗而昇騰情性。後之分疏其言思部類，因而有人天之際，大小道乘之差別。究其源本，理則圓融，事無二致。迨迦文寂滅，授受差歧，渴飲分河，門庭疑立，玄靈罔象，盡成捉影分光，藏櫝遺珠，競取支離破碎。於是有龍樹大士者，崛然興起，理其繁蕪，整其脈絡，寖假曼衍，而有般若、中觀、唯識、法相、禪、淨、律、密等教法，悖如並行。而箭杜簇鋒，枝枝貫串於華藏；雲輝彩靄，光光縷集於日輪。猗歟！懋哉！詎能透視。

及乎敎歸中土，燦爛於盛唐之世，蓓蕾結實，花蕊紛披，法苑敷陳，封蹊互涉，雖百世爭放，而群倫莫統。洎杜順、智儼、法藏、澄觀、宗密、李長者輩相繼出世，華嚴妙淨，方挺然矗立於穢土蓮泥之間。於是偏空執有，滯般若、膠法相者，咸須從妙高峰頂，落脚實地而俯首依皈於華藏果海；始信知見萬象，悉是法身之依他；身色一異，盡屬圓成之現量。明暗不二，物我同如，生滅無異，魔外齊了。藏天下於天下，負之而趨而寂然不動；析塵刹於塵刹，安之於默而感而遂通。唯然文教盛衰，儼同世運，宋元以降，雖理極情喻，尙堪嚼唾，而身證心了，幾同絕響。每念斯文，輒廢卷而戚戚。

距今十二年前，楊生政河，方就讀於台大哲學研究所，晨窗清曠，過我問津，商酌畢業論文，欲取禪佛之妙旨以爲題者。乃告之曰：近時禪已淪於膚學，嚚嚚唁辨，何勝其非。華嚴豐藏，可發新硎，子其勉之。政河曰：然則，指導師承，誰可與歸？揣其所意，固知相挽。余曰：方教授東美，一代賢哲，曾兩度過吾，言未詳盡。余雖面告朝夕見顧之徐子明教授轉致歉衷，唯微念猶未釋然，子當告余此意，挽請其爲指導，必相契合。繼而政河固如所教而完成巨論，竊喜東美先生，晚年契入圓智，善果正圓之際，不幸繼徐子明先生棄世而施身海藏。浮漚幻有，緣起無常。華落果存，薪傳灰滅。今因政河梓印「華嚴經教與哲學研究」一書，復請爲序，驚夢歲月，慨憶昔人。乃爲之介，并紀其始末因緣如是我云。

〔民國六十九年（一九八〇）初冬，台北〕

佛學原理通釋

治學如理亂絲，愈理而頭緒愈緐。然千古聰明才智之士，畢生埋首於學術，雖紛而益固，歷萬險而彌堅者，蓋心存淑世，志從學術思想以濟救人心之陷溺也。仲尼刪詩書而定禮樂，樹中華文教之規模，光芒萬丈，照耀古今。釋迦闢耶說而立宗創教，闡人天之奧秘，說法如雲如雨，普施義生而不分中外，而移植於中土。昔入有言，東方有聖人，西方有聖人，此心同、此理同，信其然乎！

佛學汪洋浩瀚，無可涯岸，後世分河飲水，但取瓢飲而鼓腹者，只各適其所志，潤其知見，而無妨於雨露之廣，河海之量，猗歟盛哉！近世以還，西學東漸，物質文明挾歐風美雨而驟至，東方人文之學，亦隨狂瀾而欲倒。於是有志之士，沉潛韜晦，崛起於故紙之間，溫故而知新，默然而治慧學，藉求人類眞理之歸趨者，大有人焉。

余於中華民國三十八年春來臺，初識黃教授公偉，彼方主筆政於全民日報，長厚誠篤，靄然可親。而彼此不知其所學。因緣聚會數面以後，不通往來已十有餘年。今秋同講學於輔仁大學，重逢於車次。方知其力學之勤，著述之富，誠仁人志士之用心也。一日，公偉兄以所著書相贈，并舉佛學原理通釋，囑余審讀而為之序，瞿然驚其付託。塵勞垢染如余，日無暇晷，恐將難全友信，欲求案無積事，卽竭夜翻閱一遍，擇其要者而為之介。

此書志存闢謬，力求佛學之原，故偏重於原始佛教小乘之理，侔於東瀛明治維新後諸名家佛學之論據，而加以作者力學心得之知見，誠乃晚近數十年中治佛學者不可多得之佳作也。足為入德之資糧，有輔於釋迦之教非淺。至於大乘諸說，般若、唯識，中觀之義，略而未詳，蓋欲待諸他日之專論，余將拭目以觀其大成焉。公偉兄行宗儒術，心遊佛境，著作等身，有筆如椽，苟非宿植德本，豈能為此。為此合什稽首，隨喜讚嘆，殆為異時靈山會上，拈花微笑之緣歟！

（民國五十四年冬月序於台北）

爲向子平印敦煌大藏經言

世人都言佛學浩如烟海，以烟海形容佛學，亦似是而非之辭。海卽深不見底，廣大無邊，復加烟籠層面，永似縹渺難窮其際，如此境界，往往使人望而却步，不敢窺探究竟。迨有心人集佛說羣經，綜爲一大藏教，納無限而歸之有限，如不遊心外物，專誠懇讀，浩如烟海者亦僅爲一大藏。讀而習之以勤，精研覃思，理與神會，言與寂合，一大藏教，亦只會心於方寸，又何足多哉！

距今六十年前，印刷尚未發達，全國伽藍叢林，具有大藏一部者，寥寥無幾而屈指可數，如欲深入經藏，幾亦難如登海。及至現在，以台灣一隅而言，普遍印出歷代各部大藏經，先後已有五六種。無論善本殘編，每出一部，僧俗競相爭購，肆無遺棄。若此情況，意謂並非深入經藏，實乃藏經深入民間，人人皆在佛學烟海之中，毋須再行推廣矣。

然有向子平者，仍欲在此蒼茫烟海中別出心裁，另放異彩，多年發心，以影印敦煌大藏經爲一大願力，并屢促我爲之序。人間善語，佛皆說盡，文藝才華能在佛頭着糞作序者，前修已盡其詞，今則幾同絕調矣。予何人，豈敢謬讚一詞。唯願向子此書印出，有願必成，所求皆遂，凡有功德，亦普覆迴向烟海爲幸。向子當不以我又犯綺語戒耶！

〔民國七十九年（西元一九九〇年）歲次庚午端陽　南懷瑾寄於海外〕

禪宗之部

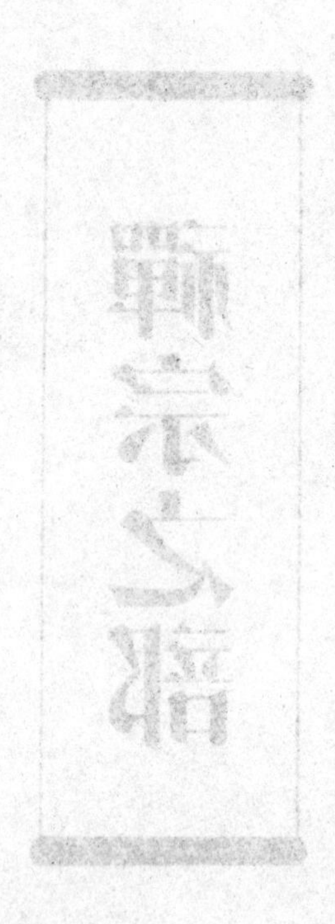

禪海蠡測初版自序

運阨陽九，竄伏海疆，矮屋風簷，塵生釜甑。客來自遠，顧而讓之曰：子脫屣圭纓，棲情衡泌有日矣；曩者掩室岷峨，行脚康藏，風霜凋其短鬢，烟水歷乎百城，矻矻窮年，究此一事；雖夢宅虛無，本乏可留之跡，而空書斐亹，終成不著之文，際茲慧命絲懸，魔言鼎沸，同舟儳分乎楚漢，一室而判若參商，正法衰微，乾坤幾息，不有津梁，罔克攸濟，金針密固，庸所安乎？聞已而思，瞿然有省。夫妙契匪意，眞證難言，動念已乖，況涉文字。然無說自說，瓶瀉雲興，從上祖師，皆非得已，矧余末學，犓具見聞，窺測之談，不離知解，揆諸先聖盍各之義，竊比昔賢就正之情，磚石之投，連城或致，則亦何妨著佛頭糞，大作寱語耶！爰濡禿管，率成斯編，所涉雖繁，要仍以禪爲主，如葉歸根，如水赴海。倘閱者因筌得魚，見月廢指，形山打破，會即不疑，是吾心也。若遇明眼，爍破面門，此中廓然，徒添絡索，一場懡㦬，轉見敗闕，則余知過矣。

〔民國四十四年（一九五五），台灣〕

禪海蠡測再版自序

時輪劫濁，物欲攖人，舉世紛紜，鈍置心法，況禪道深邃，尅證難期；余以默契宿因，嗜痂個事，覓衣珠於壯歲，慮魔焰之張狂，故不辭饒舌，綴拾斯文。然投滴巨壑。吹毫太虛，沉沉無補時艱，復將廿載。頃者，莘莘學子，驚顧域外之談禪，攘攘士林，欲振中華之墮緒，再請重鑄斯編，冀復燃燈闇室；固知舊鉛新槧，盡同夢裏塵勞。唼響撩虛，等是狂思玄辯，禪非言說，旨絕文詞，拈花微笑，能仁已自多餘，渡海傳衣，少室徒添滲漏，五家七派，無非自碎家珍，萬別千差，透澈何勞豎指，斯編之作，爲無爲，何有於我哉！

（民國六十二年（一九七三）仲夏，台北）

附：禪海蠡測贅語

／蕭天石

禪宗一門，爲我國佛教中之一革新派，旨在傳佛心印。自釋迦牟尼傳大迦葉，遞至二十八代菩提達摩，東來震旦，是爲此土初祖。復自二祖僧璨遞傳至六祖惠能，宏開五葉，宗風大振。雖所提倡以「不立文字，直指人心，見性成佛」爲宗旨，惟文字語言，亦未始非心傳方便法門；故達摩初亦曾用楞伽經四卷以印心。惠能於黃梅，剛道得「本來無一物」一偈，便得衣鉢，惟當授受之際，猶爲說金剛經。其在曹溪弟子亦有壇經之記。厥後二派五宗，無不直指向上，皆令自求、自行、自悟、自解；然亦究不能無說，說不能無文。蓋借語傳心，因指見月，語言文字，有時亦不失爲接引開示之方便也。

世謂禪宗爲教外別傳，實則謂之別傳固可，謂之非別傳而爲嫡傳亦可。蓋眞諦不二，以教證宗，以宗舉教，教實有言之宗，宗本無言之教。三藏十二部，默契之則皆宗；千七百公案，舉揚之則皆敎。佛說法數十年，未嘗說得一字，以法尙應捨也。故究竟言之，敎原未嘗有言，而宗亦未嘗無言也。天下同歸而殊途，百慮而一致。歸元無二路，方便有多門。能徹悟自心是聖，自心是佛，則觸著便了，更無餘事。天地與我同根，萬物與我一體，豈可因門庭施設，而分宗分敎，儼然門戶峥嶸，自生差別哉！

南君懷瑾，頃以所著禪海蠡測書稿見寄。細讀之，深覺其超情離見，迥出格量。君雖深契禪宗，然不以話頭爲實法，不以棒喝作家風；橫說豎說，語語由自性心田中流出，絕非如優人俳語者可比。其中治儒釋道各家之言，而綜諸一貫，會歸一旨，儻非能如大海之納百川者，曷克臻此？是書雖累十餘萬言，要亦祇道得一字。若會時，看固得，不看亦得；不會時，不看固不得，看亦不得。洛浦安答僧云：「一片白雲橫谷口，幾多飛鳥盡迷巢。」是佛固著不得，經典公案亦著不得。讀者於此書所示，一字一句，又豈能著得？「不離文字難爲道，盡捨語言始是經。」讀者切勿泥於語句，墮入文字禪中，而宜獨超冥造乎語言文字之外，是爲近之。否則依然陷在妄想知見網中，雖一輩子學佛，一輩子參禪，一輩子求道，騎驢覓驢，與自己本來面目，毫沒干涉，而終歸是凡夫。余昔贈靈巖寺僧傳西有句云：「不學佛時方成佛，非參禪處即參禪。」此與張拙見道偈之：「斷除煩惱重增病，趨向眞如亦是邪。」及憨山大師所謂：「妄想興而涅槃現，煩惱起而佛道成。」，其義一也。

余與懷瑾，論交十餘年矣。抗戰初起時，君甫逾弱冠。殫力墾殖，深入夷區，部勒戍卒，蠻烟瘴雨，躍馬邊陲，氣宇如王，高自期許。卒以囿於環境，單騎返蜀，復事鉛槧。曾述其經歷，著西南夷區實錄一書；則又恂恂儒者，非復向日馬上豪雄矣。無何，任教中央軍校，時余主持黨軍日報，每相與論天下事，壯懷激烈，慨然有澄清之志。惟以資禀超脫，不爲物覊，故每嘗芒鞋竹杖，遍歷名山大川，友天下奇士，不知者輒目爲癡狂，而君則恬然樂之。嘗曰：「鐘鼎山林，固皆夙願，苟頓脫可企，則視天下猶敝屣耳！」三十二年，余以嬰疾，藥爐禪榻，時益相親；曾與遍訪高僧，並同師事光厚老如尙。不期年，君辭軍校事，而致學於金陵大學研究院社會福利系。後又棄隱於青城之靈巖寺，霜楓紅葉，日伍禪流。旋從禪德袁煥仙居士遊，契入心要。嗣即不知蹤跡者久之。一日，忽有客自峨嵋來，始知閉關於中峯絕頂之大坪寺，西川舊好，相顧愕然！耆年如謝子厚、傅眞吾，及君師袁煥仙等，相約入山訪之，始知由名僧普欽之介，悄然至峨嵋，初於龍門洞猴子坡等處，疊示靈異之迹，乃獲寄跡該寺。在此期中，並曾折服當時負有盛名之唯識學者王某。龍門寺僧演觀，曾記其事與對話，刊有專册行世，不脛而走。龍泉在匣，光芒不掩，眞性情人，行事大抵固如是也。

後三年，余宰灌縣，君飄然蒞止，美髯拂胸，衲衣杖策，神采奕奕。問從甚處來？答謂：「前從靈巖去，今自金頂回。」問：在峨嵋山何爲？曰：「三年閉關，閱全藏竟。」復問其今後擬往何處？則曰：「到處不住到處住，處處無家處處家。」相視而失笑者久之。憩夏青城後，即遠遠康藏，窮探密宗之奧；行跡遍荒山絕巘，叢林古刹。行脚愈遠，所接大德高僧奇人異士亦愈衆，而迹亦愈晦。蓋所謂：「就萬行以彰一心，即塵勞而作佛事」者也。嗣聞其經康藏至昆明後，曾講學於雲南大學。折返錦城，並一度應川大哲學教授傅養恬之邀，講學於哲學研究會。斯時已聲光倂耀，緇白聞風問道者絡繹。迨抗戰勝利後二年，君即返里省親，嗣復深隱於天竺靈隱山中，棲心玄秘。爾時，余適于役京畿，彼此不相聞問矣。

三十八年夏，余自滬來臺。一夕，君忽枉訪於臺北寓所，始悉其方有所營爲。越明年，事與願違，忽爾晦跡，行藏莫卜者久矣。迄去冬，因某居士之約而復聚於海濱一陋巷中，破窗塵几，意趣蕭然；當力促以重親筆硯。初不謂然，幾勸始諾。曾未數月，遂成斯篇，都凡二十章，鈎元提要，探幽闡微，手眼別具，發前人之所未發。全書以禪宗爲主眼，而融會衆流，歸趣大海，雖於從上各家之說，略有損益，要皆言必有宗，指歸至當。至若參話頭、中陰身，及修定參禪法要諸篇，則皆古人穩密緘固不肯爲人說破者，今皆不惜眉毛，金針巧度。雖小出作略，而其資益於眞心向道者，寧爲淺鮮？至其提持綱要，語不滯物，思泉坌湧，如山出雲，殆今日之廣陵散矣。余初識懷瑾，英年挺拔，跌宕磊落，前途正未可量；卒之鄙棄功名，參伍猿鶴，得以博覽法藏，獨契心源，返樸還淳，泥塗軒冕，所謂遊於方之外者非歟？又君髫年曾習武技與方術，卒致力於佛法；深入禪教密各宗之堂奧。今後究將以何者爲其歸正，則又未可逆測。其殆遊戲人間，應物無朕者耶！爰因其書成，略綴其生平行履一斑以附，庶讀其書者，亦得略知其人。余雖早歲皈命瞿曇，然放逸怠荒，憚於精進，似草野人，爲廊廟語，門外之誚，寧能倖免？惟承命爲校訂，於義不能無言，拉襍書之，亦自哂也。

〔民國四十四年（一九五五）蕭天石寫於台中草廬〕

禪宗叢林制度與中國社會問題引言

社會學裏的社會

社會這個名稱，是指各個團體之間，具有一定的關係，共通的利益，因此合作以達一定的目的，組織成爲一個整體的集團。普通便把它用來指某一種同業，某一類同身分人的名辭，例如上流社會，勞動社會等。也有用以代表某一區域性的，如上海社會，漢口社會等。

當西曆一八三八年間，法國學者孔德（Comte）便創了社會學這個名詞，他用以研究以社會爲體的一種科學，從前我們也有稱它作群學的。自經英國學者斯賓塞（Spencer

）沿用社會學這個名詞以後，它就成爲一個專門學科的名詞，凡專門研究社會的組織的，就叫作社會靜學（Social statics），專門研究它的成長和發展的，就叫作社會動學（Social dynamics）。它的研究對象，大體有三種：㈠社會的本質。㈡社會進化的過程。㈢社會進化的原理。有的以生物學作旁證，有的以心理學來證明。

東西文化不同的社會

推溯一百年前，我們的歷史文化裡，根本便沒有這個名稱，也毋須有這一門學識的成立，這不能說：我們過去的不科學，祇能說：過去的歷史文化，無此需要，這就是東西文化的基本不同的精神所在。基於經濟學的觀點來說：我國向來便以農立國，地大物博，土廣人稀；有的是天然的天材地寶，可以利用厚生，並不需要向外爭取利源以養活自己。加以傳統的文化，素來以安居樂業，樂天知命爲祖訓，因此人人祇要重禮守法，完了國家的糧稅以外，農村的社會裡，雞犬相聞，老死不相往來，是件很平常的事。宋人范成大的詩所說：「綠遍山原白滿川，子規聲裏雨如烟。鄉村四月閒人少，纔了蠶桑又插田。」這樣一幅美麗的天然生活圖畫，誰願意熙熙攘攘，過那忙得忘了自己，專爲工商業社會的生活呢？除了西北和北方一帶的遊牧種族，還過著「穹廬夜月映悲笳」的生活，所以還需要兼帶掠奪性的侵略以外，大體我們的祖先，都是安於和平康樂的人生的。

在西方的歐洲則不然，他們沒有像我們的歷史一樣，早先就經過一度像秦漢的統一局面，部落酋長式的蕞爾小地，便稱爲一個國家。既不能以農立國，更不能靠土地生產的經濟，維持人民的生活。因此，從盜匪式的搶奪之中，一變爲國家間的侵略，由經營商業的遠出貿遷，變爲有組織的工商業集團，所以他們的每個社會，在在處處，都需要有組織。西方人的社會，由此成長和發展就很自然的成爲人群生活的中心需要了。而且社會的主要開始目的，是由於經濟的需求而來，所謂社會學上的社會制度，社會分化，都是漸漸的發生更多的問題所形成；例如社會運動，社會革命政策，社會心理學等等。他們一有了問題，就拿那一個問題作中心，把它分析研究，便變爲一門學科，馬克斯、恩格斯們的社會主義，在西方的這種環境之下，就會很自然的發生。如果他們也生長在中國的農業社會裡，很可能也會變成杜甫一樣，感嘆那「腸斷江春欲盡頭，杖藜徐步立芳洲。顚狂柳絮隨風舞，輕薄桃花逐水流。」祇作些「花落水流紅，無語怨東風」等等悲天憫人韻語了。西方的社會經濟，進步到了現在，有歐美的科學化的工商業社會，而且已經由公司、會社、社團的組織，發展到各種各類的俱樂部，由經濟剝削和侵略，發展到社會的福利經濟。國家的法律，範圍了組織。社會的組織，影響了國家的立法。不是從商業的市場競爭，演變成政治哲學的自由和民主第一，就是由經濟政治的重心，認爲社會主義的共產獨裁第一。我們的歷史文化，到了現階段，也便恰當其時，捲入這個矛盾對立的世界洪流之中，亟待我們自己的努力，統一融會而堅強的站立起來。

宗法社會的辨別

假定從社會學的觀點，來說明我們歷史文化上的社會史跡，也有把我們過去的氏族宗法關係，叫它作宗法社會的。嚴格的說來，這還是有問題的；因爲社會，是基於共同利益，或共同目的，集體合作的一種組織。我們祖先的宗法社會，祇是一種民族精神所繫的代表和象徵。它以不忘民族的本來源流，傳承繼續先人的祖德，要求後世子孫的發揚光大；它既不是有一種群體法定的組織，猶如西方的社會一樣；更不是爲了一種共同的利益，達到一個政治或經濟上的目的。宗法，祇能說是傳統文化中心的「禮」的表現，這個禮，它具有相似於宗教性的，人情味的，是人類文化精神之昇華，而且是性情和理法並重的。重性情，所以推崇天然，就輕視人爲的組織。重理法，便講禮義，裁定性情，使它合於人倫群體的活動。它與西方社會的祇注重組織，是大有出入的。我認爲人世間最高的組織，是由於人與人之間眞感情的結合，所謂至性至情的流露。其次，才是如宗敎一樣的信仰，所謂崇拜的服從。再其次，才是法律和規範。至於從利害相關的集合，用權位生殺來範圍，那是等而下之，等於市場的交易而已。凡事之不近於天然法則，違反人之性情的，沒有不失敗的道理，以社會學理的歷史來講，利害相關的組織，可能在社會史上，暫時佔去時代的一頁，但決不能爭取千秋。利害組織的嚴密，無過於現在的共產黨的集團，但是依歷史法則來論斷，可以絕對相信，很快地就見到它瀕臨失敗的時候了。

至於我們歷史上的宗法社會，它的基本單位，就是家庭的家族。由家族和家族之間的結合，就是宗族。由宗族和氏族之間的結合，就是國家的社稷和宗廟。社稷、宗廟和宗祠，就是介乎人和天神之間的象徵代表，貴爲天子，還須畏懼天命，所以便當敬重社稷宗廟和山川神祇。如是普通的平民，不敬重宗族和宗祠，從禮儀爲法律的中心觀點而論，已經犯了大不敬的罪行，以傳統文化思想的觀念而論，便是獲罪於天，得罪了祖宗神祇，應該是罪無可逭，便無可祈禱之處了。可是它在禮儀傳統的風俗習慣上，和國家的法律觀點上，雖然有此成法，但是並不同於西方和現代社團似的社會組織。漢唐以後的祠廟，後來通稱爲各個宗族之間的祠堂，那也並非是一種社會的組織，祇能說是民族精神的中心所繫。它相近於宗教性質，平時並無社會活動的作用，每逢歲時，便由族長率領同族中的人們，共同致祭於自己的祖先。族長雖由一族中輩分最高的出任，但是也不是由法規的組織產生，那祇是由傳統文化禮的觀念，人爲的自然推崇。如遇族中的子孫們犯了違反傳統禮儀的行爲，由族長召集全族的人們，開祠堂門，拜祖宗，稟請祖先以宗法來評理，評定一事或一人的是非罪惡，也必須合乎天理、國法、人情。這也祇是秉承禮儀的安排，便不同於法規紀律的性質，或是組織的制裁。鄉里之間的里正和保正，或者社董，那是清代沿用唐宋以來地方自治保甲的名稱，等於現在的鄉里長。社倉，是宋代以後爲地方儲備饑饉賑濟的福利事業，後來也有叫作義倉的。社學，是明代以後實施的鄉村國民教育。這些都如衆所週知，不能與社會這個名詞，混爲一談。再推溯到秦漢以上，講到社會政治的關係，更爲簡單，那時的文化思想，政治和教育，本來不能太過於劃分。所謂作之君，作之師，作之親；在精神上，幾乎還保有上古質樸的觀念，還是三位一體的。能夠影響地方社會之間，也祇有從禮義的傳統上，自然的敬老尊賢，秦漢時代的老和公，祇是一種尊崇敬重的稱呼，更不是社會領袖的職銜。例如左傳所稱的三老，據服虔疏引：「三老者，工老，商老，農老。」古天子有三老五更，以父兄之禮養之。據漢高祖紀所載：「擧民五十以上，有修行，能帥衆爲善，置以三老。鄉一人，擇鄉三老一人爲長三老。」宋祁說：「鄉有三老，掌敎化，秦制也。」兩漢都沿用這種制度，所以在我們的歷史文化上，眞難找出眞正如西方社會組織的一種社會。初有社會的規模的，祇有先秦的墨道，才略具有特殊社會的風規。其次，就是開始於唐代佛敎禪宗的叢林制度，它影響元、明、清以後的歷史和社會，以民族革命爲宗旨的幫會組織。但是叢林制度，它既不同於西方的宗敎社會，又不同於西方宗敎的敎育中心的神學院。至於幫會的組織呢？以傳統的俠義精神，和政治活動相融會，說它是爲了當時革命性的反正集團，確很正確。如果比之西方社會或流氓集團，推原它的初衷，當然也頗有出入了。

結論

倘若專講社會學而研究社會史的問題，那便立場不同，觀念有別，應該另作一種說法，也可以說：我們在近六十年來，受了西方文化思想的影響，才有社會等等問題的產生，所以理論的依據與文化思想的方向，截然各有不同。不過我祇想從觀今宜鑑古的遺訓，述說唐宋以來的叢林制度，和它如何影響後世的幫會組織；以此作爲今後我們吸收融化了東西文化，跨進新的時代，提供留心社會問題者的參考而已。

〔民國五十一年（一九六二），台北〕

景印雍正御選語錄暨心燈錄序

(一)

紛紜萬象、勞碌人世、衆生以得解脫爲樂。爲解脫故，有求道之事。爲求道故，有禪等諸學之作。有禪之學術故，於不落言詮、不立文字之餘，有諸經語錄之積。語錄之作，本於無說無法中強示言說，使會者捨指見月、得魚忘筌。孰意一落筌象，即有承虛撮影之輩，執文言情境而覓禪機，如蔴似粟。於是建立門庭、聚訟堅白、不一而足。降至今世，談禪成爲專門之學，齊魯道變、還珠買櫝而說空蕉鹿夢者，朋從爾思，多如恒河沙數。自由出版社蕭子天石，適際此時，景印雍正御選語錄與心燈錄二書，囑以爲言。騎牛覓牛，雖有畫蛇添足之嫌，亦當勉起爲其點睛，冀使二書再度問世，使禪之爲學，從此破壁飛去、返還本來面目。

讀書不難、讀書不爲書困、不爲目瞞、入乎其內、出乎其外、別具隻眼爲難。禪宗諸經語錄、爲天下奇書之首、亦爲世上最難讀懂羣書之冠。唐宋以還、宗門語錄叢出、有讀懂其書、視如無書之士、擷其精英、集其簡要、使後之來者、易於出入慧海、涵泳性天風月者、乃有編纂禪宗彙書之作、如傳燈錄、人天眼目、五燈會元、指月錄等繼集成風、皆此類也。要皆匠心獨運、各自甄揀先哲、以示異同。雍正手自編撰語錄、亦爲抒其見地、剖陳珠玉以示世、以顯其磨穿磚鏡、咬破鐵饅之能事。心燈錄則列爲禁書、凡山中林下、參究宗乘之士、亦視爲毒藥、信爲魔說。何以故。此中隱有清代歷史文化之另一巨案、素爲通儒碩學暨禪門衲子所忽略、幾已不知其究竟之因緣矣。

(二)

愛新覺羅氏崛起東北、以孤兒寡婦率三萬之衆、席捲華夏、臣服五族、歷二百六十餘載、代更十帝、終以孤兒寡婦畢其社稷。稱今追昔、視帝王之尊榮、浮雲太空、逝如春夢。然其入關之初、乘時繼統之命世帝才、如康熙、雍正、乾隆三代父子、雖上溯漢唐隆盛、並無愧色。後之論史者、每況其武功之烈、或統馭之嚴、而略其砥定有清一代文治之懋也。康熙以幼沖繼位於未定之局、削平諸藩於內憂外患之際、內用黃老、外崇理學、勵精圖治、躬親力學、曉暢天文、曆算、擅長中外文言、頒行聖諭條訓、集孔孟人倫孝悌之義於篤行、以弭明末諸大儒履踐忠君復國之學於無形。且著述羣典、網羅思辨學致之士、盡瘁於博學鴻詞之間、固亦有功文化學術於來世。然持弄先王仁義之說、為當時統治之權宜、使前明遺老、失據於素王聖賢之域、不入於醇酒美人，即遯於叢林布衲、而反躬誠明於法王覺海、澹泊其憂憤、遂使元明以來敝禪、稍振儒佛不分之宗風。康熙遊刃於黃、老、孔、孟仁慈之術、而闇於方外、致使逃禪韜晦者、得以潛養其興復機運。

雍正蟄居藩邸、屈志潛飛。初則因宮庭崇信佛道、窺奇禪悅而從迦陵性音禪師、與章嘉呼圖克圖志學禪密、得識濡沫江湖者之用心利弊。故登極以後、不惜以九五之尊、躬自昇堂說法、秉拂談禪、謙居為宗門伯匠、與諸山長老較一日之短長。從學之徒、近有王室宗親、遠有比丘禪和、黃冠羽士。遂使山林沉潛之耳目、盡入彀中。其屢詔削滅漢月藏法裔、嚴令盡入臨濟宗乘、既以澄清王學末流蠹蝕宗門之頹風、復塞前明非常之士隱淪山嶽、逃跡湖海之思路。輕舉無為無不為之旨、活用於禪機道佛之間、可謂瞞盡天下老和尚眼目。雖然、雍正自於宗門作略、並非徒作口頭禪語、揑弄空花陽焰於野狐隊裏、固已篤踐眞參實悟於行證之途、迫出一身白汗、深得拈花妙旨。其開示三關見地、印以唯識知見、迥出常流。且選輯語錄、揭標肇論、永嘉為先。以寒山。拾得為輔。誠為獨具隻眼、昭示釋迦心法東來之禪宗、實受中國文化儒道學術灌漑而滋茂也。至於唐、宋以來宗門、則以溈、仰、趙州、雲門、永明雪竇、圓悟克勤為主。以清初禪門宗匠玉琳琇、茆溪森為殿。過此以往、則目視雲漢、自許荷擔禪宗開繼之任、即自稱為圓明居士住持之當今法會而已矣。而揀擇禪門宗匠之外、於道家、則獨崇張紫陽為性命圓融之神仙眞人。於淨土、則推尊蓮池大師為明末郢匠。且撈攎歷代禪師之機鋒轉語、以自標其得正法眼藏之妙用。寡人位置大雄峰頂、氣吞諸方。直欲踏破毘盧頂上、會法王人王之尊於一身。抑使儒冠學士與方外緇素、鉗口結舌、無敢與之抗衡、狂哉豪矣!可謂滙萃魔佛內外之學於一爐、繼康熙定鼎之後、清庭帝子英才、捨此其誰。

(三)

但自清初以後、禪宗之徒、別持三世因果之論而作異說、傳稱雍正為明末天童密雲圓悟禪師之轉世。密雲悟者、宜興蔣氏子、幼時不學而慧、長事耕穫樵蘇。偶讀六祖壇經而策心上宗。年二十九、棄家披鬀、得臨濟宗傳。密雲高弟漢月法藏禪師者、無錫蘇氏子、為明末儒生。剃染後、初從密雲受其心印而名噪一時。於是明末清初、避世入山、與逃儒入佛之文人志士、皆入於漢月藏之門。師弟承風、互相標榜。俟密雲發現漢月知見未臻玄奧、且薄視師承、常以實法予人而為禪宗授受、即力斥其非、著闢妄之文開示正見。而漢月弟子固多明末宿儒名士、習於儒林鄙見、素視其師祖密雲悟出身寒微、不足為齒、復著闢妄救一書以力維師說。密雲鑑於其已成之勢、乃密以臨濟法統轉付破山海明禪師、破山亦避亂返蜀、隱於其皈依弟子秦良玉之戎幕。迨張獻忠之攻渝州、破山曾不辭腥穢、化導羣魔、救免僇殺者、存活無數。從此禪門知見之爭、與文字之訟、未因明清異代而稍戢。及雍正出而鼎擎密雲法統、力滅漢月一支爲魔外之學、掃穴犂庭、方致消聲匿跡。上諭二則、皆切中僧伽流弊、無可厚非。故宗門相傳雍正爲密雲悟後身之說、言之鑿鑿矣。自清初至今二百餘年、漢月之禪與學、已不得而見。漢月其人其事、稽之逸史、亦不多覯。意爲逃儒入佛之明末名士、洵無可疑。今所僅存者、唯漢月遺緒湛愚老人所著之心燈錄、猶得見其概要。民國二十餘年間、有湖北萬氏倡心燈錄之禪爲極則、爲之梓版而廣流通。而著者湛愚老人之事蹟、猶茫然未詳。書中屢稱三峰、即漢月往昔虞山隱居之別庵。由此而窺漢月知見傳承、亦足多矣。

心燈錄之禪說、首標釋迦「天上天下、唯我獨尊」之宗旨爲直指、輔以〇圓相爲眞詮。世尊說法、於般若、而標無我、無相、無說爲依歸。於涅槃、而揭常樂我淨爲圓極。於華嚴、唯識、而立非空不有之勝義。如珠走盤、無有定法可得。而心燈錄建立獨尊之「我」爲極則。以〇圓相爲玄奧。予人有法、立我爲禪。故具透關手眼而留心宗乘如雍正者、寧不顚撲而無容其流衍耶。稽之心燈錄之見地、實從明末陽明學派心性之說與禪學會流、亦即援儒入佛之異禪也。立〇圓相以標宗、蓋取諸道家與宋易太極之學說。指一我爲究竟、蓋取諸大學愼獨與王學良知良能之知見。循此以往、分梳歷代禪師公案、機鋒、轉語之斷案、一使讀者聞者即知即得而爲之首肯、適與般若實相無相、涅槃妙心之旨背道違緣不知其幾千萬里。雍正拈提肇論、當可以救其偏。雖然、道並行而不悖。孟子非楊、墨、而楊墨得以顯。孔子殺少正卯、而少正卯因仲尼而並彰其名。時異勢易、何須雍正之斤斤。但留爲後之具眼者、揀其染淨、參其幾微、容何傷哉。

(四)

異者有曰、雍正既趨誠禪道、何其心之忍、而其行之殘耶。此蓋囿於稗官野史之說、謂其奪嫡與血滴子之傳聞、及其被刺而不保首領之言耳。奪嫡一事、亦爲清廷疑案之一、確證爲難。然例之唐太宗、宋高宗處骨肉間事、古今中外權位攫奪之事、常使智者慧珠晦吝、理難焚欲者、數數如也。雍正參禪雖已具透關之見、而身爲帝室貴胄、乏良師鍛煉於造次行履之際、雖自號圓明、實明而未圓、極高明而未道中庸、此爲其病耳。大丈夫若無泥塗黃屋、遠志山林之胸襟、不淹没於富貴尊榮者、甚爲稀有。至於統馭過嚴、邏察以密、乃局限於當時種族私見之治術、昧於禮治之本。而觀其著大義覺迷錄、以抗汪景祺、曾靜、呂留良等民族志士、作文字之爭。則知自康熙以還、清廷治權、遍佈思想障礙、雖枝葉茂盛而根基未穩。故一變羅致安撫之策、而爲鋤芳蘭於當門之計、其未臻君子大人明德之度、虧於王道之政、過無所逭也。然而覺迷錄泯民族之歧見、如易時易位而處、用之今日五族平等之說、庸有何傷。且其除弊政而振乾綱、著朋黨論而督誡廷臣之阿私、更考試舊制而責成循私取士之宿患、革削隸籍與山西樂戶以除奴隸之陋習、升棚民惰民於編氓以持平階級之善政、在位十有三載、而使中外臣服、平民感恩、濟康熙寬柔而以剛猛、故有乾隆坐享六十餘年昇平之盛世。微雍正、豈偶然可致哉！遞此以降、清室帝才、卑卑無所建樹。乾隆以後、衰亂已陳。論清史者、每比雍正爲漢景之刻薄。覈實言之、漢景碌碌、不足爲埒、未必可爲定論。迨其生死之際、事涉臆測、抑猶仇者之詛咒、蓋吾漢族先民所期望殺之而甘心之說歟！覇才已矣、王業不足憑。英明如雍正者、孰知於一代事功之外、獨以編著禪宗語錄而傳世未休。於此而知學術爲千秋慧命大業、非畢世叱咤風雲之士所可妄自希冀也。若使雍正有知、當於百尺竿頭、廢然返照、更求向上一著、行證解脫於禪心乎！

〔民國五十五年（一九六六），台北〕

重印足本憨山大師年譜疏證前言

佛教大小乘各種說法，自始至終，無非爲修行證果而設，聖遠時遙，說理者愈多，眞修實證者愈少，致使平實如理之言，墮爲支離破碎之見，流布雖廣，益增俗諦妄想而已，欲求修行證果經驗之談，如飛空鳥跡，無跡可尋。至若中國先賢修行實證事跡，雖有歷代高僧傳等之作，又皆限於史書體例，簡而不詳。後世各宗派中，素以注重修證標榜，如西藏密宗，將一生成佛作祖記載，明白顯示傳述者，亦不多覯，唯密勒日巴尊者（又譯稱木訥祖師）傳記，較爲具體而膾稱人口，學者頂禮膜拜，讚嘆景仰無已。尊者苦行精神，甚爲稀有，然求之中國內地先賢行誼，能發大勇猛心，志誠求道者，亦代有其人，唯以謙光自牧，不自宣說其難行能行，難忍能忍之德，且後人爲之立傳，述其苦行之事，亦但稱：「幽棲巖穴，木食澗飲」，或「脅不至席，晝夜行道」等寥寥數字，即已概其生平。致使後之學者，視為具文，昧於微言大義，怠思忽辨，而輕掉失之。

明代佛教，人才隨時衰竭，世稱明末四大老者，如憨山、紫柏、蓮池、蕅益，皆有特立獨行高風，傳述後世，而當時詩僧如蒼雪法師者，猶不預其次。然欲推尋明、清間朝野軼史，凡此方外數老之文獻掌故，皆為史料遺珍，不宜忽視。憨山大師者，以不世之才，居僧伽領袖，言行攸關朝野，著述影響士林，尤其苦節修持，精勤向道，求之末世法門耆宿，並不多見。憨師年譜，自經其門弟子福徵疏證，於修證實驗之處，向為禪門所借鏡，尤足珍惜。余於民國三十七年間，避世來台，篋中攜有此書，後經人借去影印，惜司其事者，為省節篇幅，不識疏證所述修持經驗之重要，概略刪除。買櫝還珠，此心常為耿耿，今經宋今人、巫文芳兩居士發起重印。至誠隨喜讚嘆，樂助其成，并為拈提所當著眼數事如次：

一曰：即生成就與即身成就。佛法自元、明以還，世傳密宗有即身成就之實，禪門唯即生成就之果。實則，未必盡如所云，經云：「方便多門，歸元無二」，不但禪密歸趣之極則不二，即各宗修持圓滿極果，皆亦同歸一致。唯禪宗與顯教各門，視身物如夢如幻，留形住世與即幻歸眞，原皆餘事，故現在不重「色不異空」之旨，直取無上菩提，誕登正覺。藏密依心物不二之宗，趨心能轉物之途，即從形色而修眞，依地、水、火、風四大自性而修氣修脈，證「空不異色」之趣，故或即生而證身通，間能有之，例如密勒日巴尊者臨寂之際，飲毒藥如醍醐，慈悲喜捨而逝，與憨山及諸禪師等肉身委蛻，歷劫數百年而猶存瞻仰，其趣並無二致，不可徒生凡夫分別知見。

二曰：文化根基之差別。余於昔時，嘗親近康、藏佛教密乘之修法，極爲欽遲藏密學者信仰之誠，篤行之切，故修學行人，或多或少，易得覺受。至於顯密各宗學人，說理談禪，容或悅耳可心，求其實證之見地功用，則百無一是。旋經再三思惟，乃知與地方民族之文化根基有關，例若憨山大師，立身於明末之世風，學兼儒、道之長，精通文教慧業，然能放下一切，至於一字不識之境，獨求眞修實證於冰雪叢山，其難能可貴之處，尤足多者。倘能細讀密勒日巴尊者傳記，與憨師年譜異同之處，不待言而可知其殊途同歸之理。

三曰：苦行之異同。隋時僧那禪師有言：「祖師心印，非專苦行，若契本心，發隨意眞光之用，則苦行如握土成金。若唯務苦行而不明本心，爲憎愛所縛，則苦行如黑月夜履於險道。」佛用梵語稱此世間爲娑婆世界，義譯謂之堪忍。凡大乘志士，身入世而心出世，密符六度萬行之教，無一而非難行難忍之德。密勒日巴尊者以一身苦行而求道，先證自度而後度人，功德無量。憨山大師具大堅忍之力，即此世間而備歷人情險巇，運大悲大勇大智之量，周旋於帝王將相與販夫走卒之間，雖毀譽相乘並隆，而持心不動，如履冰稜，如踏劍刄，其險難苦行，未可因形跡之異，而輕掉不恭，視與獨居苦行之修爲爲異德也。

四曰：定慧之辨別。無論大小乘之教，與禪密各宗佛法，得大自在解脫之極則者，實爲慧悟之道果，或頓或漸，言悟言迷，皆爲道慧之權名，此乃佛法所謂不共之密也。至於定學，乃心止一境，精勤專注所生之境界，是乃內外各教，與異宗外道通途之共法，佛法亦依定境而證慧果，但取禪定爲慧學之梯階已耳。且定境中之覺受（三昧），有無量差別，然皆從心緣一境所引起，憨山大師年譜所記：在五台冰雪堆中，及居弟子家中，忽入於寂忘定境，經多日而覺，及在盤山頂上，與嶗山海濱，證海印發光三昧之境，此皆因五陰自性，爲用工逼切所發定境之力，並非爲禪悟之極果。亦如密乘學者修得飛身絕跡，或相似神通之用，皆爲四大五陰自性引起之功用，不可視爲佛法之極則，其理趣一如也。後世學者習禪，昧於眞知灼見，每因誤解先賢工用過程妙境，往往以求得頑空寂默，或神通妙用，爲禪之究竟者，對此不能不辨，庶免陷於枯禪與陰魔之窠臼。雖然，末世人心障濁，當勿輕視空寂之易得，苟能得達心空神足而爲歷階，機緣純熟，得良匠而加以鍛鍊，較之未能入流者亦多殊勝矣。

五曰：憨師之道緣。禪宗振盛於唐宋，衰落於元朝、明代三百年間，大抵皆宗承有本，一脈單傳，仍如隋、唐以前之潛符密行。當憨師住世之時，禪門碩德如密雲圓悟禪師等，法席隆盛於天童、育王等處，然皆偏於江南也。憨師初從教下入手，自後行脚苦參，亦唯往來於山東、山西一帶，其後名動公卿，望重朝野，仍局於北方，未曾南行參學，晚年遭貶以後，方流於嶺南而退居匡廬。憨師生平所學，皆從教下而自入於禪，與禪宗傳統之宗門無涉，觀其年譜或所撰文獻中，與南方宗門名宿，極少往還，而明末禪宗傳統記載中，亦不以憨師涉入，故憨師終生行履，與紫柏禪師，亦略異其趣。後學常舉憨師而擬論禪宗，輒生誤解，於此不得不加辨別，然於憨山大師之證悟高風，毫無貶抑，此又不能不知也。

六曰：出世與入世。小乘佛法行徑，以遁跡山林，專志涅槃，不循世道爲尚。大乘以出世而入世，入世而出世爲自利利他之業。若以行誼而論，中國歷代高行沙門中，頗多榜樣，如玄奘法師辭唐太宗畀以宰輔之邀，堅不還俗。誠爲盛名高位沙門之第一楷模，然以出世之身，陰輔太宗治世之德，其功非淺。南宋大慧宗杲禪師，以出世之身，激揚士林忠君愛國之忱，不遺餘力，終遭秦檜之忌而受貶，堪爲高蹈緇流之典範。明末憨山大師因牽涉立儲而遭遇忌貶，而終不失於律儀，砥礪道業於造次顚沛之中，較之先賢，幷無遜色。至若南朝陸法和，統帥江南，介於亦僧亦俗之間。元代劉秉忠，屈志功名，保存國家民族命脈。明代姚廣孝，甘遭世謗而羽翼成祖，化其濫殺狂心。此皆苦節存心，蓋棺而不求世諒之金剛道慧，逈非凡夫俗眼可測其造詣之高深也。今並舉之以供讀憨師年譜者之助識，冀於文字言語之俗諦外，別得深心省悟之旨也。

〔民國五十六年（一九六七）清夏，台北〕

禪與道概論前言

去秋今春，兩度應劉白如先生之約，在政大教育研究所講述道佛兩家學術思想與中國文化。初擬以最短時間，有限範圍畢其事。孰知言難局約，棖觸多端，繁蕪散漫不得中止。兩次講辭之半，又經大華晚報披露，致使愛憎之者，函電催梓全文，欲了知其究竟。秋初白如先生遠遊前夕，猶以速印爲辭。且楊管北先生亦願印贈送本三千册，樂爲之助。乃冒溽暑深宵，匆匆整理講稿付梓，紕漏錯謬，情多惶恐。居常有意貫串儒釋道三家源流，敍述其與中國文化上下數千年之通論，然默計時間與篇章，若非盡多年之力，窮數百萬言之辭，難概其要。自忖學養未逮，動遭悔咎。況人事叢脞，日不暇給，每又爲之輟止。儻天假以年，或於晚歲成之，亦未可必也。本書所述，僅擧其端倪，就正大雅而已。且在酷熱清稿期中，適逢內外諸多障難，幸而有成，實得力於林登飛、湯宜莊、徐芹庭、孫毓芹、宋今人、湯珊先諸君之力，並此致謝，以志念也。

〔民國五十七年（一九六八）中秋，台北〕

附：宋明理學與禪宗

本文係六十一年二月六日上午，南教授應孔孟學會邀請專題演講之講詞記錄。

——編　者——

本題是一個極其廣泛的問題，如果要窮源溯本，牽涉之廣，幾乎上及周、秦，下至現代，可以概括中國文化全部的發展史與演變史。現在為了講解的方便，姑且借用目前流行的西曆紀元，作為代表時代性的計算方法，大約可分為七個階段，極其簡要地說明其要點。又再概括它的內容來講，則可歸納為兩大重心：(壹)從歷史分判中國文化思想的大勢。(貳)簡介理學與禪宗的關係。

提到歷史文化的演變與發展，我們可以再用一個新的觀念來說，在人類歷史文化的發展過程中，有兩個非常尖銳對比的事實，它始終存在於歷史的現實之中。

㈠為人盡皆知的歷史上治權的事實，包括古今中外歷代帝王的治權，這是一般人所謂的大業。

㈡為學術思想的威權，它雖然不像歷史上帝王治權那樣有赫赫事功的寶座，但是它卻在無形之中領導了古今中外歷史的趨向，而非帝王將相之所能為。過去中國的文化界，尊稱孔子為「素王」，也便是內涵有這個觀念。這是千秋大業，也許當人有生之年，卻是長久的寂寞淒涼，甚之是非常悲慘的，可是它在無形之中，卻左右領導了歷史的一切，而且它有永久的威權和長存的價值。

前者在莊子與孟子的共同觀念中，應該稱之謂：「人爵」；後者稱之謂：「天爵」。而且我們借用孟子的：「五百年必有王者興，其間必有名世者」的兩句話來講，在人類歷史文化發展史上，的確若合符節，並非虛語。因此，我們在前面說過，姑且借用西曆紀元作標準，以五百年作一階段，簡要地說明本題的內涵。

壹、從歷史分判中國文化思想的大勢

㈠周代文化——文武周公階段

本題爲了針對儒家學術思想的趨勢來說，因此斷自周代文化開始，換言之：第一個五百年間，便要從周公的學術思想開始（約當西元前一一一五—一〇七九年間）。因爲孔子的學術思想，是「祖述堯舜，憲章文武」，而且也自認爲隨時在夢見周公，推崇「郁郁乎文哉」的周代文化，是集中國上古以來文化的大成。

(二)孔孟思想的階段

第二個五百年，約始自西元前五七一—五四五年間，才是孔、孟思想興起的階段。孔子生於周靈王二十一年（西元前五五一年）。孟子生於周烈王四年（西元前三七二年）。由此而經六國到秦、漢時期（西元前二五五—二〇二）。孔、孟與儒家的學術思想，雖然崛立於魯衞之間，但當此時期諸子百家的學術思想普遍流行，道、墨、名、法、縱橫、陰陽等家，瀰漫朝野，它被諸侯之間所接受和歡迎，遠勝於孔、孟思想。即如漢初統一天下，從文景開始，也是重用道家的黃、老思想。一直到西元前一四〇年間，由漢武帝開始重視儒術，再經公孫弘、董仲舒等的影響，因此而「罷黜百家，一尊於儒」。孔子的學術思想，和董仲舒等所代表的儒家思想，才從此而正式建立它的學術地位。這也正是司馬遷所說：「自周公卒，五百歲而有孔子。孔子卒後至於今五百歲，有能紹明世，正易傳，繼春秋，本詩、書、禮、樂之際，意在斯乎！意在斯乎！小子何敢讓焉。」的階段。但在西漢這一階段的儒家學術思想，着重在記誦辭章與訓詁之學，並無性命的微言與道統問題的存在。而且當時所代表的大儒董仲舒，它是集陰陽、道家思想的儒學，也可以說是外示儒術、內啓陰陽讖緯之學先聲的儒學。至於公孫弘等見之於從政的儒行，幾近「鄉愿」，遠非孔、孟的精神，司馬遷在「史記」上列述公孫弘的史事，備有微言，不及細述。

㈢儒、道、佛文化思想的交變階段

到了第三個五百年，正當西曆紀元開始，也正是新莽篡位到東漢的時期（王莽於西元九年正式篡位。而且揚雄所著「太玄」的術數之學，另啓東漢陰陽術數的儒學思想之漸）。由此經漢末到三國之間，也正是儒家經學的注疏集成階段，將近三百年來兩漢的儒學，到此已近於尾聲。代之而起的，便是中國文化史上有名的「三玄」——易經、老子、莊子之學的抬頭。從此歷魏、晉、南北朝而到梁武帝的階段，便是佛教禪宗的初祖——達摩大師東來的時期（梁武帝自西元五〇三年建國，達摩大師的東來，約當西元五一三年間的事）。我們必須注意王莽的思想，也是承受儒家政治思想的一脈，以恢復井田制度的理想爲目的。但他缺乏心性修養之學的造詣，與孔、孟的儒學思想無關。

在這第三個五百年間，自漢末三國之際，由於佛教傳入之後，儒、佛、道三家的優劣，和宗教哲學的諍論，以及有神（非宗教之神的觀念）與無神之辯，一直延續到隋唐之際。有關這些文獻的資料，我們都保留得很多，可惜注意它的人並不太多。因此可說這個時期，是儒、道、佛文化思想的交變階段。

其次佛教的各宗，也在此階段開始逐漸萌芽。例如與禪宗並重的天臺宗，也自梁天監十三年到唐貞觀年間正式形成。負有盛名的天臺宗智者大師，便在隋開皇十七年間才開張他的大業。

如果以儒家學術爲主的立場來講，這五百年間可以說是儒學的衰落時期。

㈣隋、唐文化與儒、道、佛及理學勃興的階段

第四個五百年，便是隋、唐文化到宋代理學興起的階段。中國佛教十宗與中國佛學體系的建立確定，便是由隋到初唐而至於天寶年間的事（約當西元六〇〇—七五六年間）。但這個階段，却是中國文化最光榮的階段，也可以說是唐代文化鼎盛的階段，可是儒家的學術思想，除了詞章記誦以外，並無太多義理的精微。其中最值得一提的：

（壹）便是文中子融會儒、道、佛的學術，影響領導初唐建國的思想頗大。

（貳）其次，便是孔穎達有關儒學注疏的撰解，以及天寶年間李鼎祚易經集解的完成。都對漢儒之學有其集成的功勞。

禪宗的興盛：但自唐太宗「貞觀」之後，從達摩大師傳來一系的禪宗，南能（在南方

的六祖慧能）和北秀（在北方的神秀）之後嗣，便大闡宗風，風靡有唐一代。我們如果強調一點說初唐的文化，便是禪的文化，也並不爲過。但在此時期，道教正式建立，道家和道教的學術思想，自「貞觀」以後，也同禪宗一樣，同樣地具有極大的影響力。因爲佛教受到禪宗影響而普遍地宏開，於是引起中唐以後，中國文化史上有名的韓愈闢佛事件。

韓愈闢佛開啓宋儒理學的先聲：韓愈闢佛事件及其著作「原性」「原道」和「師說」的名文，是在唐憲宗「元和」間（約當西元八一九年）的事。我們說句平實的話，只要仔細研究韓愈的思想和當時文化與宗教的情形，與其說韓愈是在闢佛，毋寧說韓愈是在排僧，或者可以說急烈地在排斥佛教的形式而已。至於韓愈在「原道」中所提出「博愛之謂仁」的思想，那是從他專門研究墨子思想的心得，融化入於儒家思想之中。一般人都忘了韓愈的學問，致力最深的是墨學，因爲後世很多人忘記了這個重點，便人云亦云，積重難返了。其實，除了韓愈的闢佛，漸啓後來宋儒理學的先聲之外，眞正開啓宋儒理學思想的關鍵，應該是與韓愈有師友關係的李翺所著之「復性書」一文。

禪宗五家宗派的隆盛：由大曆、大中（西元七七〇—八五三年）到元和、咸通、開成、天復（西元八三九—九〇一年）乃至五代周顯德（西元八八四—九五六年）之間。禪宗的五家宗派，鼎峙崛起，各自建立門庭，互闡禪宗。如潙仰宗所建立〇相的旨趣，開啓宋代「太極圖」的先河。曹洞宗的五位君臣，取易經重離之卦的互疊作用，激發宋代邵康節的易學思想。臨濟宗的三玄三要之旨，對宋儒理學的「太極涵三」之旨趣，極有影響。

此外，雲門宗和法眼宗的說法，也都與理學有息息相關之妙。

(五)宋儒的理學階段

第五個五百年，便是繼晚唐五代以後宋代儒家理學的興起。宋太祖的建國，正當西元九六〇年間的事。到了「乾德」五年（西元九六七年）便有中國文化史上有名的「五星聚奎」的記事。這個天文星象的變象，也就是後世一般人認爲是感應宋初「文運當興」的象徵。因此認爲宋初產生了理學的五大儒，就是「五星聚奎」的天象應運而生的。

到了宋仁宗「景德」時期（約當西元一〇〇〇年間），儒家的理學大行，已有要取禪宗而代之的趨勢。但在此之先由宋眞宗開始，道教也大爲流行，一直影響了徽、欽北狩和高宗南渡的局面。在此同時可以注意的，便是西元一〇六八年間，宋神宗起用王安石，又想要恢復井田制度等的理想，因此宋代的黨禍和理學門戶之爭，便也在此時期揭開了序幕，這是中國文化學術史上一件非常遺憾，也許可以說是一件很有趣的史事。

可是在當此之前五百年間，禪宗的王氣將衰，到了這個五百年間，宋代五大儒的理學思想，崛然興起而替代了禪宗五家宗派的盛勢，雖曰人事，豈非天命哉！

㈥明代理學與王學的階段

第六個五百年，就是由宋儒朱熹、陸象山開始，經歷元、明而到王陽明理學的權威時期。朱熹生在「建炎」四年（西元一一三〇年），卒於「慶元」六年（西元一二〇〇年）。陸象山生於「紹興」九年（西元一一三九年），卒於「紹熙」三年（西元一一九二年）。朱熹的「道問學」和「集義之所生」的宗旨，和陸象山的「尊德性」而直指心性，不重支離瑣碎的探索，便是中國文化史上非常有名朱、陸思想異同之爭的一重學案。到了明代憲宗「成化」和「嘉靖」之間（約當西元一四七二——一五二八年間），王陽明理學的思想大行，從此以後，中國文化思想的領域，大半都是陸、王的思想。

由此經明武宗而到萬曆，王學大行，末流所及，弊漏百出，終至有「聖人滿街走，賢人多於狗」之譏。理學到此，已勢成強弩之末，也與禪宗一樣，都有等分齊衰之概了。

㈦清代經學與理學的階段

第七個五百年，就是清初諸大儒，如顧炎武、黃梨洲、顧習齋、李二曲等人，遭遇國亡家破之痛，鑒於明末諸儒「平時靜坐談心性、臨危一死報君王」的迂疏空濶，大唱樸學務實，學以致用於事功的成就。一變明末理學的偏差，大有宋儒陳同甫、辛棄疾的風範。而且極力鼓吹民族正氣的良知，延續中華民族的正氣和中國文化的精神，因此影響直到清末而產生了　國父孫先生的思想，如「建國方略」和「心理建設」等等，也可以說是承接顧炎武、黃梨洲之後而繼孔、孟儒家思想，融會古今中外的文化學術而構成簡明易曉的大成。

由滿清入關而到「甲申」建國的時期，也便是西元一六四四年間的事，從此自十九世紀的末期而到現在的二十世紀，我們的學術思想和歷史文化，又遭遇一個古今中外未有的巨變階段。理學的形式和禪宗的新姿態，似乎正在復活，它將與古今中外的洪流，有接流融會的趨勢。衡之歷史的先例，以及易經術數之學的證驗，很快的將來，新的中國文化的精神，必將又要重現於世界了。孟子說：「五百年必有王者興，其間必有名世者，由周以來，五百有餘歲矣。以其數，則過矣，以其時考之則可矣。」我們這一代的青少年們，眞需要發心立志，記住張橫渠的：「爲天地立心。爲生民立命。爲往後繼絕學。爲萬世開太平」的名訓，作爲國家、爲自己事業前途的準繩。

貳、理學與禪宗的關係

我們已就歷史的觀念，分判中國文化思想的大勢，有關禪宗與理學興起的大概，便可由此而瞭然於心。至於理學與禪宗學術思想交互演變的詳情，實非片言可盡，現在僅就其要點，稍作簡介，提供研究者參考之一得，其間的是非得失，則各有觀點的不同，「道並行而不悖」，要亦無傷大雅也。

㈠理學名詞的問題

宋儒的理學，原本只是遠紹孔、孟、荀子以來儒家的學術思想，起初並無專以「理」字作爲特定的名詞。自周濂溪以下，講學的方式，已經一變性與天命，夫子罕言的風格，動輒便以天人之際的「宇宙」觀與形而上的「道體論」作根據，由此而建立一個人生哲學的新體系。濂溪以次，以「理氣」、「理欲」等新的名詞，用作心性之理的整體的發揮，因此後世便以宋儒的儒學，別稱謂「性理學」，簡稱叫做「理學」。宋史對此，又別創體裁，特在「儒林傳」之外，又另立「道學傳」的一格，專門收羅純粹的「理學家」，以有別於「儒林」。其實，無論周、秦以來的儒家，以及孔、孟的學術思想，並無特別提出以「理」馭「氣」，或「理氣」二元並論，同時亦無以「天理」與「人欲」等等規定嚴格界別的說法。至於根據「說卦傳」的文言，以「窮理盡性而至於命」的「理」字作根據，確定「理學」家們「理」即「性」，「理」即「天」的定論，那是有問題的。況且「說卦傳」是否爲孔子所作的可靠性，也正爲後世所懷疑，事非本題的要點，所以姑且略而不論。

在中國文化思想的領域裏，正式以「理」字作爲入道之門的，首先應從南朝梁武帝時期，禪宗初祖達摩大師所提出的「理入」與「行入」開始。從此而有隋、唐之間，佛學天臺宗與華嚴宗的分科判敎，特別提出修學佛法的四階段，從「聞、思、修、慧」而證「敎、理、行、果」以契合於「信、解、行、證」的要點，因此而有特別重視「窮理盡性」的趨向，由敎理的「觀行」而契證「中觀」的極則（包括形而上的本體論與形而下的形器世間——即由宇宙論而到人生哲學）的涵義。確立爲「事法界（形器與人物之間）。理法界（理念與精神之際）。事理無礙法界。事事無礙法界」的四法界觀念。應爲開啓宋儒契理契機的強有力之影響。關於華嚴四法界之說，但讀唐代澄觀法師、圭峯法師、李長者等的鉅著可知，恕不詳及。

但華嚴宗的大師，如澄觀、圭峯等，都是初遊禪宗之門而有所得，從此宏揚敎理，特別提倡華嚴思想體系的建立，融會禪理與華嚴敎理的溝通。因此互相影響，到了中唐以後，如創立潙仰宗的潙山大師，提倡：「實際理地（對心性與宇宙貫通的形而上本體的特稱），不受一塵。萬行門中（指人生的行爲心理與道德哲學），不捨一法」的名言，特別強調「理地」作爲心性本際的標旨。從此「實際理地」的話頭，便流傳於禪宗與儒林之間，極爲普遍。

綜合以上所講自梁武帝時代，達摩大師提出「理入」法門開始，和天臺、華嚴等宗對於「理」的觀念之建立，以及潙山禪師提倡「實際理地」的名言之後，先後經過五百年間的互相激盪，因此而形成宋儒以「理」說性的種種思想，便成為順理成章的事實了。其間學術思想的演變與發展，以及互受影響的種種詳實，已可由此一斑，而得窺全豹了。

其次，在唐憲宗大歷、大中迄開成、天復之間，溈山、仰山師徒所建立的禪門，以九十六〇圓相綱宗（包括圓相。暗機。義海。字海。意語。默論等六重意義）。洞山、曹山師徒以重離☲卦而立五位君臣的宗旨。因此演變發展而逐漸啓發周濂溪的「太極圖說」，與邵康節易理象數的哲學思想，都有極其密切的關係和迹象可尋。但因涉及文化思想史的考證範圍，又非片言可盡。現在只能舉其簡略，以資參考而已。至於溈仰與曹洞師徒的〇圓相與重離思想的來源，則又自揭注「易經」與道家的觀念而注釋禪修的方法，那又別是一個問題，以後另行討論可也。

㈡周濂溪遊心禪道的資料

相傳周茂叔曾經從學於潤州（江蘇鎮江）鴻林寺僧壽涯。參禪於黃龍（山名）慧南禪師，及晦堂祖心禪師。又嘗拜謁廬山歸宗寺之佛印了元禪師。師事東林寺僧常聰。釋感山所著「雲臥紀談」謂：「周子居廬山時，追慕往古白蓮社（晉代淨土宗初祖慧遠法師所創立）故事，結青松社，以佛印為主。」常聰門人所著「紀聞」謂：「周子與張子得常聰『性理論』及『太極、無極』之傳於東林寺」。又：周濂溪常自稱「窮禪客」，這是見於游定夫的語錄中的實話。至於他所作的詩，經常提到與佛有緣的事，並不如後代理學家們的小氣，反而諱莫如深。例如題大顚壁云：「退之自謂如夫子，原道深排佛老非。不識太顚何似者？數書珍重寄寒衣。」（因韓愈在潮州時，曾三函大顚禪師。在袁州時，曾布施二衣）故茂叔詩中特別提出此事。宿山房云：「久厭塵勞樂靜玄，俸微猶乏買山錢。徘徊眞境不能去，且寄雲房一榻眠。」如經古寺云：「是處塵埃皆可息，時淸終未忍辭官」。至於周子的「通書」四十章，揭發「誠」與「敬」之爲用，實與禪宗佛教誠篤敬信的主旨，語異而實同，不必詳論。

㈢邵康節學術思想的淵源與曹洞宗旨的疑案

關於邵子的學術思想，如果說是出於道家，這是不易引起紛爭的事。倘使有人認爲他與禪宗有關，那麼可能就會引起譁然訾議了。但由多年來潛心硏究邵子的易象數之學與「皇極經世」的觀物內外二篇的思想，愈加確立此一信念。至少可說邵子對易學的哲學觀念，實爲遠紹禪、道兩家的思想啓發而來。即如他所祖述的陳摶本人的思想，亦與禪宗具有密切的關係。此事言之話長，今但就最簡要易曉的略一說明而已。

今據大家手邊易找的資料，如全祖望在「宋元學案」的敍錄說：「康節之學，別爲一家。或謂皇極經世，祇是京、焦末流。然康節之可以列聖門者，正不在此。亦猶溫公之造九分者，不在潛虛也。」黃百家云：「周、程、張、邵五子並時而生，又皆知交相好……而康節獨以圖書象數之學顯。考其初，先天卦圖，傳自陳摶；摶以授种放，放授穆修，修授李之才，之才以授先生。顧先生之教，雖受於之才，其學實本於自得……蓋其心地虛明，所以能推見得天地萬物之理。即其前知，亦非術數之比。」據此以推，陳摶爲唐末五代間人，陳摶之先，先天八卦圖，又得授受於何人？唐以前無之，亦如理學家在唐以前，並無此說是一樣的截流橫斷而來，豈非大有可疑者在也？如果推求於禪宗的五家之中，曹洞師徒，便已開其倪端。雖然對邵子的術數之學，略無牽涉，但陳摶與邵子的易象數之學，與唐代的一行禪師的術數之學，都有關聯之處。根據易理象數而言宇宙人物生命之本元問題道（哲學）的思想，與曹洞宗旨，卻極其「性相近也，習相遠也。」其中理趣，大有可觀，唯限於時間篇幅，僅略一提撕，提起研究者之注意而已。

曹洞宗據重離䷝卦的五位君臣說：五位乃洞山良价禪師所創，借易之卦爻而判修證之淺深（名爲功勳之五位，爲洞山之本意），示理事之交涉（名爲君臣之五位，爲曹山之發明）。洞山禪師以「一」代表正也、體也、君也、空也、眞也、理也、黑也。「--」代表偏也、用也、臣也、色也、俗也、事也、白也。並取離卦回互卦變之而爲五位。其疊之次第：1.重離卦䷝。2.中孚卦䷼，取重離卦中之二爻加於上下。3.大過卦䷛，取中孚卦中之二爻加於上下。4.巽卦䷸，取單離，以其中爻回於下。5.兌卦䷹，取單離，以其中爻回於上。

洞山禪師又由爻之形而圖黑白之五位：1.䷸巽卦◓君位。正中偏：正者體也、空也、理也。偏者用也、色也、事也。正中之偏者，正位之體處，具偏用事相之位也。是能具爲體，所具爲用，故以能具之體，定爲君位。學者始認體具之用，理中之事，作有爲修行之位，爲功勳五位之第一位。配於大乘之階位，則與地前三賢之位相當。2.䷹兌卦◒臣位。偏中正：是偏位之用，具正位之體之位。因之以能具之用，定爲臣用，即君臣五位之臣位也。在修行上論之，則爲正認事具之理，用中之體，達於諸法皆空眞如平等之理之位，即大乘之見道也。3.䷛大過卦⊙君視臣。正中來：有爲之諸法如理隨緣，如性緣起者，即君視臣之位。學者在此，如理修事，如性作行，是與法身菩薩由初地至七地之有功用修道相當者。4.䷼中孚卦◎臣向君。偏中至：事用全契於體，歸於無爲者，即臣向君之位。學者於此終日修而離修念，終日用而不見功用，即由八地至十地之無功用修道位。5.䷝重離卦●君臣合。兼中到：是體用兼到，事理並行者。即君臣合體之位，爲最上至極之佛果也。

以上就法而論，事理之回互，爲君臣之五位。就修行上而判淺深，爲功勳之五位。

上面僅就部分的研究資料而說，其他如洞山良价禪師因涉溪水照影而悟道的偈語說：「切忌從他覓，迢迢與我疏。我今獨自往，處處得逢渠。渠今正是我，我今不是渠。應須恁麼會，方得契如如。」它與邵康節的：「冬至子之半，天心無改移。一陽初動處，萬物未生時。」以及邵子觀物吟：「耳☵目☲聰明男子身，洪鈞賦與不爲貧。因探月窟方知物，未躡天根豈識人。乾☰遇巽☴時觀月窟，地☷逢雷☳處見天根。天根月窟閑來往，三十六宮都是春。」其間的思想脈絡互通之處，實在是頗饒尋味。至於「皇極經世」書中，假設「元會運世」的歷史哲學之觀念，與佛學「成住壞空」的「劫運」「劫數」之說，更有明顯的關連。總之，邵子之學，發明禪道兩家的學術思想之處甚多，義屬專題，一時也恕難詳盡。

(四)張橫渠排斥佛老與佛道之因緣

與周濂溪、邵康節同時而稍後的理學家，便有張載和二程——程顥、程頤。張橫渠少有大志，喜談兵。嘗上書干謁范仲淹。仲淹對他說：「儒者自有名教可樂，何事於兵？」授以「中庸」。乃立志求學。初求之佛、老，後恍然曰：「吾道自足，何事旁求？」世傳橫渠之學，以「易」爲宗旨，以「中庸」爲目的，以禮爲體，以孔、孟爲極。但是橫渠的任氣尚義，在氣質上，與孟子的風格，更爲相近。

周濂溪的學說，在「太極」之上，加一「無極」。其用意，似乎爲調和儒家的「太極」與道家的「無極」。有人說濂溪「太極」的涵義，猶如佛學的「依言眞如」。「無極」的涵義，猶如佛學的「離言眞如」。但他說「無極」而「太極」，則又似佛說：「性空緣起」，以及老子的：「有生於無」。

張橫渠只說到「太極」，並不提「無極」。但他對於「太極」的解釋，又不可說是「無」。而且他批評老子「有生於無」之說，以爲錯了，又是以「有」作根據的。自語相違，互自矛盾之處甚多。這是周、張二人思想的根本不同之處。橫渠說出「氣」字，又提出性有「天地之性」與「氣質之性」的不同。周濂溪對於佛教，很少有顯著排斥性的批評。張橫渠的著作中，排佛之言甚多。例如駁斥佛學「以山河大地爲見病，以六合爲塵芥，以人生爲幻妄，以有爲贅疣，以世爲蔭濁。」又說：「彼語寂滅者，往而不反；徇生執有者，物而不化。二者雖有間矣，以言乎失道，則均焉」等等，大體都是粗讀「楞嚴經」的「世界觀」、「人生觀」而立論，並未深知「華嚴」「涅槃」經等的理趣。但他在西銘中，開示學者：「民吾同胞，物吾與也」的觀點。以及他平時告誡學者「爲天地立心，爲生民立命，爲往聖繼絕學，爲萬世開太平」等觀念，則又似佛學的衆生平等，因此興起「同體之悲，無緣之慈」，以及視心佛衆生爲「正報」，山河大地爲「依報」之說的啓發交變而來。至於上述他的著名之四句教，簡直與禪宗六祖慧能教人的：「無邊衆生誓願度。無盡煩惱誓願斷。無量法門誓願學。無上佛道誓願成。」完全相似。又如他在「正蒙」中所稱的「大心」，便是直接套用佛學「大心菩薩」的名詞和涵義，而加以儒家化的面貌而已。也可以說：他是因襲禪宗六祖的思想而來的異曲同工，也並不爲過。關於張橫渠所著的「正蒙」，以及他的「理氣二元」的立論，則大半是挹取道家的思想，啓發易理觀念，這也是事實。這些都是從他「初求之佛、老」而得來的啓迪，大可不必有所諱言。

㈤二程的思想與禪佛

二程——兄顥（明道先生）、弟頤（伊川先生）「少時，從學於周濂溪，慨然有求道之志，後泛濫諸家，出入老、釋幾十年，返求諸六經而後得之云。」根據宋史記載這些有關的資料，宋儒的理學大家們，幾乎都是先有求道之志，而且都是先求之於佛、老若干年或幾十年後，再返求諸六經或孔、孟之說而得道的體用。我們都知道，六經與孔、孟之書，至今猶在。佛、道之書，也至今猶在。大家也都讀過這些書，究竟是六經與孔、孟之書易讀，抑或是佛、道之書難讀，這是不須再多辯說的問題。同時佛、老之「道」，其「道」是什麼？六經孔、孟之書，其「道」又是什麼？這個問題，界限也極其分明。眞不明白何以他們都願意把這些問題，混作一談，便說「『道』在是矣」的含糊話，這未免使「理學」的聲光，反而大爲減色。至於二程之學，如較之周、張、邵子，則在氣度見地上，早已遜有多籌了。

宋史「道學傳」說大程子「出入老釋幾十年」，其弟伊川也如此說他。但明道的闢佛與非禪之語有說：「山河大地之說與我無關，要簡易明白易行。」這是他批評「楞嚴經」的話。如用現代眼光來看，簡直是毫無科學頭腦，非常顢頇。因此可以說他的「理學」思想，也只屬於「心理道德」的修養學說，或者是「倫理」的養成思想而已。又如他批評「

華嚴經」的「光明變相，只是聖人一心之光明。」未免太過儱侗，不知此語已自落入禪家機鋒轉語的弊病，並非眞知灼見。又如批評「涅槃經」要旨「一切衆生皆有佛性」的話，他便說：「蠢動含靈，皆有佛性爲非是。」更是缺乏哲學思辨主題的方法。餘如說：「道之不明，異端害之也。昔之害近而易知，今之害深而難見。昔之惑人也，乘其暗迷；今之惑人也，由其高明。與云窮神知化，而不足開物成務；其言無不同徧，實外於倫理，窮深極微而不入堯舜之道。」這些都是似是而非，隔靴搔癢的外行話。佛道與儒家的堯舜思想，本來就是兩回事，不必混爲一談，多此一闢。而且佛學中再三讚揚治世的「轉輪聖王的功德，等同如來」的福業，也並不專以出世爲重而完全忽略入世的「倫理」思想。所謂「轉輪聖王」，便有近似儒家所謂「先王之道」的情況。況且佛學大乘的菩提心戒，對於濟人利物救世的思想，尤有勝於儒家的積極，他都忽略不知，也甚可惜。至於他批評禪的方法說：「唯覺之理，雖有敬以直內，然無義以方外，故流於枯槁或肆恣。」這倒切中南宋以後禪家提倡參究（參話頭、參公案等）的方法，以及重視機鋒、轉語等便認爲是禪宗的眞諦之流弊，的確有其見地。但他對於眞正的「禪」是什麼？老實說：畢竟外行，有太多的觀念尙待商榷。

程伊川與佛敎的禪師們，也常相往來，宋人編的「禪林寶訓」中，便有靈源禪師給程伊川的三封信，其中有：「聞公留心此道甚久」，「天下大宗匠歷叩殆徧」，「則山僧與居士相見，其來久矣」，「縱使相見，豈通唱和」，「雖未接英姿，而心契同風」等語。

伊川也曾見過靈源之師晦堂禪師，故靈源有信給他說：「頃聞老師言公見處，然老師與公相見時，已自傷慈，只欲當處和平，不肯深挑痛劇。」等語。而且還有別的資料，足可證明伊川與靈源禪師等的通問交往，雖老而未斷，這等於朱熹要鑽研道家的丹道之學，爲了一個門戶之見的憍慢心所障礙，不肯問道於白玉蟾，到老也沒有一點入處，只好化名崆峒道士鄒訢，注述「參同契」一書以自慰了。二程遺書又說：「伊川少時多與禪客語，以觀其學之淺深。後來則不覿其面，更不詢問。」但他嘗說：「只是一個不動之心，釋氏平生只學得這一個字。」「學者之先務在固心志。其患紛亂時，宜坐禪入定。」這與以「靜」爲學的基礎一樣，同樣地都以採用禪定（並非禪宗）爲教學的方法。然而他的排佛言論却特別多，嘗自言：「一生正敬，不曾看莊列佛書。」如果眞的如此，則未免爲門戶的主觀成見太深，自陷於「寡聞」的錯誤。因此他引用佛學，便有大錯特錯之處，例如說：「釋氏有理障之說，此把理字看錯了。天下惟有一個的理，若以理爲障，不免以理與自己分爲二。」他對於佛學「理障」（即所知障）的誤會，外行如此，豈能服天下知識佛學者之心。並且又不知辨析的方法，不知比較研究的眞實性，但在文字名詞上與佛學硬爭，更落在專憑意氣之爭的味道了。陸象山所謂：「智者之蔽，在於意見。」眞可爲伊川此等處下一注脚。

至於他教學者的方法說：「涵養須用敬，進學則在致知。」在「用敬」之前，又須先習「靜坐」。他所講的「靜坐」、「用敬」、「致知」的三部工夫，正是由佛學「戒、定、慧」三學的啓迪變化而來，但又並不承認自己受其影響，且多作外行語以排佛，反而顯見其失。實例太多，不及枚舉，暫時到此爲止。其他如程明道先生的名著「定性書」文中說：「動亦定，靜亦定，無將迎，無內外……既以內外爲二本，則又烏可遽語定哉！」等觀念，完全從他出入佛、老，取用「楞嚴經」中楞嚴大定的迥絕內外中間之理，而任運於「妙湛總持」的觀念作基礎，再加集莊子的「心齋」等思想而來。但對於理學家們的教學修養的價值，那眞是不可輕易抹煞的偉著。

我們略一引述宋儒理學家的五大儒，與禪之關係的簡要處以外，其餘諸儒中，有關這些資料者，多得不及縷述，只好到此暫停了。

㈥有關理學家們排佛的幾個觀念

根據以上所講，好像在說宋儒的理學，都是因襲佛、道兩家學術思想的變相，理學的本身，便無獨特的價値似的。這是不可誤解的事，須要在此特作聲明。現在只因時間與篇幅的關係，僅就本題有關禪與理學的扼要之處，稍作簡介而已。如果必須要下一斷語，我們便可以說：「禪宗到南北宋時，已逐漸走向下坡，繼起而王於中國學術思想界者，便是『理學』。相反的：元、明以後一般的禪宗，或多或少已經滲有『理學』的成分了。」換言之：「理學」就是宋代新興的「儒家之禪學」。元、明以後的禪宗，也已等同是「禪宗之理學」了。佛學不來中國，隋、唐之間佛教的禪宗如不興起，那麼，儒家思想與孔、孟的「微言大義」可能永遠停留在經疏注解之間，便不會有如宋、明以來儒家哲學體系的建立和發揚光大的局面。幸好因禪注儒，才能促成宋儒理學的光彩。

如果再要追溯它的遠因，問題更不簡單。自漢末佛教傳入中國以來，引起學術思想界儒、佛、道三家的同異之爭，一直歷魏、晉、南北朝而到隋、唐，爭論始終不已。由漢末牟融著「理惑論」，調和三教異同之說開始，直到唐代高僧道宣法師彙集的「廣弘明集」爲止，其中所有的文獻資料，隨處可見在中國的學術思想界中，始終存在着這股洪流。初唐開國以後，同尊三教，各自互擅勝場，已經漸入融會互注的情況。宋儒「理學」的興起，本可結束這個將近千年來的爭議，但畢竟在知識見解的爭論上，更有甚於世俗的固執。理學家們仍然存有許多不必要的意見與誤解，因此而使禪與理學，都不能爆放更大的慧光，這是非常遺憾的事。

但在禪宗方面，却一直對儒家思想和理學，並無攻毀之處，甚之，還保持相當的尊重。因爲無論學禪學佛的人，只要是讀過書的人，都曾受過孔、孟思想教育的薰陶，不會忘本而不認賬。卽使毫未受過教育的學佛者，凡是中國人，對於聖人孔、孟思想的尊敬，也都牢入人心，並且已將儒家和孔、孟的思想，變成個人生活與中國社會形態的中心，極少輕蔑的意識。

理學家們排佛的要點，除了對於「宇宙觀」和形而上「本體論」的爭辯以外，攻擊最力的，便是出世（出家）和入世（用世）的問題。有關「宇宙觀」和形而上「本體論」的哲學思辨，理學家們的觀點，雖然從出入佛、老而契入「易經」與孔、孟的學術思想範圍，畢竟遠不如禪佛的高深。此事說來話長，而且也太過專門，暫時不談。至於有關入世和出世的問題，的確有值得商榷之處。不過他們忘記了在唐、宋以來的中國社會，雖有大同仁義的思想，但並未像現代有社會福利的制度，因此貧富苦樂懸殊，以及鰥、寡、孤、獨、殘疾、疲癃、幼無所養、老無所歸的現象，也是一件非常嚴重的社會問題。幸好有了佛、道兩教出家人可以常住寺觀等的制度存在，無形之中，已爲過去歷代帝王治權和社會上，消弭一部分的禍亂，解決了許多不必要的慘痛事故，未嘗不是一件極大的功德。因此而批評離世出家，就等同墨子「無父無君」的思想，那也是一般不深入的看法。這是理學家們，大多都未深入研究大乘佛學的精神和大乘戒律思想的誤解。況且墨子思想的「尙同」「兼愛」「尙賢」，也並非眞如他們所說的完全是「無父無君」的慘酷。不過這又要涉及儒、墨思想的爭端問題，在此不多作牽連了。

此外，宋、明以來理學家們講學的「書院」規約之精神，是受禪宗「叢林制度」以及「百丈清規」的影響而來。理學家們講學的「語錄」、「學案」，完全是套用禪宗的「語錄」、「公案」的形式與名稱。不過這些都是屬於理學與禪宗有關的小事，順便一提，聊供參考而已，並不關係大節。

總之；本題是有關中國學術思想史的演變與發展的大問題，實非匆促可以討論的事。

當時因爲黃得時、錢韞男兩位先生的命題，我只好提出一些有關的簡略報告，等於是作一次應考的繳卷，並未能夠詳盡其詞，敬請見諒。

〔民國六十一年（一九七二），台北〕

禪話序——兼答叔、珍兩位質疑的信

清人舒位詩謂：「秀才文選半飢驅」，龔定盦的詩也說：「著書都爲稻粱謀」，其然乎！其不然乎？二十多年來，隨時隨地，都須要爲驅飢而作稻粱的打算，但從來不厚此薄彼，動用頭腦來安撫肚子。雖然中年以來，曾有幾次從無想天中離位，寫作過幾本書，也都是被朋友們逼出來的，並非自認爲確有精到的作品。

況且平生自認爲不可救藥的缺點有二：粗鄙不文，無論新舊文學，都缺乏素養，不夠水準，此所以不敢寫作者一。秉性奇懶，但願「飽食終日，無所用心」，視爲人生最大享受。一旦從事寫作，勢必勞神費力，不勝惶恐之至，此其不敢寫作者二。

無奈始終爲飢餓所驅策，因此只好信口雌黃，濫充講學以餬口。爲了講說，難免必須動筆寫些稿子，因此而受一般青年同好者所喜，自己翻覺臉紅。此豈眞如破山明所謂：「

山迴迴，水潺潺，片片白雲催犢返。風瀟瀟，雨灑灑，飄飄黃葉止兒啼。」如斯而已矣乎！

但能瞭解此意，則對我寫作、講說，每每中途而廢之疑，即可諒之於心。其餘諸點，暫且拈出一些古人的詩，借作「話題」一參，當可會之於心，啞然失笑了！

關於第一問者：

「中路因循我所長，由來才命兩相妨。勸君莫更添蛇足，一盞醇醪不得嘗。」（杜牧）

「促柱危弦太覺孤，琴邊倦眼眄平蕪。香蘭自判前因誤，生不當門也要鋤。」（龔自珍）

關於第二問者：

「飽食終何用，難全不朽名。秦灰招鼠盜，魯壁竄鼫生。刀筆偏無害，神仙豈易成。却留殘闕處，付與豎儒爭。」（吳梅村）

關於第三問者：

「一鉢千家飯，孤身萬里遊。青目覩人少，問路白雲頭。」（布袋和尚）

「勘破浮生一也無，單身隻影走江湖。鳶飛魚躍藏眞趣，綠水青山是道圖。大夢場中誰覺我，千峯頂上視迷徒。終朝睡在鴻濛竅，一任時人牛馬呼。」（劉悟元）

〔民國六十二年（一九七三），台北〕

龐居士語錄與龐公的禪（代序）

禪宗自中唐以後，闡揚宗風最爲有力的，全靠南宗的馬祖道一和尚。但馬祖與石頭希遷和尚又相互呼應，在教授後進方面常常對唱雙簧，作育有志繼起之士。例如馬祖告誡他的弟子鄧隱峰說：「石頭路滑」！便是傳誦千古有名的「禪機」風趣。因爲馬祖教授禪道的手法高明，當時他的門下造就出七十二員南宗禪的大匠，名震朝野。前人有比之如孔子的門人數字，所謂「弟子三千，賢人七十」。但其中大部分都是出家的和尚，只有一位龐蘊居士，始終以在家俗人的身分，參列在中唐時期禪林的名匠之間，頗爲當時及後世所樂道、所崇拜。

關於龐居士的傳記以及他的悟道因緣與各種事蹟，散見各書者雖然大同小異，但皆語焉不詳。禪宗彙書如：祖堂集、傳燈錄、人天眼目、五燈會元、指月錄等。他書如唐詩紀事中的摘要，仍未出於禪門傳聞以外。龐居士語錄所刋無名子序一篇，作者之年代姓名皆謙退不具，更無法稽考，且其所敍龐居士的家世等，尤其難辨眞實與否。但據我所聞於耆年老宿的口述，亦如此說。無名子之序，宋元之間亦早流傳，似又不須懷疑。

現在除了考據問題以外，綜合各書傳敍的龐居士傳略，仍然以指月錄較爲可用。因指月錄在禪宗的彙書中，是最後刋出的著作，作者博洽，大體已經綜合各書的意見集成爲一介紹，對於龐居士悟道因緣與事蹟，亦較有次序，且與語錄所載亦甚相合，讀之頗爲方便合理。

傳奇的身世

襄州居士龐蘊者，衡州衡陽縣人也。字道玄。世本儒業，少悟塵勞，志求眞諦。唐貞元初（唐德宗年號，約當西元七八五年間）謁石頭。乃問：「不與萬法爲侶者，是什麼人？」頭以手掩其口。豁然有省。後與丹霞爲友。一日，石頭問曰：「見老僧以來，日用事作麼生（怎麼樣）？」士曰：「若問日用事，卽無開口處。乃呈偈曰：『日用事無別，惟吾自偶諧。頭頭非取捨，處處沒張乖。朱紫誰爲號，邱山絕點埃。神通並妙用，運水及搬柴。』頭然之。曰：「子以緇耶（出家爲僧服）？素耶（在家爲白衣）？」士曰：「願從所慕。」遂不剃染。

後參馬祖。問曰：「不與萬法爲侶者，是什麼人？」祖曰：「待汝一口吸盡西江水，卽向汝道。」士於言下頓領玄旨。（指月錄）

依據各書所載，龐居士先見石頭或先見馬祖，略有出入。但從語錄記載，以及他承嗣法統於馬祖的事實來看，似乎以先見石頭，後見馬祖較爲合理。

至於他的身世，如指月錄所述，以及無名子的序言，都說他先世是襄陽（湖北）人，無名子序：

「父任衡陽（湖南）太守，寓居城南。建菴修行於宅西，數年全家得道，今悟空菴是也。後捨菴下舊宅爲寺，今能仁（寺）是也。」

依據各書所載，龐居士悟道以後，自把所有的資財都沉沒在湘水中，此事歷代禪門傳爲佳話。這是各書公認而無異議的記載。那麼，龐居士的確出身世家，而且擁有相當的遺產，所以他才有沉珍溺寶，棄之猶如敝屣的豪舉，也是不成問題的事實。問題只在於他爲什麼要那樣做？這也是禪門的宗風嗎？後文再來討論。

一口吞江與不作萬法之侶

中唐以後南宗的禪，再經馬祖的闡揚，盛行於江（西）、湖（南）之間，這是衆所熟知的事。龐居士也如一般讀書人——知識分子一樣，接受時代風尙的影響參禪學佛，並非如東漢以前一樣頗爲稀奇，也不如現代一樣視爲落伍。他是當時的讀書人——知識分子，也是非常有慧根的人。由他見石頭和尙與馬祖和尙的問話看來，在未見他們之前，對於佛法的要義已有相當的「知見」和理解。所以一開口便問：「不與萬法爲侶者是什麼人？」「法」字在佛學中的理趣，代表了一切事、一切理。也可說它代表了一切心、一切物。「萬法」，當然包括了在世俗間的一切事物，同時也包括了出世間的一切佛法。龐居士一開口便能問：「不與萬法作伴侶的，你說是什麼人？」可見他對於自己「知見」學理的見解實在頗爲自負。

照一般的觀念，一個人能做到不與萬法爲侶當然是一超人。等於說：弗（不）是人，便成佛了。妙就妙在石頭和尙的教授法。他對於龐蘊的問題絕口不提，只把一隻手掩住他開口問話的嘴巴，使他當時氣索面紅，半個念頭也轉不出來。由他反躬自照，的的確確認得自己「不與萬法爲侶」的是什麼，所以才能使他當下休去、悟去。這種宗門的教授法，後世絕少人能作得到，必須要千手千眼，眼明手快，拿得準，認得穩，才可下手接引。如果龐居士事先沒有「知見」成就，又沒有石頭一樣的明師手法，豈非一場笑話，不引起兩人對打一架才怪呢！

從此以後，他就眞的大徹大悟了嗎？慢慢來！還有問題的。雖然他能說出：「神通並妙用，運水及搬柴」，未必不是口頭禪。因爲讀書人——知識分子學道參禪，在「知解」方面到底佔了便宜。但在實證的工夫上，也正因爲有太多的「知解」，吃了聰明反被聰明誤的虧。好在他有一個同有頭巾習氣的出家朋友，那便是馬祖爲他取名外號爲「天然」和尙的丹霞。他本來要進京去考功名而考進了「心空及第歸」的禪門中來。他倆互相切磋，就此牽牽扯扯來看馬祖和尙。本來馬祖和石頭是一鼻孔出氣的同門道友，他兩個人的弟子也時常交換教導，二人門下向來就有「寄學生」的慣例。龐居士因丹霞的關係來向馬祖參學，是很自然的事。

怪就怪在他來問馬祖的話，仍然還是那個老問題：「不與萬法爲侶者是什麼人？」切須留意，只此一句話，它所包涵的內義之廣泛，程度之深淺，大有不同。龐居士在石頭處有個入門的「悟解」，若說澈頭澈尾、透過向上一路，還有問題存在。只要看他悟後來見馬祖時還是問此一語，便可見他心裡多少時來，還在運水搬柴，還在滴滴咕咕。好在馬祖的氣勢驚人，他一開口便向龐居士說：「待汝一口吸盡西江水，卽向汝道。」這一下，比起石頭的掩住嘴巴，倒抽一口冷氣更厲害。這是有道理也毫無道理的話。所以使得龐居士就此寬心大放，了然無疑了。

關於這重公案，古人拈提出來頌解的很多，禪要眞參實證，本來不須再畫蛇添足。不過像我這個拙棒，仍然不死心，再重提一下對於此事的一首絕句，以供一笑，也可以說是口頭禪的外語吧！

「龐蘊當年見石頭，一經掩口便宜休。何須呑盡西江水？亙古江河自不流。」

除了眞參實證之外。如要只談禪學，就不妨參考一下肇論的：「旋嵐偃嶽而常靜，江河競注而不流」便可瞭然。不過理解得就完了。此所以談「知解」論「禪學」者止於如斯而已矣。

石頭和尙對龐居士的掩口葫蘆，馬祖的「一口吸盡西江水」，到了近代以來，花樣翻新，又有人加以特解。過去在參學諸方的時期，碰到有些修學道家、密宗的人說，石頭掩住龐居士的嘴巴，馬祖敎他「一口吸盡西江水」都是要他氣功到堂，做到了「寶瓶氣」，乃至「氣住息停」才能悟道。這種見解可能照舊還會流傳，如果古來禪宗大德們聽了，一定哈哈大笑。天哪！天哪！

珍寶沉江竹器上市

少悟塵勞，志求眞諦，這是龐居士參禪學佛的本懷。但他自有所入門，有所證悟以後，石頭和尙問他要出家？要在家？他便說：「願從所慕」。因此就沒有披剃頭髮，染就緇衣。仍然儒冠儒服，做一個佛門的居士。在馬祖門下，他可說是一個特殊的典型。那麼，他志願所慕的風格又是誰呢？是佛門中的大乘菩薩嗎？菩薩果然不論出家或在家，但龐居士的行徑作風又不太像。因爲他的行跡，就空住寂，偏向於小乘的風規。只以形式而論，他也許很傾慕南朝時代的傅（翕）大士。傅大士悟道以後並未出家，有時身披僧衣，頭戴道冠，足穿儒履，用以表示非僧、非儒、非道。也可以說是儒、釋、道集於一身的表相。

但傅大士終身宏揚佛法，竭力布施，甚至賣掉妻子以爲施捨。龐居士呢，在這方面完全不像學他的榜樣。如記載：

居士悟後，以舟盡載珍橐數萬，沉之湘流，舉室修行。有女名靈照，常鬻竹漉籬以供朝夕。有偈曰：「有男不婚，有女不嫁，大家團欒頭，共說無生話。」

棲心佛道之士，敝屣功名富貴，情願過着乞食的生涯，度此朝夕，那是佛門的「比丘」風格，戒行，無可輕議。卽如以世法人道稱聖的孔子，也同樣說：「飯蔬食、飲水、曲肱而枕之，樂在其中矣。不義而富且貴，於我如浮雲。」又說：「富貴而可求也，雖執鞭之士吾亦爲之。如不可求，從吾所好。」這與佛家、道家的精神，基本上並無二致。但佛門最重布施，大乘佛法尤其必須以施捨爲先。龐居士薄資財、重佛法，一點也不錯。可是爲什麼悟道以後，不以所有的資財廣行布施，偏要把它沉之江底？實在費人疑猜。已往參學諸方時，曾經聽過一位禪門的老和尚講解過此事。他說：「龐居士悟道以後，決心要把全部珍寶資財沉之江底，當時他的夫人便說：不如用來大作布施。龐居士却說：布施也非究竟，世間人有了錢財反而容易作惡造罪。而且貧富永遠不能均衡，易啓爭心，不如沉之江底爲了當。」我不知道他這段傳述，依據什麼而斷定龐居士當時有此意見。問他的根據，也是從前輩老宿傳述而知，無法尋根究柢。唐人詩云：「帆力劈開千級浪，馬蹄踏碎萬山青。浮名浮利濃於酒，醉得人間死不醒。」龐居士把資財沉到江底，恐怕要引來好多人劈開千級波浪，沉江尋寶而送掉性命，那又何苦來哉！「博施濟衆，堯舜猶病。」善門雖然難開，何嘗沒有方便的辦法？此所以有些人認爲唐、宋以來禪宗大師們的造詣，充其量只是佛法小乘的極果，它與大乘佛法始終還有一段距離。其然乎？其不然乎？大有講究之處。

無論如何論辯，龐居士當時沉資財、棄富貴的一場舉動，的確給予人們驚奇、慨嘆、敬仰的一棒。所以宗門一直傳爲佳話，不再深究他這種行履究竟是何用心。尤其是他可以坐享富貴，雖然學佛參禪悟道以後，仍可以依仗他的資財，大搖大擺地當一位佛家的大居士、大護法。逢廟過寺，隨便高興或多或少到處捐出些香火錢，就可被人們側目而視，視如天人般巴結了，豈不一樂！然而他不此之圖，偏要與一家人過著最窮苦，辛勤的起碼日子。每天要作手工，編編竹漉籬，帶着女兒上街去兜售，賣出了由勞力換來的工錢，購取維持生活的柴、米、油、鹽。這又是爲了什麼呢？這是人的本份，也是後來百丈禪師「一日不作，一日不食」的禪門家風。他告訴人們不要取巧偷生，做那些不勞而獲、無補時艱、無利於人的事。至少，人要瞭解人生，自己用手或用腦解決人生基本的生活，然後可求精神生命的平靜、安祥而昇華。「仰不愧於天，俯不怍於人。」此一樂也。不過龐居士個人能做到如此固然難能可貴，更值得欽羨的是龐居士夫人和他的女兒。這種全家潔身自好的美德精神，實在值得世人效法、崇敬。「刑於寡妻，至於兄弟。」我於龐公應無間然。如果從大乘佛法乃至華嚴境界來講，那又須另當別論了。然耶？否耶？

遊戲生死及其家人

龐居士舉家參禪學佛，男女老幼個個都有成就，尤其對於生死之間，瀟洒如同兒戲。這是馬祖會下禪門特出的一章，迥然不同於其他出家禪師們的作法。如記載：

「居士將入滅，謂靈照曰：視日早晚，及午以報。照遽報：日已中矣，而有蝕也。士出戶觀次，靈照卽登父座，合掌坐亡。士笑曰：我女鋒捷矣。於是更延七日，州牧于公頔問疾次，士謂之曰：但願空諸所有，愼勿實諸所無。好去。世間皆如影響。言訖，枕於于公膝而化。遺命棄江湖。」

另如龐居士語錄所載無名子序言，又稍有異同。而其情景更切實際，如在目前。如云：

「經七日，于公往問安。居士以手藉公之膝，流盼良久曰：但願空諸所有，愼勿實諸所無。好住。世間皆如影響。言訖，異香滿室，端躬若思。公亟追乎，已長往矣。遺命焚棄江湖。旋遣使人報諸妻子，妻子聞之曰：這痴愚女與無知老漢，不報而去，是可忍也。因往告子，見劚畬，曰：龐公與靈照去也。子釋鉏應之曰：嗄！良久，亦立而亡去。母曰：愚子，痴一何甚也，亦以焚化。衆皆奇之。未幾，其妻乃徧詣諸鄉閭，告別歸隱。自後沉迹㚑然，莫有知其所歸者。」

關於龐居士一家人的悟道、成就，根據語錄等所載，「高山仰止」自然都無疑問，唯各家記載，都只及其妻女，並無兒子之說。但從龐公自己的偈語說：「男大不婚，女大不嫁」。顯見其有兒有女。而且無名子的序言決不晚於「祖堂集」「傳燈錄」之後，所述較爲可靠。過去社會以方外僧道、閨門女子、行徑特殊者較易出名，故其女靈照的事蹟，尤爲禪門所襯托而樂道。其子則名也不傳，這與龐公語錄序言作者的無名子，同爲高士，亦無須再論。龐夫人後來歸隱不知所終，我常疑爲與後來的豐干、拾得、寒山等三大士往來中有一老婆子，可能卽是龐公夫人。豈其留形住世亦如迦葉或賓頭盧尊者之流亞歟？

龐居士的話與詩

唐、宋以後的宗門，歷來推崇龐居士悟緣的奇特之外，便是他與夫人及其女公子靈照的對話。如云：

「居士一日庵中獨坐，驀地云：難！難！十石油麻樹上攤。龐婆接聲云：易！易！百草頭上祖師意。靈照云：也不難，也不易，饑來吃飯困來睡。」

其實，這則對話中的難易之說，固然雋永有味，但只是說明人根各有利鈍，悟道並無先後。如果對這一則話也當「話頭」來參，那眞是埋沒禪宗了。

據傳記、語錄等資料所載，龐居士自悟道以後，終其一生，但與煙霞爲伴，禪客爲侶，既不如有些禪師們各居一方，宏揚教化；亦不是高蹈遠引，不知所終。如依舊式史學家們的觀點，應該屬於隱逸或高士傳中的人物。正因爲他是高士，而且是佛門中的高士，所以他生平所作的詩偈，就被大家所樂於稱道、傳誦。他的詩、偈，語語出於平淡、淺顯，但包涵了高深的佛理，指點世俗的迷津。它不是純文學境界的詩，它是將高深的佛學道理融化在平常口語中的白話文學。在他以前，誌公大師與傅大士有過這樣的創作。在他以後，便是寒山子與拾得的作品了。全唐詩的編輯，採錄了他幾首近於純文學境界的詩。唐詩記事又特別選出他的：「未識龍宮莫說珠，從來言說與君殊。空拳只是嬰兒信，豈得將來誑老夫。」例如這首絕句，看來很平實有味，但他的內涵却是引用佛經中龍女獻珠，八歲成佛的故事。空拳誑兒，黃葉止啼，也都是佛經的典故。如不曾涉獵過佛經、佛學，只從純文學的詩之角度來看，自然就會被摒棄於詩的文學之門外了。龐公的詩、偈是如此，寒山子的詩、偈又何嘗不如此？只因目前大家把寒山子的詩加上一頂白話詩、平民文學的冠冕，所以便又蜚聲一時。不知此次龐公語錄與詩、偈的重出，能否也有這樣的運氣？唯恐正如龐公所說：「難！難！十石油麻樹上攤。」如是而已。

龐居士與于刺史

歷來一般談禪的人，無論是僧是俗，紛紛猜測「一口吞盡西江水」的內義以外，最樂於稱道、崇敬的事，便是龐居士的「但願空諸所有，愼勿實諸所無」的話了。誠然，這兩句簡捷的名言，的確足以包括了佛說一部「金剛經」的要點，也足以做爲後世學佛參禪者的圭臬。但推開佛法禪宗，再來研究一下龐居士當時說此話的對象，便可又進一層而知龐居士與本書編集人——于頔刺史的關係了。

根據「舊唐書」「新唐書」的記載，于頔是世家公子出身，是晚唐開始時期的一個權臣，也是一個很跋扈驕橫的藩鎭。大凡世家公子出身的，總很容易流於驕橫霸道，修養的欠缺太多。但是于頔可也有他的一面，做了許多有益於國計民生的事，很合於佛家宗旨所謂的善行功德。因此他的功過，頗難定評。

龐居士與于頔的關係究竟是世誼或新交？無法考據而知。但以臆測，很可能在于頔出鎭湖南或襄陽這個階段有親切的來往。正因爲龐居士看透了于頔的爲人與心地，所以在他臨終的時候，拉著他手，流盼地盯着他看了很久，然後現身說法，告訴他，人總歸要死的。以屍諫的精神來規勸他，以盡朋友之道，提醒他佛法的要義，所以他教于頔以「但願空諸所有，愼勿實諸所無。」世事一切都如夢幻空花，希望他不要做絕了，更希望他不要存有「瓊樓最上層」的奢望。否則一定沒有好下場，一定會倒下來，像他一樣奄然而去，倒在于頔的腿上。這便是神通，這便是智慧。雖然他沒有像佛圖澄阻止石勒的爲惡，少做許多殺人放火的事，但他能使唐朝少去一個藩鎭之禍，減少中原許多殘酷的殺業。乃至對于于頔的心理影響，使他晚年也能保其首領以終，都是莫大的功德。如果我們換一個立場，把他臨終時所說的話，對照孔子的：「不義而富且貴，於我如浮雲。」就可看出是另有一番註解了。這是警世鐘聲，這是熱中病的良藥。禪的境界與修養，豈可隨便而測？

于頔的善緣

「于頔，字允元，河南人也。周太師燕文公謹之後也。始以蔭補千牛，調授華陰尉。黜陟使劉灣辟爲判官，又以櫟陽主簿，攝監察御史，充入蕃使判官。再遷司門員外郎，兼侍御史，賜紫。歷長安縣令，駕部郎中，出爲湖州刺史。

「因行縣至長城方山，其下有水曰西湖，南朝疏鑿，溉田三千頃，久堙廢。頔命設堤塘以復之，歲獲杭稻蒲魚之利，人賴以濟。州境陸地褊狹，其送終者往往不掩其棺槥。頔葬朽骨凡十餘所。改蘇州刺史，濬溝瀆，整街衢，至今賴之。吳俗事鬼，頔疾其淫祀廢生業，神宇皆撤去，唯吳太伯、伍員等三數廟存焉。」

于頔的劣跡

「雖有政績，然橫暴已甚……追憾湖州舊尉封杖，以計強決之……由大理卿遷陝虢觀察使，自以得志，益恣威虐官吏，日加科罰，一跡椽姚峴，不勝其虐，與其弟泛舟于河，遂自投而死。

「貞元十四年，爲襄州刺史，充山南東道節度觀察。地與蔡州鄰，吳少誠之叛，頔率兵赴唐州，收吳房朗山縣，又破賊於濯神溝。於是廣軍籍，募戰士，器甲犀利，倜然專有漢南之地。小失意者，皆以軍法從事。因請升襄州爲大都督府，府比鄆魏。時德宗方姑息方鎭，聞頔事狀，亦無可奈何，但允順而已。頔奏請無不從。於是公然聚斂，恣意虐殺，專以淩上威下爲務。

「判官薛正倫卒，未殯，頔以兵圍其宅，令孽男逼娶其嫡女。

「累遷至左僕射，平章事，燕國公。俄而不奉詔旨，擅總兵據南陽，朝廷幾爲之旰食。及憲宗卽位，威肅四方，頔稍戒懼，以第四子季友求尚主，憲宗以長女永昌公主降焉。

「穆宗時于頔死後論謚，右補闕高鉞，太常博士王彥威交疏爭議，極爲反對，王彥威疏中論及，頔頃節旄，肆行暴虐，人神共憤，法令不容，擅興全師，僭爲正樂，侵辱中使，擅止制囚，殺戮不辜，誅求無度。」

據此可知他的專橫跋扈比想像更甚。但終以太子太保致仕（退休）。至於他的文辭著作，並不多見，可能只知作威作福，如班固所謂：「不學無術」者。

舊唐書的評語有兩個觀念，第一個觀念推論人品，並評及他養成人品的原因。如云：「史臣曰：于燕公以儒家子，逢時擾攘，不持士範，非義非俠，健者不爲，未塗淪躓，固其宜矣。」第二個觀念，在贊詞裡綜括爲兩句話，評他爲：「于子淸狂，輕犯彝章。

」直捷了當說他驕橫的蔑視國法。不過，始終沒有忘了他的好處。對於整個品格的評語，說他太過清狂而已。這清狂一詞下得很中肯。他畢竟不如龐居士對他的期望「但願空諸所有，愼勿實諸所無」。

〔民國六十三年（一九七四）端陽，台北〕

荷蘭文初譯禪宗馬祖語錄記言譯作的經過

一九七五年（民國六十四年）的冬天，我正要主持在高雄佛光山的一個禪七法會，政大教育系的名教授祁致賢先生打電話來，極力推荐他的女婿李文對佛學與禪宗都有高度的熱情和興趣，希望能夠允許他參加禪七。祁教授的學養高風，素來受人敬重，有他的關照，李文參加禪七便很自然而順利通過。不過，我所擔心的，他是比利時人，對中文和中國話的素養，是否能夠聽得透澈瞭解？尤其是我的口音帶有濃厚的鄉土方言，只怕他聽而不懂，結果卻會辜負他一片向學的誠心，甚至誤解了禪宗的教學法，那眞要變成毫無趣味的笑頭，比過去宗師們那些無義語的「話頭」更無意義了。誰知報到的時候，他卻帶來一位忠實的翻譯員——也便是他賢慧的妻子，這一對志同道合爲溝通東西文化而努力的夫婦同參，倒使這次禪七法會別開生面。不過，他們的心得究竟如何？那應該說——只有「如人飲水，冷暖自知」了。

下山以後，他要回國完成碩士論文的交卷大事，因此他告訴我，決心將禪宗馬祖道一禪師的語錄譯成荷蘭文。這是東西文化交流的一件偉大工作，做起來相當困難。但是我知道他原來便是研究宗教哲學的高材生，而且學過印度瑜伽禪定，也對日本的禪學頗有研究，所以非常贊成。不過，他從這次參加禪七以後，對於禪宗與馬祖語錄許多關鍵，和過去所接受的觀念有了懷疑，希望我扼要的為他再講解一番。因此，又專門為他講了一次馬祖語錄和南嶽禪有關的一些問題。他當時認為「豁然有省」，好像禪宗所說的，「如有所悟」。而且認為過去介紹到西方的禪學，有重新檢查的必要。

他回國以後，也就是一九七七年的冬月。我開始再度閉關專修。他來信說：「馬祖語錄已經翻譯完成，而且有一出版商願意發行這本書。」他的本國老師們也很贊成，但是有些細節他想和我討論清楚。同時，還想到台灣來完成博士學位，希望能夠長時間跟我進一步的探討，後來知道我已經閉關了，悵然如有所失。

到了今年（一九七八）的二月，也正是我閉關圓滿一年後的春天，為了答應美國方面幾位學人專誠來台進修，破例開講「修證圓通」的課程三個月。因此，也通知了李文夫婦。據說，他當時知道了此事，驚喜交集，情不自禁的掉下眼淚。生存在側重現實的時代裏，一個人為了求學術修養而有這樣的情操，應該說他早已能夠得到自證自肯了。這是他的美德，和我毫不相關。從他在比利時接到通知到籌備動身來台灣，先後經過，只匆匆的十天。而他的太太祁立曼，帶著兩個孩子，也由歐洲轉道到美國探親後迅速轉來參加聽課，仍然充當他的義務翻譯。

有關於馬祖和禪宗的四個問題

最近，他急需要趕回歐洲印出這本書。爲了再加小心求證，他再捍出幾個重要問題，要我答覆。

㈠目前，西方人認爲禪宗是反對佛教原來的教理，而且也反對佛教原來的修持方法。甚之，他們認爲各種宗教是彼此否認，彼此反對，是否正確。

關於這個問題我的答案是否定的。這個誤解的關鍵，近因是近代的學人們，隨便把中國的禪宗，比作是佛教的革命，這個「革命」一詞的觀念所引起。無論是「革命」也好，「革新」也好，在一般意識思想的習慣上，這種名詞，都是含有反動性的意象。所以便「一人傳虛，百人傳實。」的被誤解了。佛教原來的教義，包括大、小乘的教理與修持方法，傳到中國以後，到了隋唐時期，形成「禪宗」一宗的興起，它全盤接受了佛教原有的教理和所有的修持方法。只是爲了適合於中國文化思想，以及民情風俗等習慣，吸收儒家、道家的精華，運用了中國式的教授法而已。不但禪宗如此，佛教在中國所興起的十宗，以及「分科判教」的佛學教理的研究方法，大體上都不離其宗的完全接受佛陀的教理和修證方法的。如果要提出證明，至少可以提一百個簡要的引證，不過說來話長，又須另成一部專書以爲說明。

最簡明的說，過去禪宗的宗師們，素來宗奉一則名言，那便是：「通宗不通教，開口便亂道，通教不通宗，好比獨眼龍。」甚之，如所傳永嘉禪師禪宗集上的證道歌所說：「宗亦通，教亦通，定慧圓明不滯空。」這便是最好的說明了。但是現在的學者們，有人對永嘉證道歌，又提出了懷疑的反考據，愈辨而縛愈堅，實在很麻煩。引用禪師們的話說，便是：「萬法本閒，唯人自鬧」了。而且進一步要把馬祖語錄的語意內涵，引證對照佛教的教理來作說明，可以說沒有那一句話是不合於佛教教理之出處的。不過這樣一來，又要成爲另一部的研究專著了。

當然，對西方學者的觀點而言，還有一個遠因，是十七世紀後歐洲學者研究佛學，因爲已找不到佛教前期的原始資料，大多數從南傳小乘佛教和巴利文的佛典中引作爲徵信。再加上在十八九世紀時期，國際現勢有意無意間，故意在排斥、薄視中國文化，而連帶輕視中國佛教的大部分資料，因此形成誤解。後來又加上第二次世界大戰以後，從東方的日本引進了禪學到歐美去。而日本在明治維新以來的學術研究路線，所謂的東方文化——也即是中國文化，不論這其中的那一門學術，都在有意無意之間因襲了西方的治學觀念，甚之，也如西方一樣，夾雜了民族意識和某種政治思想的因素。在這種情況下，禪宗的眞精神——完全變質。但也可以說是人類歷史文明褪色的大勢所趨，眞有無可奈何之感。

至於說到各種宗教是彼此否認，彼此反對的觀念。那是比較宗教哲學上的一個大問題。也可以說，任何一個人，或任何一門學識，因爲觀點的立場不同，思想推論便完全兩樣。在我而言，我認爲除了所有宗教的形式和教授法之外，任何宗教形而上的精神，都是彼此調合，彼此融通，甚之，可以互相比類註解。因爲眞理只有一個，正如佛說的「不二法門」。禪宗大師們所說的，「除此一事實，餘二皆非眞」。

(二)何以在隋唐以前，中國的佛教和中國的學佛者，修小乘禪定的路線，證果的人不少，爲何唐朝以後，才有大乘禪的成就?他們與四禪、八定，以及佛教的經、律、論的關係又如何?馬祖時代，他們所修持與戒律大多用那一方法，及當時常用的經典是那些?

關於這個問題，我的答案與所問的程序是相反的。中國的佛教，凡是眞正的學佛者，無論是走小乘或大乘的修證路線，他的目的，都是著重在求證。求證的方法在學理的基礎上，始終不能離開經、律、論的要點。在修證的方法上，無論大、小乘，也都是以四禪、八定爲基點。在隋唐以前，佛學大乘的經典，還沒有全部傳入，所以修證的路線，是比較偏重在小乘的禪觀方法。唐朝中葉時期，不但禪宗鼎盛，其它各宗也同時並興，因此才有大乘禪的流行。如果以教理來講，後來禪宗所說的「如來禪，祖師禪」也都可歸納在大乘禪的範圍。小乘禪觀的方法，是根據佛學小乘的教理，排除身心內外的物欲世界，專心一意把守精神心念的專一，以求證解脫外物世界的束縛而自在昇華。因此用力勤而成果的表現也多，如有爲的神通和在生死之際的坐脫立亡等等。用一個比較切實的譬喻來講，小乘禪觀的求證方法，是把散亂無歸猶如紛紛飛揚的麵粉，用一集中的小空點，把它漸漸的歸集在一處，然後再來揚棄它而永遠住在空寂清淨的境界上。大乘的方法，也是根據大、小乘的教理，是把心意識的每一點或面，直接從其中心爆破，使它畢竟空寂而靈明自在。

馬祖時代的禪宗，他們所修持的戒律，相當嚴謹。當時唐朝佛教鼎盛時期大、小乘階梯的三種戒律，佛教的術語叫做三壇大戒。即小乘的沙彌戒律、比丘戒、大乘的菩薩戒。當時的比丘戒禪宗是採用四分律。也有少數用別的戒本。大乘菩薩戒，中國內地一律採用「梵網經」。西藏是一直沿用瑜伽師地論彌勒菩薩的戒本。那個時期，禪宗通俗的經典，大部分是以金剛（般若波羅密）經作入門的依據，所以後來有人叫禪宗作般若宗，也有叫它是達摩宗的。不過，大禪師們，還是非常重視楞伽經、維摩經、涅槃經、法華經等。至於馬祖以後的五宗禪派，如臨濟宗、法眼宗禪師們，有的還都是唯識法相學的大師。

㈢禪學的特點在那裏？對中國佛教的貢獻與流弊何在？何以自馬祖以後禪宗如此普遍流行？

關於這個問題，看來很簡單，詳細的說，又可以做三本專門的著作。用最簡單的答覆。禪宗的特點，是把最高深佛學心法求證形而上道的複雜而詳細分析的方法，歸納到最簡捷形而下的人生日常生活，也就是說在平常事物之間，便可證得。因此它對中國佛教的貢獻，是使其普遍的深入上、中、下各階層之間，變成中國文化的中心之一，根深柢固的代代相承傳播。但也正因爲它把高深的形而上道，變化在平凡的人生日常生活之中而自然的流露，因此產生了後世的狂禪者流，走入未證言證，未悟言悟的「口頭禪」了。所以在宋代而因此一刺激，便有儒家的「理學」產生，以嚴謹的態度，一反狂禪者流空疏的流弊。但自明末以後，理學與禪宗，又一再反覆而產生了空疏與迂濶兩種後遺症。這是古今中外學術上矯枉過正的通病，也是勢所難免的。

至於馬祖以後禪宗何以如此普遍流行？這個問題，就是上面所講答案的結果。因爲自馬祖先後的大師們，都把佛學的內涵，講得非常口語化，闢開了艱深的專有名詞，所以便形成佛學中另一形態的「語錄」，這種語錄的文字非常平實，內容非常生動，禪宗大師們以日常生活的事務，以及我們自己的身心爲說法的內容，對佛法作身體力行的切實說明。這種宗下的語錄，和逐字逐句，偏重理論探討的論、疏等，各有不同的優點。

至於禪宗的「公案」和語錄又有所不同。語錄純粹以禪宗大師的言「論」、道「理」爲主。公案則包括了師生之間的「事」蹟、「行」徑。譬如禪宗大師爲了什麼事情而發起懷疑，開始追究宇宙人生的眞諦。他們又在那一種環境下，或者聽了那一句話而對這最高的眞理有所領會。這些禪宗大師們在學道過程中，又經過那些關鍵性的啓發等等。公案者雖然只是記載敍述一些事件的經過內容，但却是前賢們力學的經過和心得，足爲後世學者觀摩奮發，印證自己的見地、功用。

由於語錄、公案的通俗以及口語化，因此對學者的感受比較深，也比較容易被接受。這也是馬祖以後，禪宗普遍流行的原因之一。

㈣禪宗沉默了一段時期以後，到了現在，又重新流行起來，尤其是在西方的歐、美各地。你認爲它給西方人能帶來什麼福音？

關於這個問題，我的答案是樂觀的、祝福的。禪宗是「直指人心，見性成佛」的宗派，佛教高深形而上道的學理，以及切實修行求證的方法，隨著時代的演變，發展出許多宗教的形式，以及教條式重重束縛的教義，禪宗在這種情況下，擺脫了傳統的限制，脫穎而出。直接從純粹唯心——「心能轉物」的大前題中，求得大智慧的解脫，絕對自由自在的心證。它的教授法和精神，表面上是一種非宗教、非哲學、非科學的表達。但實際上是正因爲它有如此大自在、大智慧的解脫。所以它才能爲宗教、爲哲學、爲科學作綜合性的解答。換言之：惟有禪宗的精神和求證的方法，才眞正能使人們擺脫物質欲望的困擾，達到精神心靈的眞實昇華。這對於今天人類被物質文明所困惑，理性被人欲所淹沒的世界，應該是一絕妙的消炎劑、清涼藥。

有關馬祖語錄中三段示衆的提要

第一段：是直接指示達摩所傳禪宗的心法，是根據佛說楞伽經的「佛語心爲宗，無門爲法門」的要點，這裏所說的「心」，不是普通意識形態的心理學上的「心」。這個「心」或「性」的名詞，是指形而上和形而下的全體大機大用的中文代名詞。這裏所說無門的法門，是表示不採用任何一種固定方法的方便法門。他在本段的結論，根據佛說的教義，特別揚棄物質的空性，而顯現出心物一元的自性本體的空靈，和雖然生生不已而常自空靈清淨的覺性之體用。

第二段：是根據佛說教義所指示身心狀態的「生」起、幻「滅」的作用，那只是一種心性上所起的作用和現象。是不可把捉，不存在的空花幻相。那個能生起，能滅了的自性功能，從本以來就寂然空淨的。不瞭解這一眞理的事實，便是凡夫。證悟到這個超越現實的形而上自性，便是得解脫的聖位。但是證悟的境界程度，也有深淺，有透徹和不透徹的不同之處。悟的淺，悟的不徹底的，便是小乘的成果（聲聞或緣覺等羅漢的境界）。悟的深而徹底的，便是大乘菩薩，乃至徹悟到最究竟則成就佛果。但無論由凡夫而昇華到佛陀等的修持證悟的過程中的那一個階段，都仍然不離此衆生與佛不二的本來心的自性之外。

第三段：是活用了大乘起信論一心的生滅作用，和本來寂滅不生不滅的眞如自性的道理。指示學人們在其中參要眞參，悟要實悟的老實圓成修行證道的極則。

總之，在這三段示衆的要點中，首先一段標明了「佛語心爲宗，無門爲法門」的前提，最後都是指示眞參實悟到無修無證的極則。其實所謂無修無證的話，並不是說禪宗不注重修持，不注重證悟的，那只是說修證到眞正的極果時，再不須要去修，再不須要去求證，而只是自然的呈現，自然的存在。譬如一個人要學一種專工科技或某一門藝術學問，當他到了最高峯的成就境界時，就自然而然的和這門技術學問融爲一體。同樣的，修證到最高境界時，那如來本體無上的智慧，便很簡易、敏捷、輕巧、空靈而自在，自然而然，隨時隨地和你同在，這樣便是大涅槃。

〔民國六十七年（一九七八），台北〕

序焦金堂先生一日一禪詩

凡人生必具有情志，此自然之理也。情志感乎外而應乎內，則興山川風月，草木魚鳥之變幻。發乎內而形乎外，則爲音聲笑貌，文字語言之形態。此所以「詩言志，歌詠言」理所當然也。此理初不限於時空，亦無囿於種類，如萬壑之怒號，咽嗚叱咤，咸其自取耳。唯人習積成章，乃效法於天然，各自規格於形式，雖因此有傷於性靈，而規律之美而疏導於悲歡，復爲涵泳情志，迴環表達之適莫也。

迨乎佛之禪道出，以言思路絕，心行處滅，泯情志，趨寂樂爲旨歸，視文字語言，已屬多餘，又何取於刻意攀緣，舒情聲律之作哉！孰知此猶爲一時方便，向上半提之說。情盡無情，覺夢雙清，大音希聲，返聞聞性，則此虫鳴鳥語之聒噪，風雲月露之流行，本自空靈，無待禪寂而莫非本然。於是言而無言，作而不作，如虫禦木，偶爾成文而不著意，則又何違乎道行哉！

然法久弊生，自盛唐以後，於道行外而專攻於韻律，特以詩禪、詩僧而鳴高者，則如亡羊別徑，洵可慨乎其多歧矣。故貫休獻詩於石霜禪師：「赤旃壇塔六七級，白菡萏花三四枝。禪客相逢唯彈指，此心能有幾人知。」之句。石霜即問之曰：如何是此心？貫休茫然未知所對。石霜曰：汝問我答。休即問之。石霜曰：能有幾人知？此正為自誤於詩禪、詩佛者流之辣棒也。

皖當焦金堂先生，宿學志業，肅恭端儉，行不由徑。初未嘗學詩，更未習於禪道，自參論語講座，聞予言孔子之說詩也，詩不云乎之旨，見獵心喜，乃留心於詞章之逸韻也。洎乎偶與禪席，不期然而有會於心，於是乃以一日一禪詩立為規策，自求其放心於藩籬之外，輸誠於性天風月之間。不期年而成集，舉以見似，且感其不自作而無成有終之旨，殊可喜，且可觀。然其自云，則未上及魏晉，甚之秦漢，意猶未盡者。聞言而識人，知其於詩之禪悅，禪之詩境，悠然確有會於心矣。

或曰，魏晉秦漢以上，禪之名既未之立，禪道之實，更未之傳，豈得有詞章之與禪悟相契耶！乃曰：此則不然。禪非別境，即心即佛。時有今昔，心無異代，此所謂「風月無今古，情懷有淺深」也。若鑠之以禪，則詩三百篇，何一而不有契於禪。如帝王世紀之載唐堯時世之擊壤歌曰：「日出而作，日入而息。鑿井而飲，耕田而食。帝力于我何有哉！」此非禪而禪，是為上乘。至若古詩十九首，處處推情入性，言下忘言而豁開靈智於了脫之境，何待禪之爲名乎！他如建安諸子之詩，曹魏父子之作，莫不蕭然有落寞之感，悠然興超纏之思。如曹瞞短歌行之句，其云：「對酒當歌，人生幾何，譬如朝露，去日苦多。」「月明星稀，鳥鵲南飛，遶樹三匝，無枝可依」。當此之時，其有感於世事變幻之莫定，慨乎盈虛消息之難測，大有情厭物累，欲罷不能之哀鳴。倘時遇馬祖道一，直指見性，庶或屠刀放下，頓轉殺機也歟！至若曹丕之善哉行，有云：「上山采薇，薄暮苦饑，谿谷多風，霜露霑衣。野雉群雊，猿猴相追。還望故鄉，鬱何壘壘。高山有崖，林木有枝，憂來無方，人莫之知。人生如寄，多憂何爲？今我不樂，歲月如馳。湯湯川流，中有行舟，隨波轉薄，有似客遊。策我良馬，被我輕裘，載馳載驅，聊以忘憂。」儼然相薄寒山，敲鐘喚夢之作，又何待於桑門落日，然後興悲哉！

至若初唐開國之際，禪道未得宏開，詩風尚不大行，虞世南曾辭讓唐太宗宮體詩之不當，確乎純臣之志也。然李世民之帝京篇有云：「得志重寸陰，忘懷輕尺璧」。及其臨池柳詩云：「岸曲絲陰聚，波移帶影疏，還將眉裏翠，來就鏡中舒。」其非詩思與禪境之將毋同乎！餘如巖巖特行之臣如魏徵之詩，有：「鬱紆陟高岫，出沒望平原，古木鳴寒鳥，空山啼夜猿。」「人生感意氣，功名誰復論。」莫不與禪悅冥合，逸情境外。等而次之，才人詞筆，如劉希夷之「年年歲歲花相似，歲歲年年人不同。」以及崔塗之「繡軛香韉夜不歸，少年爭認最紅枝。東風一陣黃昏雨，又到繁華夢覺時。」唐彥謙之「乍聞明主提三尺，眼見愚民盜一抔，千古腐儒騎瘦馬，灞陵斜日重回頭。」等作，多不勝載，何一而非即詩即禪，豈待習禪而後方有出塵解脫之雋語乎！并此轉似金堂道友，蓋有佇望其上下古今續編之作也。拙詩鄙俚不韻，唯承偏愛錄入，誠有狗尾續貂，佛頭著糞之誚，何足道哉？不足道也！

〔民國六十八年（一九七九），台北〕

大乘學舍常課初序

釋迦文佛敎化，自漢明帝時流傳中土，初置白馬寺，經魏晉南北朝三百餘年之遞嬗，轉易西竺舊稱阿蘭若、伽藍等舊稱，興起庵堂寺院等大小梵宇建築、山林原野，處處皆有供人清修膜拜道場。然於苦行禪修之外，配合暮鼓晨鐘樂章而爲課誦者，儀禮未立。迨盛唐之世、馬祖道一與百丈懷海禪師師徒創立叢林制度，擬訂百丈清規之後，仍以禪悅清修爲主，猶未聞有以唱誦爲業者。間或有之，然皆以整部經文爲誦修準則。清代以還、佛敎寺廟流傳之早晚課誦，揉集顯敎經文，密敎咒語，甚之，禪淨律等小段節文，湊泊宋詞元曲餘音、稱爲梵唱，號作輭修法門，實爲古所未聞，於今則似末落。且其泛濫所至，甚有形同輓丐，供人憑弔唏噓而已，於僧俗學佛修持行願，形如有關而實不切實。今應以梵唱部分，依據華嚴字母及悉曇遺音，取其適合時代樂章，重加釐訂外。凡本舍同修，早晚應依經遵新訂課本，作為正思惟誦修常課，俾與行業相應，速證菩提，是為至要。願以此功德，迴向諸有情、同證無上覺。

〔民國六十九年（一九八〇）初冬，台北大乘學舍〕

爲周勳男鈙印普庵禪師咒及記傳

神通不是道，得道者未必皆有神通。道爲形而上而超然於心物內外，亦通入於內外心物之總體也。神通者，不離於遍心物內外之表；故道爲根本，神而通之則爲外用者。迷於外用而不知歸元，則離道益日遠矣。是故古之得道者，未必皆爲神通，即或有之，設以神通示現而使世人惑亂於神通而爲道者，過莫大焉。故佛之遺教，大小乘之戒範，絕不言以神通爲教化者；即此之故，益恐善世之正教而惑亂於神通，有失其正法眼藏也。

咒語不是道，但不失爲萬法中之一方便法門。梵文稱咒語爲陀羅尼，譯爲總持之意；總持者，即爲歸納多義而爲簡易符咒之謂也。故佛之密教曰：「一切音聲，皆是陀羅尼。」佛語誠言，義至顯矣，其奈世智者終不能通明其眞詮乎？臨濟禪師有言：「一語中具三玄門，一玄門中具三要義。」可爲旋陀羅尼之總論者矣！然世智者尤不能通而明也。

經言：「八地菩薩，皆能自說陀羅尼。」然此亦爲半提之敎也。修證而登於第八不動地者，豈祇能自說陀羅尼，即其語默動靜之間，無一而非陀羅尼，何獨喁喁於咒語云何哉！

中土禪宗秉承佛之心法，以不立文字言語見傳於世，尤不以標奇立異之神通末術爲尙。然傳習至於唐宋之間，適當衰亂之世，即有如普庵印肅、靈隱道濟（濟公）之儔者出，獨以神通咒語見稱於世者，豈非祖師衣鉢之駢拇指乎？其然，其不然耶？蓋叔季受亂之際，人多失其知正見，不示以道之末而難以見於善世之道者；故如佛圖澄輩，初皆以神通示現以撥亂而返之於正也。以此觀之，普庵、道濟之功，實亦翼道之聖者，何足非矣。

惟世傳普庵傳記所載之跡，有背於佛法慈悲喜捨之旨者頗多，要皆爲世俗誤傳訛語執偏之辭，雜以見濁相爭勝負之言，不足爲信，不盡爲實也，學者須自知之，則不爲辭害義矣。

今因門人周勳男遠道寄書，自言將發心重印普庵禪師舊傳之事跡並及其咒文，促余一言以堅其志云云。時余適奔波役於海外，久矣不事筆墨，但因其所請而勉爲書數行，而述自知於其端，聊以酬其所望者。誠語無倫次，但塞責耳！所謂陀羅尼者，即非陀羅尼，是名陀羅尼。其此之謂乎否耳？

（民國七十七年（一九八八）七月之杪寄記於香江之濱）

密宗之部

密宗六成就法前敍

神秘之學

自古以來，哲學科學尚未昌明之先，凡探尋宇宙人生奧秘之學術，即盡歸於宗教。故古之宗教，皆極盡神秘玄奇。迨世界學術昌明以後，有以智慧窮理探討宇宙人生奧秘之哲學，嗣復有以知識實驗追求奧秘之自然科學，紛紛崛起，於是宗教神秘之藩籬，幾已破碎無餘。時在二千年前，有雖爲宗教，而重於實驗心理、物理、生理之眞知灼見，無過於佛教之修持證悟，及中國道家修眞養性之學術。若融會此二者於一爐，發揚而光大之，其醫世利物之功，豈有限量哉！

佛法密宗

佛之全部教法，其最高成就，以澈見宇宙萬有之全體大用，會於身心性命形而上之第一義諦爲其究竟，確乃涵蓋一切，無出其右者。其中教法所傳之即事即理，亦已發揮無遺，盡在於三藏十二部之經論述敍之中，固無所謂另有秘密之存在。有之，即明白指出心性之體用，當下即在目前，親見之，親證之，即可立地成佛，而人不能盡識者，此即公開之秘密是也。蓋其密非在他人不予，衹在自己之不悟，誠爲極平實而至玄奇者也。等此而下，有以修持證悟之方法，存爲枕中之秘，非遇其人而不輕傳者，即爲佛法秘密宗之密學。當盛唐之時，一支東傳中國，後又流傳日本，又一支傳入中國邊陲之西藏。前者人稱爲東密，後者人呼爲藏密。値此二密之門未開，每於宮墻外望，或登堂而未入室者，皆受神秘玄奇之感染，幾乎完全喪失人之智慧能力，一心依賴神秘以爲法，此實未得其學術之準平者，亦可哀矣。

密宗修法

密宗修持方法，固有其印度淵源所自來，原與中國道家之學術，相互伯仲之間，難分軒輊。自經佛法之融通，術超形而上之，確已合於菩提大道矣。今且去其用神秘以堅定信念之外衣，單言其修持身心之方法，歸納而次序之，大體不外乎，加行、專一、離戲、無修無證之四步。迨達無修無證之域，即佛地現前，所謂前行之步驟，皆視爲過渡之梯航，術而糟粕之矣。然未及佛地之間，則非依術而作涉律之度筏，終恐不易驟至也。且其下手正修之觀點，大體都以先加調伏身體生理之障礙著手。蓋人生數十寒暑，孜孜屹屹，大半爲生理需求而忙。且心爲形役，人之所以不能清淨圓明者，受身體感覺之障礙爲尤多。故彼與道家者流，有先以調身爲務，良有以也。然身之基本在氣脉，是以調身必先以修氣修脉開始。但此氣非呼吸之凡氣，此脉非血管神經之筋脈。如強作解人，依現代語而明之，則可謂此乃指人身本具靈能所依之路線，唯神而明者，確能證實此事。若徒藉形軀神經而摸索之，此實似是而非，毫釐之差。天地懸隔矣。

六成就法要

密宗修法有多門，然此六成就法者，已可概其大要。所謂六種成就者，第一重要，即氣脉成就。此乃調伏身體生理，去障入道之要務也。蓋人身乃秉先天一種業氣力量之所生，凡百煩惱欲望之淵源，病苦生死纍集之窠囊。如不能首先降伏其身，其爲心之障礙，確亦無能免此。而修氣修脉之要，大體會於一身中之三脉四輪。三脉謂其左右中之要樞，四輪謂其上下中之部份。此與道家注重任督衝帶脈之基礎，根本似乎大不相同。其實，平面三脈，與前後任督，各有其妙用，而且乃殊途而同歸。苟修持而有成就之人，一脉通而百脉通，未有不全能之者。否則，門庭主見占先，各執一端之說，雖有夫子之木鐸，亦難發聾振聵之矣。密宗主五方佛氣，道家則主前任後督中衝左青龍右白虎，其名異而同歸一致之理，何待智者之煩言哉。唯修氣修脉，法有多門，大抵皆易學而難精，託空影響之談，十修則九見小效，殊難一見大成。此蓋智與理之所限，能與習之不精，師傳指示，大而無要之所致，均非其術之咎也。

氣脉成就已達堂奧，或進而修持第四之光明成就。首得身心內外之有相光明，再以智慧觀照，而得佛智之無相光明。或由此而修第二之幻觀成就，則可壞欲界人間世之世間相，證得確實入於如夢幻之三昧。第二幻觀成就，與第三之夢成就，修法最近相似，皆爲趨向有爲法修得小神通之路也。此之四法，已經概括密宗修持身心之全部過程。於此旁枝分化，即有各宗各派之駁雜方法，或加以其他外貌，幾乎使人有目迷十色，耳亂多方之感矣。過此以往，恐人或一生修持而無成者，則有補救之二法，即第五之中陰成就。乃於人之臨死刹那前，依仗佛力他力，度其中陰神識，即俗所謂靈魂成道。再又不能，即第六之破哇成就。即所謂往生成就，乃促使人之神識往生他方佛國，不致墮落沉迷之謂也。

總之，六成就法中之後五種，皆以第一修氣修脉爲其基礎。如此基不立，間或有獨修其中一法者，雖現在小得效驗，若缺虔誠之信仰心，終又歸於烏有。但氣脉之修法，旣有理論，又需得過來人明師之眞傳，方能如科學家之實驗求證得到。不然，徒知方法，不能博知其理，又不足以望其成。徒知理論，不知實行，又不能望有成就。如全修而全證之，則宇宙人生之奧秘，不待他力而神自明之矣。密宗諸法，雖亦有法本存在，但有時亦有盡信書不如無書之憾。何況翻譯之法本，有通梵藏文字而不諳中文，有通中文而不諳梵藏，甚之，有兩不通達，亦作託空影響之言，欺己迷心，大可哀也。六成就一種，比較信達可徵者，即爲美國伊文思溫慈博士纂集，而由張妙定居士譯爲中文者。

出版因緣

蕭兄天石，自創自由出版社以來，貢獻於古典文化事業，已達十餘年。選刊道藏精華已近百餘種。今又發心搜羅密宗典籍，出爲專帙，以冀利益修持行者。其志高遠，其心慈悲。然持有密宗之典籍，或習密宗之法者，唯恐深藏名山之不暇，豈肯輕以付人。復慮得之者，挾術以自欺欺人，則其過尤甚於保守而絕跡矣。故雖百計搜羅，盡數年之力，始有收獲，其中不少爲世所罕見之珍本。並勸余亦出所藏密典，印行少數，以公之於世，俾供研究密學密法，與有志於道密雙修者參持之用。今復以出版之事相商，並與論其可否，躊躕尋思，遲遲已達數年。然每念古聖先哲，既已作書，其志乃懼法之將滅，欲寄於文字而流傳也。既已見之文字，世界各國學者，又已有外文之翻譯，等同普通書籍銷售。如吾人猶欲抱殘守闕，自作敝帚千金之計，亦恐非先哲之用心矣。苟或有人得此，不經師授心法，挾其粗淺經驗而眩耀售寄者，終必自食其果，噬臍無及，此於流通者之初衷無傷也。況且修一切有為法者，如不親證性空之理，體取無為之際，無論或密，或顯，為佛法，為道家，終為修途外學，何足論哉。故於其付印之先，乃遵囑為敍，言之如是。

〔民國五十年（一九六一），台灣〕

大圓滿禪定休息清淨車解前敍

佛教秘密一宗，初傳入於西藏之時，適當此土初唐盛世。開啓西藏密宗之教主，乃北印度佛法密教之蓮花生大師，據其本傳，稱爲釋迦如來圓寂後八年，即轉化此身，爲密教之教主也。當其初傳之佛學概要，已見於拙著禪海蠡測中之禪宗與密宗一章。其土自蓮師初傳之密宗修持方法，即爲西藏政教史上所稱之寧瑪派，俗以其衣著尚紅，故稱爲紅教。紅教修法，除灌頂、加行、持咒、觀想等以外，則以大圓滿等爲最勝。此後傳及五代至宋初期，有因紅教法久弊深，嫌其雜亂者，又分爲噶居派，俗以其衣著尚白，故稱爲白教。迨元代時期，又有分爲薩迦派者，俗以其衣著尚花，故稱爲花教。復至於明代初期，西寧出一高僧，名宗喀巴，入藏遍學顯密各乘佛法，有憾於舊派之流弊百出，乃創黃衣士之黃教。遞傳至現代爲達賴，班禪、章嘉等大師之初祖也。大抵舊派可以實地注重雙修，黃教則以比丘清淨戒律爲重，極力主張清淨獨修爲主。此則爲藏密修持方法分派之簡略觀點。至於所謂雙修，亦無其神秘之可言，以佛法視之，此乃爲多欲衆生，謀一修持出離之方便道也。苟爲大智利根者，屠刀放下，立地成佛，又何須多此累贅哉！如據理而言，所謂雙修者，豈乃徒指男女之形式！蓋即表示宇宙之法則，一陰一陽之爲道也。後世流爲縱欲之口實，使求出離於欲界、色界、無色界之方便法門，反成爲沉墮於三界之果實，其過祇在學者自身，非其立意覺迷之初衷也，於法何尤哉！

民國締造之初，對於漢藏文化溝通尤力。東來內地各省，傳紅教者，有諾那活佛。傳白教者，有貢噶活佛。傳花教者，有根桑活佛。傳黃教者，有班禪，章嘉活佛等等。各省佛學界僧俗入藏者，實繁有徒，指不勝舉。密宗風氣，於以大行。上之所舉，亦僅爲犖犖大者。活佛者，即呼圖克圖之別號，表示其爲有眞實修持，代表住持佛法之尊稱，實無特別名理之神秘存焉。大陸尚未變色之時，紅教徒衆，集居於西康北部者爲多。白教徒衆，集居於川康邊境者爲多。花教徒衆，亦以散居於西康及雲南邊境者爲多。黃教則雄踞前後藏，掌握西藏之政教權，以人王而兼法王，形成爲一特殊區域之佛國世間矣。

因漢藏佛教顯密學術之交流，密宗修法，亦即源源公衆。而且於近六十年來，傳佈於歐美者爲更甚。大概而言，紅教以大圓滿，喜金剛爲傳法之重心。白教以大手印，六成就法，亥母修法等爲傳法之重心。花教以大圓勝慧，蓮師十六成就法爲傳法之重心，黃教以大威德，時輪金剛，中觀正見與止觀修法爲傳法之重心。當其神秘方來，猶如風行草偃，學佛法而不知密者，幾視爲學者之不通外國科學然，實亦一時之異盛也。

要之，密宗之側重修持，無有一法，不自基於色身之氣脉起修者。祇是或多或少，揉雜於性空緣起之間耳。大圓滿之修法，例亦不能外此。所謂大圓滿者，內有心性休息一法，即如禪宗所云明心見性而得當下清淨者。又有禪定休息一法。即爲修持禪定得求解脫者。又有虛幻休息一法，即以修持幻觀而得成就者。今者，自由出版社蕭天石先生，先取禪定休息之法疏通之，即其中心之第二法也。其修法之初，勢必先能具備有如道家所云：法、財、侶、地之適當條件。尤其特別注重於擇地，一年四季，各有所宜，且皆加有詳說。至於擇地之要，當須參考大藏經中密部之梵天擇地法，則可互相證印矣。至其正修之方法，仍以修氣修脉，修明點，修靈能，如六成就法之第一法也。其中尤多以注視光明而定，與注視虛空平等而定之法。道家某派，平視空前之法，其初似即由此而來者。最後爲下品難修衆生，又加傳述欲樂定之簡法。此即大圓滿禪定休息車解一書之總綱也。造此偈論者，乃蓮師之親傳弟子，名無垢光尊者所作。解釋之者，乃龍清善將巴所作。譯藏文爲中文者，乃一前輩佛教大德，意欲逃名，但以傳世爲功德，故佚之矣。本書旨簡法要，大有利於修習禪定者參考研習之價值。唯所憾者，蓋因藏漢文法隔礙，譯筆失之達雅，良可嘆耳。但有宿慧之士，當參考六成就，大手印等法而融會之，自然無所礙矣。如能得明師之口授眞傳，了知諸法從本來，皆自寂滅相。性空無相，乃起妙有之用。則尤爲難得之殊勝因緣。至於譯者稱此法本，名爲大圓滿禪定休息清淨車解，此皆爲直譯之筆，故學者難通其義。如求其意譯爲中文之理趣，是書實爲「大乘道清淨寂滅禪定光明大圓滿法要釋論」，則較爲準確。其餘原譯內容，顚倒之句，多如此類。今乏藏本據以重譯，當在學者之心通明辨之矣，是爲敍言。

〔民國五十年（一九六一）臘月，台灣〕

密宗恒河大手印椎擊三要訣合刊序

溯自元初忽必烈帝師發思巴傳譯西藏密宗大手印法門始，大乘密道之在國內，猶興廢靡定。迨民國締造，藏密之敎，再度崛起，競習密乘爲時尙者，尤以大手印爲無修無證之最上法，以椎擊三要訣爲大手印之極至，得之者如獲驪珠，咸謂菩提大道，獨在是矣。然邃於密乘道者，又稱大手印與椎擊三要訣等，實同禪宗之心印。且謂達摩大師西邁葱嶺之時，復折入西藏而傳心印，成爲大手印法門。余聞而滋疑焉！昔在川康之時，曾以此事乞證貢噶上師、師亦謂相傳云爾。待余修習此法後，擬之夙習禪要，瞿然省證，乃知其雖有類同，而與達摩大師所傳心印者，固大有差別，不可誤於習談也。蓋禪宗心印，本以無門爲法門，苟落言詮，已非眞實，何況有法之可傳，有訣之可修也哉！有之，但略似禪宗之漸修，固難擬于忘言捨象之頓悟心要也。倘依此而修，積行累劫，亦可躋于聖位。如欲踏破毘盧頂上，向沒蹤跡處不藏身而去，猶大有事在。況以陡然斥念而修為法門，不示「心性無染，本自圓成」，則不明「旋嵐偃嶽而不動，江河競注而不流」之勝。以「樂、明、無念」為佛法極則，而不掀翻能使「樂、明、無念」者之為何物，允有未盡。以「心注於眼，眼注于空」為三要之要，而不明「目前無法；意在目前，不是目前法，非耳目之所到」之妙旨。則其能脫于法執者幾希矣。今遇是二法本合刊之勝緣，乃不惜眉毛拖地，揭其未發之旨而贅為之序。

〔民國五十年（一九六一）冬月，台北〕

影印大乘要道密集跋

人生數十寒暑耳，孩童老邁過其半，夜眠衰病過其半，還我昭靈自在，知其我自所爲生者攢積時日而計之，僅有六七年耳。況在此短暫歲月中，既不知生自何處來，更不知死向何處去，煩憂苦樂，聚擾其心。近如身心性命所自來者，猶未能識，遑言宇宙天地之奧秘，事物窮奇之變化，固常自居於惑亂，迷晦無明而始終於生死之間也。審可哀矣。余當束髮受書，即疑其事，訪求諸前輩善知識，質之所疑，則謂世有仙佛之道，可度其厄，乃半信半疑而求其事。志學以後，躭嗜文經武緯之學，感懷世事，奔走四方。然每遇古山名利，必求訪其人，中心固未嘗忘情於斯道也。學習既多，其疑愈甚，心知必有簡捷之路，親得證明，方可通其繁複，唯苦難得此捷徑耳。迨抗戰軍興，羈旅西蜀，遇吾師鹽亭老人袁公於青城之靈岩寺，蒙授單提直指，絕言亡相之旨，初嘗法乳，即桶底脫落，方知往來宇宙之間，固有此事而元無物者在也。於是棄捐世緣，深入峨嵋。掩室窮經，安般證寂。三年期滿，雖知此靈明不昧者，自爲參贊天地化育之元始，然於轉物自在，旋乾坤於心意之功，猶有憾焉。乃重檢幼時所聞神仙之術，幷密乘之言，互爲參證，質之吾師。老人笑而顧曰：此事固非外求，但子狂心未歇，功行未沛，何妨行脚參方，遍覓善知識以證其疑。倘有會心之處，即返求諸自宗心印，自可得於圜中矣。

從此跋涉山川，遠行康藏，欲探密乘之秘，以證斯心之未了者，雖風霜摧鬢，饑渴侵軀，未嘗稍懈也。參學既遍，方知心性無染，本自圓成，實非吾欺，第鍛煉之未足，猶烹煉之未至其候也。乃返蓉城，以待緣會。日則赴青羊宮以閱道藏，夜則侍吾師鹽亭老人，幷隨貢噶、根桑二位上師，以廣見聞。既會心於禪、密、道、法之餘，復核對藏密迻譯法本，於其文辭梗隔，義理阻滯，深引爲憾。時前輩同參，潼南傅眞吾、華陽謝子厚，皆深入藏密之室，且得密乘諸教之精髓者，咸同此見。乃促余肩荷整理藏密法本之責。傅謝二公，幷盡出其歷年搜集密本，付予審編。余乃謂欲探窮密乘之賾者，當從大乘要道密集求之，則於清末民初東傳內地之諸宗秘典，皆可迎刃而解，而得其遊刃有餘之妙矣。故擬從編年之式，首冠其書。方欲編輯全帙，則適値日本投降。即因事南遊，入滇轉滬，遂未果所願。乃舉昔年共同搜集密乘典籍，寄託友家，以期他日蕆事。忽焉二公作古，余亦塵屐名山。時窮勢變，蜀道艱難。弔影東來，法本蕩然。每於夢寐思之，常復自笑多此結習也，壬寅之春，故交邵陽蕭兄天石，發心印行藏密典籍，商之於余。竊謂大劫餘灰，已非名山舊業，與其藏之私閣，徒資珍秘，何如公之同道，以冀衆護。但求無負吾心，何須躊躇損益，乃促其完成斯業。蕭兄即不辭勞瘁，親赴香港搜求。有志者事竟成，終復覓得斯本，并囑冠記其端，余以慶遇所願，隨喜無似，遂不辭膚陋，率爾爲敍。

夫大乘要道密集者，乃元代初期，崇尚藏密喇嘛教時，有西藏薩迦派（花教）大師發思巴者，年方十五，具足六通，以童稚之齡，爲忽必烈帝師。隨元室入主中國，即大宏密乘道法，故揀擇歷來修持要義，分付學者，彙其修證見聞，總爲斯集。其法以修習氣脈、明點、三昧眞火，爲證入禪定般若之基本要務，所謂即五方佛性之本然，爲身心不二之法門也。唯其中修法，雜有雙融之欲樂大定，偏重於藏傳原始密教之上樂金剛、喜金剛等爲主。終以解脫般若，直指見性，以證得大手印爲依歸。若以明代以後，宗喀巴大師所創之黃教知見視之，則形同冰炭。然衡之各種大圓滿，各種大手印，以及大圓勝慧，六種成就，中觀正見等法，則無一而不入此範圍。他如修加行道之四灌頂，四無量心，護摩，遷識（頗哇）往生，菩提心戒，念誦瑜伽等，亦無一不提玄鈎要，闡演無遺。但深究此集，即得密乘諸宗寶鑰，於以上種種修法，可以瞭然其本原矣。至於文辭簡潔，迻釋精明，雖非如鳩摩羅什、玄奘大師之作述，而較之近世譯筆，顚倒難通者，何啻雲泥之別。集中如道果延暉集，吉祥上樂輪方便智慧運道，密哩斡巴上師道果集等，皆爲修習喜樂金剛、成就氣脈明點身通等大法之總持。如：修習自在擁護要門，修習自在擁護攝受記，則爲修六成就者之綱維。如大手印頓入要門等，實乃晚近所出大手印諸法本之淵源。其他所彙加行方便之道，亦皆鈎提精要，殊勝難得。若能深得此中妙密，則於即身成就，及心能轉物之旨，可以釋然，然後可得悟後起修之理趣。且於宋、元以後，佛道二家修法，其間融會互通之處，以及東密藏密之異同，咸可得窺其踪跡矣。

或曰：若依所言，則密乘修法，實爲修持成佛之無上秘要，餘宗但有理則，而乏實證之津梁耶？答曰：此則不然。顯密通途，法無軒輊。至道無難，唯嫌揀擇。修習密乘之道，若不透唯識、般若、中觀之理，則不能得三止三觀之中道眞諦。習禪者，苟不得氣脉光明三昧，則終爲滲漏。自唐宋以後禪宗興盛，雖以無門爲法門，而於顯密修學，靡不貫串無遺。第歷時既久，精要支離，故後世成就者少。借攻錯於他山之石，煉純鋼於頑鐵之流，幸而有此，能不慶喜。至若心忘筌象，透脫法縛，一超直入，不落窠臼，則拈達磨傳心之一宗，其餘皆非眞實。末後一句，直破牢關。自非道密二家所能也。進曰何謂末後句，可得聞乎？曰：也須待汝一口吞盡西江水時，再向汝道。是爲敍。

〔民國五十一年（一九六二），台北〕

西藏密宗藝術新論

人類精神文化的延續，在言語文字之外，應該首推繪畫。上古之世，文字尚未形成之先，在人們精神思想的領域中，凡欲表達意識，傳播想像之時，唯有藉畫圖作爲表示。中國文化之先的八卦、符籙，與埃及的符咒，印度的梵文等，推源其始，都是先民圖畫想像之先河。降及後世，民智日繁，言語、文字、圖畫、雕刻、塑像，各自分爲系統。而繪畫內容，亦漸繁多；人物、翎毛、花卉、山水、木石，由平面的線條畫，進而至於立體。抽象與寫實並陳，神韻與物象間列。由此可見人類意識情態綜羅錯雜，不一而足。但自窮源溯本而觀，舉凡人類所有之言語、文字、圖畫等等，統爲後天情識之產品。形而上者，原爲一片空白，了無一物一事可以蹤跡。故禪門不取言語文字而直指。孔子以「繪事後素」爲向上全提，良有以也。

由圖案繪畫而至於描寫人物、神像，在中國畫史而言，據實可徵，首推漢代武梁祠石刻。過此以往，史料未經發現，大抵不敢隨便確定始作俑者，起於何代何人。自漢歷魏、晉、南北朝、唐、宋以還，佛教文化東來，佛像繪畫與人物素描，即形成一新的紀元，如衆所周知的雲岡石窟、敦煌壁畫，以及流傳的顧愷之的維摩居士圖、吳道子的觀音菩薩等，形神俱妙，但始終不離人位而導介衆生的神識想像，昇華於天上人間。

然自隋唐初期，隨佛教東來之後，由中北印度傳入西藏之密教佛像，神精筆工，形式繁多，頗與當時敦煌壁畫相類似。唯大行於邊陲，中原帝廷內苑供奉，亦少所概見。迨元蒙以後，方漸流行。明、清以來，民間稍有流傳而亦不普遍。在繪事而言，西藏的佛畫、雕塑，均與內地隋唐以前，同一法則。所有佛與菩薩之造形，大多都是細腰婀娜，身帶珠光寶氣，如佛經所謂：「瓔珞莊嚴」者也。宋元以後，凡中國內地之佛像，大體皆喜大肚粗腰，顢頇臃腫，肌體以外，最好以不帶身外之物爲灑脫。由此可見，隋唐以來之佛像，無論繪畫或雕塑，多具有佛經內典的宗教氣氛，以及濃厚的印度文化色彩。宋元以後，畫像與雕塑，亦受禪宗之影響，具有農業社會的素樸，人位文化的平實。此從大概而言，要當如是。

晚清以來，文明丕變，西藏密宗忽又普及內地。而中國與流傳日本的顯密各宗，彼此互相融會。舊學、新說之外，連帶久秘邊陲之藏密佛像、圖畫、雕塑，無論爲單身、雙身或壇城（曼達羅），已非昔日錮閉作風，大部公開流傳。抗戰時期，成都四川省立圖書館，曾經舉辦一次西藏密宗佛像原件的大展覽，洋洋大觀，見所未見。及今思之，當時這批博大文物，想已烟消雲散，不知是否尚在人間，頗爲悵然！

繼自大陸淪陷，初來臺灣時，顯教之經典畫像，亦寥寥少見，遑論密教文物。間或有之，大抵皆深藏不露，視爲絕不可公開的神聖瓌寶，不是視同拱璧，即是價值連城。佛說：「法無正末，隱顯由人。」今之行者，不知與時偕行之理，徒以抱殘守闕之愚，欲與科學時代之公開文明相拒，豈非自取滅裂。易乾文曰：「先天而天弗違。後天而奉天時。」此理不明，何以言佛。但此一情勢，待西藏陷落之後，又忽焉大變。凡藏人僧俗攜出之佛像，繪畫的，雕塑的，均可於海外各地隨便收購而得。而國內行者缺乏整體概念，不知從文化觀點作一統籌收集，致使吾佛如來、諸大菩薩，亦皆隨時與勢易，流落他方。而二十餘年後的今日，大多藏密佛像，已在美國被人收集而作學術性、藝術性、神秘性的公開翻印，公開研究。無論爲單身的、雙身的、壇城的，皆有黑白集與彩色集之影印，與大幅像、小型像之銷售。青年學生留學彼邦者，或爲崇敬請購，或爲趣味欣賞，大體都視爲奇異刺激而疑情頓起。國故外流而家人乖睽，自家文化寶藏不識而求珍於異域，良可慨也！

但在美國而言，密宗畫像之收集翻印，初由少數醫生，試用密宗的神秘修法，作醫學治療試驗。漸而擴充爲精神科學的研究，將擺脫宗教色彩而形成新文化的一系。與原始宗教信仰的形式，已大異其趣。且已有人將蓮花生大士與各種壇城圖案，做成旅行袋或腰袋背心上之裝飾，蔚成一時風氣。思想型態古今變易，宗教信仰與物質文明互相觝觸，衞道者僅從表面視之，頗爲憂憤。殊不知未來科學發展的歸趨，正爲剖尋昔日宗教的目標，終無二致。過去在民智未開之時，宗教以神秘作風指示生命的眞諦。現今以後，科學以精詳剖析，尋討生命神秘之究竟。即俗即眞，空有不二，不受形拘，但求神髓，終至兩不相妨而相成也。

唯今國外因密宗藝術佛像之公開出版，質疑函詢，諍論繁興。今就其中問題之犖犖大者，幷此寄語。

一爲密宗畫像之形態問題：

如由表面視之，此類畫像已失去顯教佛像莊嚴慈祥本色，且坦然言之，却易使人生起猙獰怖畏之反感，何況大多不類人形，又異習見物像，其故爲何？曰：在佛而言佛，一切佛皆就體相用而取法報化三身之別名。顯教佛像之莊嚴慈祥面目，乃表示本性清淨法身之本來。密教佛像之奇形異態者，乃表示化身、報身之各具因緣。諸如多目、多頭、多手、多足、多身、異類身等等，統爲佛學內涵之表相。舉一言之：如大威德金剛像之怪異，實皆爲顯教教義之圖形，舊稱謂之表法。如云：九面者，即表大乘九部契經。二角者，表眞俗二諦。三十四手，加身語意三門，即表三十七品。十六足者，表十六空。右足所蹈人獸等八物，表八成就。左足所蹈鷲等八禽，表八自在。躶形，表無罣礙。髮豎，表度一切苦厄。他如有身具三十六足者，即爲三十七菩提道品之表法。十八手者，即爲大般若之十八空，亦爲十八界。三眼者，即三明，亦爲佛眼、慧眼、法眼之示相。九個頭者，爲九次第定，亦示大乘以十度爲首。兩隻角者，即爲智慧莊嚴、福德莊嚴之示現。其面爲牛頭者，即具大力之意，亦含有印度文化習慣觀念，尊重牛的象徵。風土人情不同，不必拘爲一談。全身瓔珞莊嚴者，表示一切差別智的圓滿。脚下有許多的牛鬼蛇神，人非人等，即表示解脫下界，破除魔軍，昇華絕俗之意。其他畫像如六臂者，即表六度法相。四臂者，示慈悲喜捨風規。凡此等等，皆爲佛經義理之圖形，故爲淺智衆生，由識圖而明義而已。是以經說大威德金剛，即爲大智文殊師利化身。舉此一例，餘由智者類推可知，不必一一詳說。

至於各種壇城表法，與人身氣穴亦有關聯。如蓮花爲心脈氣輪。三角爲海底脈氣輪，但視初生嬰兒之外形即知會陰爲三角地帶也。在此附帶說明今日針灸之學，一般皆未仔細研究及此。蓋人身之氣穴，並非完全如圓形，正如天體星星相同，有三角形的，有長方形的，有橢圓形的，有六角形的等等。故有時用針，抽出稍帶血跡者，雖無礙人體，但實不知人身乃一小天地，某部某穴，如天體星星的布列，應屬何種形狀，倘在三角形穴道之處，針偏外角，已非正穴，略偏外圍，故觸及微血管，拔之即有血跡。如明乎此，對於針灸氣穴之運用，又當另啓新境界也。此乃古傳所秘，我今在此亦明白說出，俾更有益於醫學，如用佛學術語，則可說爲：以此功德，迴向法界衆生，同得樂康之身，是所願也。

一爲密宗雙身佛像，跡近穢褻問題：

此實古今中外久遠存疑，昔日人所諱言，今則因教育之發達，國外性教育之公開，反有欲蓋彌彰之勢。甚之，在國外之流毒，有因此而促進性行爲之泛濫不軌者。在國內而言，不知內義之士，往往將清代雍和宮之歡喜佛與金瓶梅并列爲誨淫之嫌。舊時視此爲密教之密者，當亦有避嫌之意。其實此一問題，有三重要義理，却非一般所知。

首先以宗教教旨而言，此乃吾佛慈悲，爲欲界多欲衆生，謀此一路，正如法華經所說：「先以欲鈎牽，漸令入佛道。」爲教育上不得已的誘導向善的方便，智者一望而知，不足爲訓。

次則，昔日中外文化，無論爲宗教的、哲學的、教育的、倫理的，對兩性問題，不是遏阻的不許談論，即是道德的逃避之。然文不勝質，千古人類，未嘗因宗教或教育而稍戢淫欲，甚之，可說是隨時代的演進，愈趨愈烈，在古代而言，不避嫌疑而面對現實，作解鈴繫鈴之教育者，唯此藏密和道家南宗而已。綜其教育目的，在以楔出楔，警告世人縱慾者不過如此，當從速回頭。但世間萬事，利害相乘，順化逆化，都滋流弊，豈止此一事如斯而已。即如今日歐美性教育之公開，亦未敢斷言必然是利多於弊。但兩害相權，隱亦未必如顯耳。

再其次，雙身形像，實表示人體生命中，本自具有陰陽二氣之功能。凡夫未經嚴格修持，不能自我中和陰陽二氣，故偏逸流蕩而引動淫欲。如能中和自我生命之二氣，則「天地位焉，萬物育焉。」即可超凡入聖。不然即爲欲界衆生，具體凡夫，生於淫欲，死於淫欲而已。如能嚴持戒、定、慧而離欲絕愛，方能至於「菩薩內觸妙樂」之境。終而成爲無男女相，不向外馳求矣。如大智度論卷二十一所謂：「是人淫欲多爲增淫欲而得解脫。

是人嗔恚多爲增嗔恚而得解脫。如難陀、優樓頻騾龍是。如是等種種因緣得解脫。」智者由此觀而精思，不爲法縛，不從相求，即可灑然一笑而得除黏解縛。然後方知應以何身得度者，即現何身而爲說法。所謂男女相，即非男女相，方能得少分相應。

一爲今世現實的人類學與神學問題：

對於密宗畫像，凡具有宗教成分者視之，易啓精神幻觀境界云云。而從學術研究者視之，則認爲荒謬絕倫云云。凡此兩種觀念，亦應有一說。

在前者而言，須當明瞭密宗佛法之興趣，確爲後期佛學之傳承。唯其教理，則憑唯識法相之學。用之表法，則取印度固有婆羅門等教遺緒，揉以佛法而昇華之。如眞知灼見印度流傳至今之婆羅門等教神像，則對此已無足異。例彼與此，大致類同。國內國外收藏家，有印度婆羅門等教之單身雙身像者，不乏其人，求證可知。如不明唯識法相之眞義，徒事盲目推崇，未免爲有識者所譏，應當自省。

在後者而言，舉凡世界各處之宗教神像，要皆與該教發源地之人位本像相同，始終未離人界而能另圖天界神像者，其理至爲有味。甚之，談鬼者亦如是，並無二致。唯密宗之像，取欲界、色界之抽象，雜人性、物性之圖形爲主，故視他家皆爲不同。是否神人之形，確爲如此，姑存之他日以待求證。

總之，佛說心外無法。「心生種種法生，心滅種種法滅。」禪門古德有謂：「即心即佛」。又說：「不是心，不是物，不是佛。」卽是卽非，無不非而無不是。如觀密宗像法，由藝而至於道也，亦何不可。至於咒語問題，如密宗大日經釋義曰：「一一歌詠，皆是眞言。」且拈此解以爲結論，並以應錢浩錢朱靜華夫婦影印是册時，幾度虔誠懇囑之願，是否有當，皆成話墮。知我罪我，自性體空，還之彌勒一笑可也。

〔民國六十一年（一九七二），台北〕

健身之部

靜坐修道與長生不老前言

人，充滿了多欲與好奇的心理。欲之最大者，莫過於求得長生不死之果實；好奇之最甚者，莫過於探尋天地人我生命之根源，超越世間而掌握宇宙之功能。由此兩種心理之總和，構成宗教學術思想之根本。西方的佛國、天堂，東方的世外桃園與大羅仙境之建立，就導致人類脫離現實物欲而促使精神之昇華。

捨此之外，有特立獨行，而非宗教似宗教，純就現實身心以取證者，則爲中國傳統的神仙修養之術，與乎印度傳統的修心瑜珈及佛家「秘密宗」法門之一部分。此皆從現有生命之身心著手薰修，鍛鍊精神肉體而力求超越物理世界之束縛，以達成外我的永恆存在，進而開啓宇宙生命原始之奥秘。既不叛於宗教者各自之信仰，又不純依信仰而自求實證。

但千古以來，有關長生不老的書籍與口傳秘法，流傳亦甚普及，而眞仙何在？壽者難期，看來純似一派謊言，無足採信。不但我們現在有此懷疑，古人也早有同感。故晉代人嵇康，撰寫「養生論」而力言神仙之可學，欲從理論上證明其事之眞實。

嵇康提出神仙之學的主旨在於養生，堪稱平實而公允。此道是否具有超神入化之功，暫且不問，其對現有養生之助益，則絕難否認。且與中國之醫理，以及現代之精神治療、物理治療、心理治療等學，可以互相輔翼，大有發揚的必要。

一種學術思想，自數千年前流傳至今，必有它存在的道理。古人並非盡爲愚蠢，輕易受騙。但是由於古今教授處理的方法不同，所以我們今天對此不容易瞭解。況且自古以來畢生埋頭此道，進而鑽研深入者，到底屬於少數的特立獨行之士，不如普通應用學術，可以立刻見效於謀生。以區區個人的閱歷與體驗，此道對於平常注意身心修養，極有自我治療之效。如欲「病急投醫，臨時抱佛」。可以休矣。

至欲以此探究宇宙與人生生命之奧秘，而冀求超凡者，則又涉及根骨之說。清人趙翼論詩，有「少時學語苦難圓，只道工夫半未全。到老方知非力取，三分人事七分天。」之說。詩乃文藝上的小道，其高深造詣之難，有如此說。何況變化氣質，豈能一蹴而就，而得其圜中之妙哉！

本書的出版，要謝謝多年來學習靜坐或修道者的多方探詢，問題百出，使我大有應接不暇之感。乃以淺略之心得與經驗，掃除傳統與私相授受的陋習，打破丹經道書上有意隱秘藏私的術語，作一初步研究心得之平實報導。對於講究養生的人或者有些幫助。

在此尚須聲明，所謂「初步」並非謙抑之詞，純出至誠之言。要求更為深入，實非本書可盡其奧妙。如果時間與機會許可，當再從心理部分，乃至綜合生理與心理部分，繼續提出研究報告。

〔民國六十二年（一九七三），台北〕

易筋經敍

相傳達摩祖師西來，傳授禪宗心法以外，復授有易筋、洗髓二部工夫，以為修習禪定即身成就之助。後傳至武術界，成為少林派之上乘工夫云云。稽此二功法之目的，為鍊精化氣，鍊氣化神，達於形神至妙，而為成佛作祖之助道品。與歷來武術界視為絕頂神工者，意有迥別。相傳洗髓工夫，傳承幽渺，似已中斷。易筋工夫，雖習者代有其人，然各家所傳不同，莫衷一是。尤以坊間流行及鈔傳之秘本，相似者各有出入，不同者面目全非。各稱嫡傳，眞偽難辯。達摩祖師傳授禪宗心法以外，同時傳有外功方術，當為事實。河南嵩山少林寺，自祖師以後傳出之易筋洗髓工夫，以諳於武術之學者考證，則非祖師本來面目；乃唐宋間武師，入山出世，揉集中國固有之武術內功，參合道家導引之法而成。厥後流傳愈廣，出入愈多；附託者有之，假借者有之。且武術家一脈師承，常多秘惜眞傳，蓋恐險惡者得之，如虎添翼，適爲其作奸犯科之利器，故諱莫如深，不盡其說，支離授受，各師其師，各是其得，欲窮溯本原，考定眞僞，殊非易事。然凡所傳習者亦必各得其一支，能綜而擇其善者而從之，則大可爲鍊功養生之助矣。

民國三十二年秋，余憩影峨嵋，偶於中峯絕頂一苦行頭陀處，得睹此祖師眞傳珍本，閱其內容，與歷來傳授者迥異。頭陀習此有年，年逾耄耋而宛如四五十許人，攀山越嶺，健步如飛，拔竹折木，猶如拉朽。嘗戲引鐘杵重擊其腹，屹然不動，撞擊百餘，若無事焉。過從既久，懇其借鈔，慨然付授。第頻年轉從，鬢添二毛，而書劍荒蕪，百無一就，蕭條行篋中，歷年抄錄之秘笈蕩然，惟此孤本尚存，殆非夙緣耶！自由出版社年來搜印中國隱秘典籍，以廣流傳，藉保吾先民之傳統文化遺產，獨任艱鉅，至感欽遲。承囑將此本公諸於世，幷與敍說出處，因不敢自秘，乃略述其因緣如上，至於此本所傳之工夫方法，是否即爲上乘，當在學者之抉擇，謭陋如余，未敢冒然臆斷也。

〔民國四十六年（一九五七），台灣〕

葛武棨先生著「氣功之理論方法與效力」序

吾聞學問之道，在變化氣質，變化氣質之道，大約不外二途：從齋心敬一而誠意正心修身至于致知格物，此爲其一，乃集義之所生，由內而達外者，理極平實，行之非易。其次，從苦其筋骨，勞其體軀做起，至于煉氣凝神，以定靜之功以變化氣質之性，乃修煉之功，由外而進于內者，事極易行，而堅貞有恆篤行之者，亦不易得。知者過之，愚者不及。故學道者皆是，及其成而臻于實用者頗不多得。葛武棨先生，韶年立志報國，半生奔走革命，其事業勳名，素爲識者深知，不待推述。避居臺灣，偶得重病，於藥物不能治療之時，改習氣功，三年勤奮，晝夜無間，不但體健色壯，且已知其中玄奧，不覺欣然雀躍，認爲道在斯矣。乃秉其坦率仁愛之念，欲推己及人，救世利物，著此氣功一書，囑余爲言：余自愧慕道無成，行無餘力學文，恐辭多害意，唯信筆述其事實如此。

〔民國四十八年（一九五九），台灣〕

謝譯「印度瑜伽健身術」序

瑜伽者，原為古印度學術思想之一派。與婆羅門，數論等學齊名並驅，當釋迦牟尼開創佛教之時，固並存而未稍戢也。梵語瑜伽，譯義謂觀行，相應，或亦譯為禪思。數論學派的學說，大抵為二元之實在論，傾向于無神之說。而瑜珈則以神我、梵我為主，作清淨之觀行修持，以求解脫欲世之累，昇華而達於梵淨之域。故原本瑜伽經之內義，依四品立說，一曰三昧品，述說禪定境界之本質。二曰方法品，說明入定境界修持之方法。三曰神通品，演敍神通之原理及種類，四曰獨存品，闡述其終極目的，而入於神我之境。此派學術思想，大體承受數論學說，析自性為二十四諦，神我為二十五諦，更建立神為第二十六諦，即佛經所稱之自在天神，為色界主者。其學說思想，既形成一大宗派，自必有言之成理，理足為文之一家之言。

該派實驗修持之方法，大體建立八支行法，爲達神通境界而至於解脫之次第。所謂八支行法之原則，即禁制，勸制，坐法，調息，制感，執行，靜慮，等持也云云。依此修持之極，即變八微爲八自在。所謂八微者，即地，水，火，風，空，意，明，無明也。八自在者即能小，能大，輕擧，遠到，隨所欲，分身，尊勝，隱沒也。本此學說與方法之演變，支蔓分衍，乃有各種瑜伽之術互相授受，其中以軍荼利瑜伽術，播揚尤廣。

此種學說方術，迨釋迦牟尼興起，整理印度從古以來全部文化，融通諸家異同之說，刪蕪刈蔓，歸之眞如，無復往昔之盛。蓋佛學中唯識法相之學興，採集整理瑜伽等各派之理，鎔鑄陶冶，趣之正智。禪觀密行之學興，擷取瑜伽等各派之觀行方術，含英咀華，流歸法性。論藏中如無著大師所述之瑜伽師地論，窮源探本，理極其精。東密藏密，術極其能。如日照螢光，果然減色。但吾國自宋元以還，印度本土，已無佛學。他山之石，早已移植于此土。故彼邦歷近千年而迄於今，由婆羅門，瑜伽派之餘緒，鬱然復萌，漸漸形成印度教之建立，而與回教等並存而不相悖也。

大抵人生宇宙之學術，富於神秘色彩者，莫過於東方古老國家之文物；中國，印度，尤爲彰明較著者也。近世以來，歐美人士探求東方之奧秘，如雨後春筍，爭相挖掘。彼等驚震於瑜伽術之神奇，競相傳譯其學。流風所及，近年國人走相訪習，不乏其人。因之以訛傳訛，欺世自誤者，亦在所不免。如以該派之術而論，其特異效驗之處，確有速成之功，較之吾國方伎氣功丹經家言，實有超勝之處。甚之，其精細透闢，尤有優越於彼者在也。至於佛家禪定觀行，博大精微，與瑜伽術等相較，更不可相提並論。唯國人數典忘祖，目迷外視，不能內省不疚，起而整理之，研究而實驗之，致使悲嘆迷方，不知所歸。身懷異寶而行乞四方，曷勝浩嘆。

吾友謝君元甫，研究博物，畢生從事教學，歷任國內各大學教授有年。近復有志國故，涉獵道家方伎之學，藥物之方，因此而於瑜伽術亦發生興趣。數年前，囑爲代購印度瑜伽健身術一書。賡即親自翻譯以成。冒暑涉寒，心不退轉，其意爲學術興趣而研究，固不計其他也。書成以後，將由眞善美出版社宋君今人爲付鉛槧，復速綴數言爲介。義不容辭，姑妄言之如是。其譯文注重質樸，以徵信爲尚，匆匆不及藻飾，其亦留待後之有心人爲之耳。

〔民國五十三年（一九六四），台北〕

印度軍荼利瑜伽術前言

瑜伽之學，源於印度，爲彼土上古學術之巨流，與婆羅門相傳之四吠馱典遞相表裏，自釋迦文佛應現彼邦，彙原有百家之說，删蕪刈繁，歸於無二，瑜伽之術，亦入其宗矣。瑜伽之義，舊釋爲相應，新釋爲連合，皆指會二元於一體，融心物而超然之意；與此土之天人合一，性命雙融之說意頗相似。稽之內典，凡趨心禪寂，依思惟修，由心意識至解脫境，皆已攝於瑜伽師地論中。復次從有爲入手，修一身瑜伽而證眞如本性，則密宗胎藏界三部中之忿怒金剛，軍荼利瑜伽等法尙焉。西藏密宗傳承，無上瑜伽之部，內有修氣脉明點，引發自身之忿怒母火，（又曰拙火，或靈力，靈熱等）融心身於寂靜者，亦即胎藏界中忿怒金剛之修持也。凡此受授，皆經佛法陶融，因習利導，而入於菩提性相之中，是乃佛法之瑜伽，志在解脫也。此外，印度原有瑜伽之教，固自代有傳承，源流未替，變化形蛻，如現在印度教等，術亦屬焉。年來國際形勢轉移，世界各國溝通學術，互資觀摩，歐美人士，初接瑜伽之教，驚彼修士神異之跡，遞相轉告，於物質科學之目迷十方，耳聵八音外，群相駭異；於是印度瑜伽修士，在海外應科學家試驗者，時有所聞，或沉水不溺數十日，或埋土不死若干週，或火不能焚其身，或物不能撓其定，各種神通奇跡，變化莫測，則未可以現代科學智識論矣。凡此之徒，乃瑜伽派修士，與密宗修身瑜伽學術，大同而小異，其中心宗旨與乎究竟歸趣，迥然有別，軍荼利瑜伽，即爲其術中之主幹也。

以瑜伽而言瑜伽，凡諸究心身性命之學，趨心神寂者，莫不屬之；故瑜伽修法，大體可分爲心身二門，若依心而起修，則禪思觀想等屬之；外其身而證眞我，空其意而登淨樂。尤其依密宗字音聲明證入宇宙眞諦，感通於形而上者，爲其法中密要；即同佛法之返聞自性，觀音入道之門也。偉哉觀音！遠在婆羅門教之前，固已常存宇宙，爲諸教之宗師矣。而軍荼利修身瑜伽中，於此僅具端倪，未窺全貌，欲探其源，必須通明密咒奧秘，入觀音之室，方得而知。若依心而起修，則氣脉明點，忿怒母火之修法等屬之；化朽腐爲神奇，融心物於一元，指物煉心，莫此爲勝；軍荼利瑜伽，已見其梗概，而猶未盡其妙也。

本書中傳述諸法，若持之有恆，如立竿見影，功效卓著：小而却病延年，大而神妙莫測，而修得五通（天眼通、天耳通、他心通、宿命通、神足通），誠非戲語；而若干細微過節，及對治之方，苟無師傳，受害亦非淺鮮。且其法首重獨身，專志苦行。不能遺世獨立，修之適得其反；例如諸身印之術，在彼土專修者，往往坐立倒持，可歷久長時日；以勉強爲精進，以苦行爲勇猛，一般學者，實非所宜。又如用布洗胃，以刀割舌，乃至吐火呑刀之流，即易入魔，又易致病而夭折，未可妄自嘗試。更如用銀管以煉下行氣，吸水提收之術，妄者習之，即流於房中採戰之歧，可以殺身，可以敗德，與瑜伽之本旨，背道而馳矣。此擧其犖犖大者，餘未詳述。若心戀世情之囿，術操超解脫之方，此爲絕對矛盾，不待智者言而自明焉。

或曰：佛重修心，道主煉氣，以密宗修氣脉明點與乎瑜伽之術，同於道家，固爲佛斥爲外學也，習之可乎？曰：心非孤起，依境而生，境自物生，心隨能動；所謂能者：充塞宇宙，生萬物而不遺，依心而共麗，同出而異用；心身相依，交互影響，凡心求定而未能者，即此業氣爲累；猶浪欲平而風未止，雲無心而氣流不息；苟心氣同息，轉物可即，此爲定學之要，非空腹高心者可得而強難也。定學爲諸家共法，直指明心，豈能外此。若道家導引，吐納，服氣，按摩之術，爲其專主修身之一端，屬於煉氣士之修法，法天地陰陽化育，參生機不已妙用；大抵皆粗習其支離片段，自秘爲絕學，能通其全要者，殊不多見。若武術家習煉之氣功，則又爲其支分，不足以概全也。依道家而言道家，瑜伽氣脉之修法，同其導引服氣之術；而二者比較，瑜伽之術，較爲粗疏，此則難逃明眼者揀擇。唯此士修煉之士，有一傳統習慣，造就愈高深者，入山唯恐不深，逃名愈恐不及，終至寥落無聞，受授不識。而瑜伽之學，適以時會所趨，張明廣著，宏揚於海外，得其譯本者，或寶爲枕秘，或恐爲流毒，多深藏而不布，其心固可嘉，其事則未是，「謾藏誨盜，冶容誨淫，」珍密法而神秘之，其斯之謂乎！

莊生有言：「野馬也，塵埃也，生物之以息相吹也」。極言窮宇宙之奇，唯此一氣之變化，天地為一大化爐。人生為一大化境；此氣者，即現代科學所謂電子原子之能也。苟以宇宙為爐鞴，以人物為火蠟，以智能為工具，以氣化為資源，持其術以治之，摩挲爐鞴火蠟之間，則宇宙在手，萬化生身，寧非實語！若進而知操持修煉之本，不外一心；天地人物原即幻化，覓心身性命而了不可得，何用繫情事相，搬心運氣，弄幻影之修為哉！蕭兄天石，應同好之請，翻印印度軍荼利瑜伽術一書，辱承枉問，自憾養氣未能，吹噓無似，聊綴數語，以塞責耳。

〔民國六十年（一九七一），台北〕

少林寺與少林拳棒闡宗前介辭

有文治者必有武功，此乃中國傳統文化之名言，亦爲顯示上古之世，文武合一之名訓。然所謂武者，即止戈爲武之義，以威殺而止殘殺，以奮戰而達非戰，實爲護生仁術之功德也。但武學約有分爲廣狹兩疇，廣義之武，即爲軍國大防兵法戰陣之學，必以戒愼恐懼，好謀而成，非徒似暴虎憑河之所爲也。狹義之武，即手足搏擊，乃至以器械搏鬪，所謂執兵戈以禦社稷者是也。至於任俠尚氣，睚眦必報，流血五步，在所不惜者，已非尙武之大義，徒爲匹夫之勇耳，猶所不豫焉。然皆立基於強身健體，養志率氣之道，則無論爲兵經之武學，抑爲個人之武術，其道一也。

遠溯吾先民之尚武精神以迄漢、唐以後，由徒手胝足之搏擊而至於把捉兵器之武術，由技而進乎道者，昔皆與文藝並重而稱之曰武藝。習武而造詣於藝術之境，則其道也，已超越於搏擊殘殺爲本事者，深且遠矣。然武藝之境，誰能創此？曰：非爲一人一家之所創始，實集先民累世之學力與實習之所得者，因時因地因人而授受，固非一端也。唯自唐宋以後，輒由博而返約，局於因襲成見，稱外家而獨尊少林，內家而推崇武當，殊爲淺且陋矣。且言少林者，必宗主達摩；言武當者，則祖崇張三丰，尤不值識者之嗤也。

推究技擊武藝之造詣，剛柔相生，內外互用，高低相傾，上下相應，左右兼顧，輕重并濟，內鍊精神氣，外煉筋骨皮，無論少林、武當，乃至百家技藝，皆須臻於圓通，不可偏廢。所謂武當源出於少林，少林創始於達摩，此皆因人而崇拜，囿於盛唐以後，禪宗之有五家宗派之分立，道家之有南北玄門之歧途，分河飲水，相習成風，門庭建立，執守師承，謬誤生矣。然則，達摩固傳有易筋、洗髓二經，抑爲非是耶？曰：傳出有因，事非稽古。蓋因華陀五禽戲而至小乘禪觀之有安般呼吸以治禪病法門，乃有易筋、洗髓之說興起。後世之易筋經，世傳多種，各有專長。洗髓一經，並非亡佚，實自禪秘要法中白骨觀變相之說也。至於少林拳棒，實爲滙集各家善於技擊，而遯入空門者之所長，代有增益，實非定於一人一技之發明也。例如明清以來世所習之大洪拳、太祖棍等，亦相傳自宋祖趙匡胤所習於少林寺者。如依此附會，則周同傳岳武穆之形意拳、長蛇槍法等，源出河南，亦何嘗不可謂胎變於少林，不須復歸於內家拳之列矣。要之，後世之習武者而大半不文，故於我國五千年來技擊武藝細密深沉之史學，沓然而不可考矣。惜哉！

余生自體弱多病，唯自童年即嗜好固有之技擊國術，亦曾徧參南北諸師，醉心於少林、武當等內外功之學術。唯限於弱質，且秉賦疏懶，尤耽於寂靜自忞。壯歲以後，心染世務，復厭倦於武林之不學無文也，故而盡棄所學，聊寄夢幻浮身以度劫濁。多歧亡羊，好學而無所成就，故杜口而不言技擊國術者，已五十餘年矣。今因張震海先生之促，重作馮婦，贅敍其所專著少林寺與少林拳棒闡宗，慚惶無似。先生乃民初大俠杜心五先生與胡半仙等之傳人，擅長武藝而又爲西洋運動學之名敎授，蜚聲國際，旅居美洲。況又勤於寫作，瀟灑成文，意之所至，興之所發，隨即遠寄長函，曠論今古，慇懃咐囑，敢不從命以應。至於本書所授拳棒架式，若能勤而習之，穎悟其中三昧，當可運用無方，强身禦禍，自應無疑。諺云：「藝多不養家」。學者當三復斯言，即可得其圜中矣。是爲之介。

〔民國七十三年（一九八四），台北〕

歷史之部

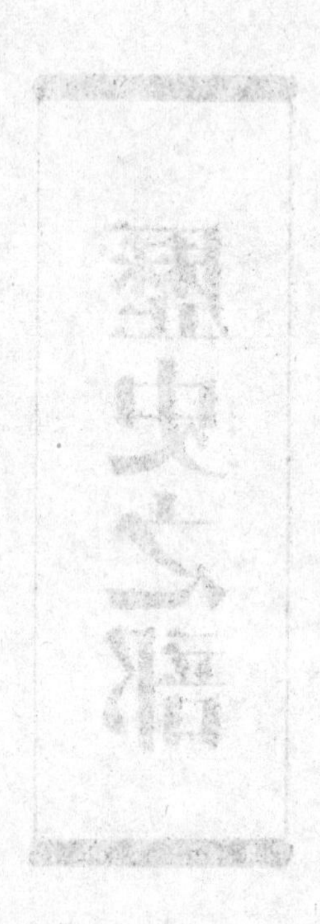

武聖關壯繆遺蹟圖誌序

老古出版社自成立以來，發行書籍皆以開繼承啓文化爲職志。頃者，負責業務之古生國治，編輯部之曾生令偉，偕來問訊，且告知即將出版「武聖關壯繆遺蹟圖誌」一書，囑爲之序，驟聞其請，誠有難以下筆之感。蓋自元明以來，關公事蹟，由史乘而衍爲演義，自人位而極爲帝天，迷離惝恍，家喻戶曉，俗成聚實，賢者猶不免於信奉，況已成爲民俗文化之中堅信仰，普爲四海同欽，須欲辨別其是非有無之際，誠無益於化民成俗之旨，且徒亂於季世神道設教之風也。

嘗謂上下五千年，中國文化之人物，於史册名聞之外，而獨能普遍流芳於百代，且又爲後世所盡知之人物，譽聖頌帝，數不多得，文如尼山之孔夫子，固不具說。武則關岳並稱，而尤以關公爲普聞，其故何哉？思之再三，俗稱岳武穆獨以精忠報國爲典訓，其量止於君臣之閫，而未能化及人倫之大者。至如世所標榜關公之忠義，則於忠道之詮釋，不僅施於君臣之際，且可盡於人倫綱常之間。其於義道之影響，且可概於朋友之適而及於社會之則。是誠春秋大義之微旨，故關公之典範，終能由人道而臻於神明之尊，豈偶然哉？非徒然也。

孟子有言曰：「可欲之謂善。有諸己之謂信。充實之謂美。充實而有光輝之謂大。大而化之之謂聖。聖而不可知之之謂神。」以之律於關公生平之盡心志節，誠如孟子所言前二者之實，後四者之基。若夫身後之修，抑爲精誠之漸進，或爲聰明正直，死而爲神之美崇，洵有不可知者。佛曰：不可思議，亦其斯之謂耶？

論者有曰：徵之史實，演義之說關公事蹟，不足盡信，且其爲人所盛傳徐州依曹之玷，計較馬超之忌，拒絕孫吳之執，以及荊州之失，其可議者殊多，曷足以當武之聖者之譽乎？曰：此亦有說。孟子曰：「盡信書，則不如無書。」況陳壽之撰，依違曹魏而輕議蜀漢，亦理所必至，事有固然也。然壽之史傳曰：

初，曹公壯羽爲人，而察其心神，無久留之意。謂張遼曰：卿試以情問之。既而遼以問羽。羽歎曰：吾極知曹公待我厚，然吾受劉將軍厚恩，誓以共死，不可背之。吾終不留。吾要當立效以報曹公乃去。遼以羽言報公。公義之。及羽殺顏良。曹公知其必去，重加賞賜。羽盡封其所賜，拜書告辭而奔先主於袁軍，左右欲追之。曹公曰：彼各爲其主，勿追也。

即此而觀陳壽之微言，於關公之志節神采，及其進退權宜之際，情至義盡，從容不迫，固深得於春秋大義之旨，豈可以古文簡略其敍述而誣以依曹爲失節耶！故羅貫中之作演義，衍其內蘊，雖非信史，亦無溢美史跡之譽。易曰：「知進退存亡而不失其正者，其唯聖人乎！」此誠萬古綱常之典範，美哉其人是之足以謂之神也！

壽傳又曰：

聞馬超來降，舊非故人，羽書與諸葛亮，問超人才，可誰比類？亮知羽護前。乃答之曰：孟超兼資文武，雄烈過人。一世之傑，黥彭之徒，當與益德並趨爭先，猶未及髯之絕倫逸群也。羽美鬚髯，故亮謂之髯。羽省書大悅，以示賓客。

後之論者，據傳所謂「亮知羽護前」一語，謂公有忌才之嫌。復以「省書大悅，以示賓客」，量其器度之不廣。殊不知公與劉先主，崛起草莽，世途之辛苦艱難，人情誠僞莫測，備嘗備知。方其獨當一面，威負重鎭，乍聞西陲降將，而又非創業故舊，衡之國策，豈可不有此一問，以定全面戰略之機，何忌之有？至於傳稱「亮知羽護前」者，蓋謂諸葛亮深知公情重故舊，嫌疑新降之意，故以老友輕鬆遊戲之筆，以釋其疑。書稱「猶未及髯之絕倫逸群也」。足以見諸葛孔明與公情誼之親切，故出之於戲言之句，因之而有公之「省書大悅，以示賓客」之舉。實非器局狹小之態，洵爲君臣朋友相得無間之情事。倘徒依文解義，不究其微言之妙，則其誣也，固亦當然矣！

至若其拒婚孫吳，則在陳壽之傳，及典略所載，固已詳述。當是之時，公「威震華夏，曹操議遷徙許都，以避其銳。」可見孫吳之議和，僅為權謀而詭計，則公之拒婚，義固當然也。況孫吳前有婚盟於劉先主，而終亦以違親親為詭謀，前車覆轍，殷鑒不遠。此公固知和親於吳之不足恃，拒婚於孫吳亦不足恃。公誼私情，兩皆無益，當機在局者應所深知，殊非千載以後可輕議得失也。

及其荊州之失，固又出於孫吳之渝信背盟，又復牽掣於故舊將校，糜芳、傅士仁等輩之變志投敵，雖有「間謀」失察之嫌，而古今至誠直道之君子，往往禍起蕭牆，困厄於親信舊誼之間者，史實難以勝數，此所以讀史者每為千古人心險惡易變而掩卷長嘆者，雖曰人事，豈非天命哉！蜀記有曰：

公初出軍圍樊，夢猪嚙其足，語子平曰：吾今年衰矣，然不得還江表！

觀此，此非公已預知時至，其亦生而神靈者乎！今為輯印此圖書，並附論及之。近者，世俗傳稱，天心易運，民封神榜曰關聖大帝，且非民心即天心，神由人興之意歟！是為序。

（民國六十七年（一九七八）冬月，台北）

陳光棣教授與「泛論中美外交關係」一書

去年（六十年）的秋天，爲應清華大學同學專題演講之邀請，特別去了一趟新竹。我向來不喜歡記事，更不願意死記著往事的日期和數字，雖然事隔不久，也早已忘記是那一月那一天的事了。那天的上午，洪同教授打電話給我說：他有事到臺北開會，不能在學校裏等我，一切招待的事，已託陳光棣教授代勞。其實，我很怕這些公式化的應酬，什麼招待不招待，毫無意思，答應來講演就講演，管他那些事作什麼？但洪同教授以前與我有過一段因緣，現在他是清華的總務長，更重視禮節，陳光棣教授又是老朋友，很久不見，見面多談談，總是好的。

我記得到達新竹站時，已經日近黃昏，華燈初上了。我不認得來接我的同學們，同學們也不認得我，當我自己正要叫車去清華時，幸好來接我的校車上的司機，頭腦眞夠清華，他看我東張西望，像個喪家之犬，便問我是否是到清華去演講的，我就笑說：「是的。」於是，來接的同學們也知道了，大家半中半西的禮貌一番，嘟的一聲，直放清華。

到了地頭，光棣教授早已在招待室內，彼此長久不見，見了面，就互道思念之情，如此如彼地嘘寒問暖一番。他和負責招待的同學們，陪我吃了中式的西餐晚飯以後，又上來一杯咖啡，打開了另一面的話匣。據我所知，光棣教授是一個傑出的人才，多才多藝，倜儻風流，兼而有之。但因時間匆促，我們來不及談風趣，我只關心他的中國史的大著，有未完成。他當時對我說：目前正忙著寫一部「泛論中美外交關係」的書，而且告訴我他所寫的立意和方向。我當時聽了，首先叫好，要他趕快完成這部書。因爲我有自知之明，太粗疏，但可樂於與人爲善，而且有激揚別人長處的猷勁，所以特別高興聽他談著作的計劃。如果當天不是被拖上「來講演」的空架子，眞想請他好好的講下去，我極願意作他的聽衆。

事情過去了，又快到過年了，恰好在六十年（陽曆）除夕的那一天，接到陳光棣教授給我寄來了他的巨著「中華民國奮鬥六十年」一書。開始我不知道是誰寄來的閒書，隨手一放，堆在平日慣例的來件中，等到有空時再慢慢的清理。當時，站在我身旁的一位同學說：「這好像是陳光棣教授寄來的新書呢！老師經常說他是很風趣的人，就是他嗎？」我聽了就叫他替我趕快拆開來看，才知道就是他那天對我講的「中美外交關係」的新書出版了。因此，我連忙讀他的序文—前言，順便又翻閱目錄，一面看，一面情不自禁的叫好。

那個仍然站在我身旁的同學問我好在那裏？我說：這是此時此地，你們這一代青年同學們必須要知道，要先讀爲快的書，好就好在他爲你們搜集撰述了應該知道的當代史料，可以使你們溫故而知新，對於國家和個人的未來前途，知道應該走那一條路。同時也可以使你們對於世界局勢的變化，有更深刻的瞭解。

我向來不會替人作書評，而且讀了每一本書，都好像無從評起，因此欠的這類文債也特別多。有些因所求不遂，或另有所爲的人，因此便拚命罵我是「江湖」，是「旁門左道」。好在我對這些事，已聽慣不驚，而且當它是過分恭維的耳邊風，殊不知道我連「左道旁門」和「江湖」都不夠格。但是對於陳光棣教授這一本書，我卻樂意要爲它推介，這是「世事洞明皆學問」的事，而且現代中國的青年學生們必須要讀。也可以說，這就是我「任興」的一面，只要自己興趣所在，認爲「義所當爲」，就不管是非，該作該說的就說就作了，更不要通知光棣教授。——最後，附帶說明，陳光棣教授的這部書，據我看到版權頁上所記載，在世界書局可以買到。

〔民國六十一年（一九七二），台北〕

陳著孫子兵法白話解序

人類世間，既有名器，即起爭心。雖曰天人，猶難免與阿修羅戰鬥。況世運衰降，人心非古，欲弭災劫，戰防豈能免乎！故易繫傳曰：「弧矢之利，以威天下，蓋取諸睽。」陰符經曰：「地發殺機，龍蛇起陸。人發殺機，天地反覆。」雖皆爲警世之言，實示唯止戈爲武，乃得成武德而全武道也。故吾國先民文化，言武德者皆不離於道。周秦以還，兵家謀略，政法刑名，莫不祖述道德，散爲外用。道家者流，闡陰陽而統兵機，老莊已啓其契。漢魏以後，凡神仙家言，靡不談兵。鴻烈、抱朴，闡其玄奧。孫武、孫臏，亦皆道術之分化，豈能捨道而獨言兵事哉！然道也者，廣漠無朕，寂然不動，感而遂通。欲循而無跡，欲蓋而彌彰。唯智者神而明之，應用無方，是得自然之智，而知離有離無之用。兵機道術，其揆一也。故今昔名將，雖曰不學，而皆暗合兵法。兵事隨時變，隨勢易，豈固有不變之定法耶?而云暗合者,非法之法,徒以文字言語示之,如斯而已矣。但自戰國孫子,有兵經之始,十三篇之說,爲世圭臬,歷久常新。木立而影見,徑闢而途從,後之論兵事者,捨之而無足以立言。猶六經之後,違之而不稱爲學也。故歷代之作,犖犖可名,如孫子兵法十家注,以及李筌兵書,豈固墨守成規,方得以言兵學,蓋亦借石他山,眩自攻錯,託古之名而揚新說耳。今者,四明陳君行夫,彙其昔日在美國曾作講學之孫子兵法白話解一書,刊而出之,迨亦寓意筆說,藉露心言。然後乃以知命餘年,伏櫪而學易矣。故樂其請而爲之序。

〔民國六十一年(一九七二),台北〕

黃著中國近代思想變遷史前言

我和黃公偉教授認識已有二十六年。黃教授過去在大陸時，曾有黨、政、軍、學、新聞事業等許多經歷。那時雖然我們還不相識，但他的朋友長官們，有些我都熟識，因此也間接知道黃教授的爲人，忠厚篤實，治學甚勤。在最近十餘年來，我又和他同列教席，相見的機會比較多，相知也比較更深一層。他除了教書以外，便潛心著作，專志名山事業，求之現在的讀書人中，實爲不可多得，值得欽佩。

當我在六十年夏天，開始創辦「人文世界雜誌」的同時，曾經對「廿世紀青少年的思想與心理問題」連續作過十多次專題演講。我深深覺得要後來的一代，知道如何「撥亂反正」，須要把過去一個世紀以來影響歷史文化變故的學術思想，有系統地告訴他們，這是很重要的工作。我想作，但精力和時間都不許可。同時也感覺到論議古人容易，評述今人未免有許多困難和忌諱。所以一再因循，始終沒有著手。有一天，和黃教授一起吃飯，在席上我談起此事。希望這位涉獵淵博的現代學人，能夠擔負起這件工作。當時，他愼重考慮之後，總算願意一試。

到了六十一年的元月，爲了情勢的須要，我又寫了一篇「從處變自強說起的另一頁」專論，刊載於「人文世界」（見本刊第二卷第二期）。雖然是言者諄諄，聽者藐藐。但身爲現代的讀書人，有所見而必須要說的，總要坦陳而出。在這以後，有幾位同學對我說：「黃老師正在埋首寫那一部書，他說，是您出的主意，眞害苦了他。搜集資料，刪訂裁剪，大費心力。也許這是他關門的著作，完成以後，他想再不寫書了。」我聽了更加肅然起敬。

去年再度與黃教授見面，他對我說：「已經完成此書，雖然有許多困難，不能盡如人意，但總算大體完功了。」並且要我寫一篇文章，留作此事因緣的紀念。我雖譾陋，實也難逃其責。後來我想來想去，畢竟才思有限，另外寫不出什麼道理，只有把這篇舊作交卷，忝附驥尾，以陪襯黃教授宏著。此時正當毛匪「破四舊」、「立四新」、「批孔揚秦」、「崇法反儒」之際。我想幼獅出版公司將黃教授此書出版，對於我們「撥亂反正」的文化思想，更加有所警惕。

〔民國六十一年（一九七二），台北〕

其他

人文世界雜誌創刊詞

新辦刊物，循例須有創刊詞，宣明其宗旨、目的、內容、風格，與讀者作者的共同需要、共同興趣，冀以引起共鳴與支持。當今世界，傳播事業，如風起雲湧，一般智識的普及，幾已無須藉文字幫助。新聞報章，行將漸趨落伍；何況此時此地，雜誌刋物的流行，到處可見，創刋皆有詞，且皆文章華麗，構思精闢，再復侈言文化學術，宣稱爲中國文化而努力，爲東西方文化交流而服務，不是流爲口號，即是成爲具文，多加一本刋物，多增一堆廢紙而已。而吾輩不避艱辛，不畏挫折，爲融會交流東西方文化思想，爲復興中國學術文化而創此園地，固然明知故犯，實亦不忍坐視人類世界自罹浩刧；而中國累積數千年的文化精神，足可補救物質文明的缺陷者，亦將隨浮薄濁亂的世風劇變而沉淪也。

然東西方的文化學術，百緒千端，整理已經爲難，欲窮源溯往，力求正本而開展新機，談何容易？況今日世界，新迷於科學文明的瘋狂，久困於精神意境的貧病，東西文化學術，幾已陷於思想癱瘓的境界，徒藉平白之身，言不足以動聽，名不足以驚衆，思欲振聾發聵，挾泰山以超北海，適見其不知自量。雖然，學術文化，追根究柢，莫不基於人類的思想而來，而一般人思想的蔽錮，多由於物質欲望的矇蔽，智識分子思想的停塞，多由於主觀成見的阻碍；如能打通物質欲望的坎限，進向精神昇華的領域，泯除主觀的成見，廓開停塞的大道，萬一有助於人類、世界、國家、民族者，亦足以告慰安心，庶幾對於人類社會，薄有交代，便可長揖世間，身隨物化而無遺憾於虛生矣。

然而文化學術，事非憑空虛構，必藉歷史時代的潮流而運成其際會；自十九世紀以迄於今，西方文化學術的風潮，波瀾壯濶，夾泥沙玉石滾滾而來；初則突破東方各國傳統保守的藩籬，挹注西方學術的新思潮，促成歷史文化的變亂，繼之；由西方工商業革命與經濟的影響，隨同唯心哲學與唯物哲學的衝擊，滙成各國政治思想的爭變，擴而充之，形成國際間思想戰的壁壘。時至於今，造成世界亂源，將近一世紀以來的唯物思想與共產主義，已隨時代與科學的進步而喪失其哲學的根據，流毒賊害，惟賸餘在經濟思想上的分配制度與殘留於政治上的陰霾，行見其即遭歷史文化的唾棄，如立竿見影，了無疑義；只有學術上的聾盲，思想上的蓬塞者，尚受一時的蠱惑，但基於唯心思想的宗教與哲學，以及人類社會應有的人倫道德，社會秩序，人生哲學，與今後自然科學發展結果的新趨向，新境界，既遭人類歷史的大勢所趨而破壞於前，又無新的思想學術，可與科學會師而整建於後。雖舉世皆知其弊病日深，而乏救時的良藥；物質文明愈趨進步，精神思想愈加頹喪，方今人文思想，更無新的指標可以導致人類消弭亂源，幾已至於眞空狀態。後起之秀的一代青年，統皆感受現實的困擾而陷於緊張、恐怖、冷酷、鬥狠的境地；於是造成本世紀的末期，盡爲鎭定劑與痲醉藥品的時代，前因後果，慄然可懼。

本刊創辦，實欲藉在此園地，溫故知新，集思廣智，希望對此渾沌世界，罅開人文思想的曙光，或者滙集涓滴的精思而益成智海，或者融通古今中外的精華而沛注慧學，皆有待於今後的精誠從事，與各界的不吝匡正。

〔民國六十年（一九七一）五月，台北〕

東西精華協會宗旨簡介

——節錄自東西精華協會中國總會紀要（民國六十七年十月編訂）

我們要擔起挽救狂瀾的工作

今天的世界，普遍陷在迷惘中，是非缺乏標準，善惡沒有界限。它的遠因近果，實由於物質文明高度發達的反映，人們但知追求物慾而忽略了精神上的修養，於是變得沒有理想，沒有目標，混混噩噩，茫然而無所措、無所從。人心如此，國際如此，整個世界人類何嘗不如此，危機重重，人類再不回頭，終將走入沒頂的深淵。

東西精華協會（East-West Essence Society）便是在這種情況下誕生的，實在說：這個協會的誕生，乃是基於現代的需要。中、美兩國有心之士，發起這個組織的宗旨，正如本協會的名稱所揭示的，要從東方文化中和西方文化中摘「精」取「華」，身體力行之，發揚光大之，挽救思想文化之狂瀾於將傾，導引人類走向「老有所終，壯有所用，幼有所長。」和平安樂的大同境界。

也許有人以爲本協會的陳義過高，可能流於口號，但以下所敍述的本會成立經過及今後的做法，可以說明我們深切了解「行遠自邇，登高自卑」的道理，願我們脚踏實地的努力，能得到大家的共鳴和支持。

東西精華協會發起的動機實是始於我國，而國際總會卻最早成立於美國。發起這個組織的都是對東西文化有深切認識，而且普及於社會各階層。民國五十八年（公元一九六九年）八月，總會在美國加里福尼亞州 California 成立時，會員只有十幾人，可是不旋踵間，便得到社會各方的熱烈反應，贊成的人數增加的很快。目前世界各地都有成立分會之議，中華民國總（分）會可說開其先驅。總（分）會的宗旨不營利，不分國界、種族、宗教，不牽涉政治，與國際總會的宗旨相同，而其著力點則在於發揚東方文化——亦即中華文化——之所長，以濟西方科學文明之不足，而爲社會人類謀福祉。此點可說與中華文化復興運動的宗旨殊途同歸，百慮一致。

東西精華協會的做法將是實際的，譬如中國總會目前所致力的重點工作，便是輔導青少年問題的社會青年教育，及籌建可供養老的「安頤別業」，同時並將分別設立儒學中心 Confucian Center、禪學中心 Ch'an（Zen）Center、道學中心 Tao Center、西洋哲學中心Western Philosophies Center、醫學中心Medical Center，漸次開辦有關中華文化的各種進修班和研究班，藉以振興中國文化，進一步謀求東西文化之交流、融合。

東西精華協會中華民國總會的所有活動，都將採取絕對超然的立場予以貫徹，並且都將聘請受人敬仰的專家學者主持其事。獻身於這項工作的人，都出之以熱忱，但求心之所安，對於名利和毀譽是絲毫不計的。

我們要特別聲明，這個協會的目的既不是復古，也不願被人加上「創新」之名，我們只是平實的為人類尋找可行及可努力的道路，免得大家再迷失了本性，迷失了方向。

在中華民國總會成立的過程中，有許多人自願加重本身的負擔，出錢、出力參加工作，也有許多善心人士，毫無條件地捐地捐錢，其中特別值得首先一提的是賴宏基父子，他們捐獻的大筆土地，大有助於本會今後的發展，我們在此要特別表示謝意。但是由於本會初期的工作方向為文化、出版等事業，無法兼顧土地、建設其他工程，因而又將原地奉還。

現在，本會一切尚在初創時期，要求開花結果，還須有識、有心之士共同來灌溉，切盼大家能認清時勢所趨，和本會攜手來努力以發揚東西文化精華的工作。

東西精華協會六問

一、東西精華協會的性質如何？

本會不分國籍、種族、宗教，不以營利，不牽涉政治爲宗旨。以致力於東西文化的融會貫通爲己任，同時並從事社會教育及福利事業。

二、何人發起此一組織？成立於何時何地？

本會係由對東西文化有深刻認識和研究的中美兩國人士所發起，成立於一九六九年八月，在美國加州。

三、中華民國總會成立於何時何地？組織如何？

中華民國總會成立於民國五十九年（一九七〇年）三月，在台北市。本會以會員大會爲最高權力機構。會員大會閉會期間，由理事會代行其職權，而以會長負實際推動會務之責任。

四、中華民國總會做些什麼事？

在融會東西文化的大前提下，中華民國總會將舉辦各種進修班，如禪學班、西洋哲學班、國畫班、國樂班、國醫班、語文班等，均歡迎有志進修人士報名參加。

本會並將舉辦各種社會福利事業，如爲養老而籌設的安頤別業，爲導引問題青少年回歸正路而籌辦的青少年輔導院等。

本會並將設立出版事業委員會，編譯事業委員會，出版編譯各種有助於融會東西文化之書籍。

五、怎樣可以加入爲會員？

本會對會員的審查要求極端愼重，凡合於本會章程規定，獲准加入爲本會會員者，其在社會上的聲譽，即應當獲得極大的保證。

六、會員有那些權利和義務？

本會章程雖規定會員有若干權利和義務，但希望大家能了解，本會是個服務社會教育及社會慈善福利團體，這是一項施捨的工作。

我們要做什麼

（為振興東西文化的所長，促其交流、協調、融會，成為適合於全人類的新型文化的工作而努力。）

今日的世界，由於西方文化的貢獻，促進了物質文明的發達；如交通的便利，建築的富麗，生活的舒適，這在表面上來看，可以說是歷史上最幸福的時代；但是人們爲了生存的競爭而忙碌，爲了戰爭的毀滅而惶恐，爲了慾海的難塡而煩惱，這在精神上來看，也可說是歷史上最痛苦的時代。在這物質文明發達和精神生活貧乏的尖銳對比下，人類正面臨着一個新的危機。

這種危機正同患了癌症一樣，外部顯得很健康，而內部卻潰爛不堪。今天我們過分迷信科學的萬能，以爲自己可以超邁古人，而任意推翻傳統，杜塞了幾千年來，無數聖哲們替我們開發出來的教化源泉；譬如中國，由堯、舜、禹、湯、文、武、周公、孔子等所揭發的誠意、正心、修身、齊家、治國、平天下的思想；印度由七佛、釋迦牟尼（Śākyamuni）、龍樹（Nāgārjuna）、馬鳴（Aśvaghosa）、無著（Asanga）、天親（Vasubandhu）等所開展的救世救人的大乘；西方由蘇格拉底（Socrates）、柏拉圖（Plato）、亞里斯多德（Aristotle）、奧古斯丁（Augustine）、馬丁路德（Martin Luther）、康德（Kant）等所發揮的人文和宗教的求眞求善精神。在這三大文化系統內所蘊積的無盡寶藏，我們都沒有好好去開拓、整理，發揮它們的精華，來充實我們的精神生命。西方文化在科學方面，雖然登陸月球，邁入了太空，而在人文文化方面，却等於留級而退學；都由於東西雙方文化，不從根本處針砭，只求表面的妥協，非但不能達成人類世界的永久和平，反而徒增紊亂。

生在「前不見古人，後不見來者」的今天，我們將何以自處？我們雖失望，但不能絕望，因爲要靠我們這一代，才能使古人長存，使來者繼起。爲了想挑起這承先啓後的大樑，我們一方面要復興東西方固有文化的精華，互相截長補短，作爲今天的精神食糧；一方面更應謀東西方文化的交流與融會，以期消弭迫在眉睫的人類文化大刼。

當然，這是一個安定人類社會的大事，不是三言兩語所能盡意，在這裡，我們只是向大家表達這點感受和苦心，希望能引起共鳴，促使天下有心人士，爲了這一目標，來共同努力。

東西精華協會中國總會的任務

近一二百年間，人類歷史的進展，由於交通工具的發展，在空間領域上，融天下爲一家；由於電信知識的傳播，在種族觀念上，使四海之內皆兄弟。雖然如此，但肝膽楚越，世界各國的戰火未已，兄弟鬩牆，人類社會的動亂頻仍。無論東方或西方，都有數千年文化的蘊積，都極盡宗教、哲學、科學、教育之能事。但仍然不能消弭戰火，安定社會，使人類得到夢寐以求的和平與幸福，實爲有識人士所扼腕而長嘆不已。

回顧人類的歷史，因果相仍，循環不已。在中世以前，東西方社會，都能順時聽天，安居鄉土。自中世以後，知識隨科學的發明而開展，欲望也隨海洋的交通而澎湃。工業革命製造了代替人力的機械，也促進了物質的文明。但物欲驅心，軍國主義與共產主義的侵略火把，燃起了漫天的戰火。科學與物質文明貢獻於人類生活的利便，反成爲人類文化的障礙，世界浩劫的助力。直到今天，領空觀念，隨太空科學而擴張，人類是否能爲了對另一世界的征服與追求，而放棄了在地球上的爭奪，這當然還有待於天心運會，人事因緣的互變，未便言之過早。

雖然，鑑古可以證今，觀今可以知來。欲知明日的天下，先須認淸今日之世界。今天人與人間的仇殺，國與國間的爭奪，暫且不談。就拿現代人自詡爲經濟、政治、教育的高度文化來說，也沒有一樣不是百孔千瘡，問題嚴重。以雄踞世界首席，自命執西方文明牛耳的美國來論，內不足以安己，外不足以和協萬邦，束手徬徨，舉棋不定。而以東方古國的中、印來說，又復侷促於自然科學的落後，和物質文明的窮困，雖有救世的苦心，救時的良藥，但巧婦難爲無米之炊，奈何心有餘而力不足了。

然而長夜漫漫，雞鳴不已，舉世皆醉，豈無獨醒之人。今由中、美雙方有識人士的倡導，首先在美國創立了國際性的東西精華協會，以不營利，不牽涉任何地區的政治，謀求東西文化的交流爲宗旨；發揚東方文化的所長，補救西方科學文明的不足爲原則；而達成爲人類社會求幸福的極致目的。由於這一意義的重大，世界各地，都紛紛設立分會，而我中國總（分）會，正是首先創立的先驅。這也是爲了響應中華文化的復興運動，爲救國救世，利己利人的工作而努力。

東西精華協會，首先在中國設立總會，其主要精神有三：

一、喚醒近世東方各國，使他們恢復自信，不再捨棄固有文化的寶藏，而一味盲目的全盤西化。

二、重新振興中國人文思想的精神，以糾正西方物質文明的偏差。

三、溝通東西文化，以謀人類的和平與幸福。

本會基於這種理想，首先為社會福利及教育兩大目標，展開最基本的工作如下：

壹、社會福利方面：本着孔子所謂「老者安之，少者懷之」的大同理想，籌建安頤別業。

籌建安頤別業的願望

中國傳統文化，在社會而言，始終講究「養生送死而無憾」。所以禮運大同篇特別強調：「使老有所終，壯有所用，幼有所長，矜寡孤獨廢疾者，皆有所養。」

孔子集上古文化的大成，以孝為一切德行的根本。他的學生曾子，在大學上，便以修身、齊家，為內聖外王的樞紐。他的孫子子思，也把明誠之教，歸本於孝弟之行；從此拓展出了中國以孝義治天下的特殊文化。

這種文化正像一個十字架，以自己為中心，上孝父母而及於天，下愛子女以垂萬世；兩旁以兄弟、姊妹、夫婦而及於朋友；這個十字架不是宗教的，而是倫理的，它是中國社會的縮影，是中國文化的象徵。

西方文化卻不然，雖然他們秉承希臘文化的傳統，主張自由，固有其特殊的貢獻。但他們完全以個人自由為出發點，對上既不能孝父母，直通天道，兩旁又忽視兄弟姊妹的手足之情，而朋友之交更是唯利相接。至於對子女，雖然認爲是自己天賦的責任，却儘量逃避。所以西方的文化，正如自毀十字架的精神，實無倫理關係可言。

中國文化自十九世紀以來，受西方文化的冲擊，使固有完美的十字架，也被冲得東倒西歪。隨着工業社會的發展，小家庭制度的普遍，孝悌之道也就逐漸的被人所淡忘。老年人的孤露飄零，淹留一息於淒涼的晚景，成爲時代的必然趨勢。尤其大陸淪陷，許多忠貞愛國之士，隻身隨政府遷台，現在都已屆暮年晚景，孤苦無依，問題更爲嚴重。

本會有鑒於此，爲了發揚中國文化以孝義立國的傳統道德，本着「老吾老以及人之老」的「大孝於天下」的精神，而籌建「安頤別業」。

㈠安頤別業的基本原則

（1）不限國籍與種族（但合於本會安頤規章………）。

（2）不拘宗敎信仰。

（3）不限男女同居或男女各別分居，乃至不限制老年男女之結婚。

㈡安頤別業之理想

（1）設立各大宗敎的敎堂與專修之所。

（2）設立適合於老年正當娛樂等場所。

（3）設立適合於老年輕便工業或手工業場所。

（4）設立寶智學術研究所（老乃國之寶，須要薪傳他的經驗與智慧啓廸後人，故設立寶智研究所為傳習學問之所。)

（5）設立醫院與老人醫療所，及養生、保健等中心。

（6）設立歸息樂園。

貳、社會教育方面：本着孔子所謂「志於道，據於德，依於仁，游於藝」的旨趣，籌建青少年輔導院，以輔助政教的不足。

籌建青少年輔導院的主旨

人性是善是惡，這是幾千年來，宗教，哲學上爭論不決的問題，我們暫且不談；就以教育的立場來說，人自有生命開始，由嬰兒、孩提、幼年、少年，以至於成年，隨時隨地，都需要教育的培養；所以有胎教、家庭教育、學校教育、社會教育等一系列的教育；而在這一系列的教育中，每個國家，由於他們歷史文化背景的不同，因此在教育思想及方法上，都各有其特殊的精神。

西方的文化，在十八世紀以前，由於宗教教育的時時提醒，尚能非常平穩的發展，可是在工業革命之後，由於科學的創製，帶來了高度的物質文明，使人心競逐於物欲，理性迷醉於現實。固有的宗教、哲學，已收拾不住這一將倒的狂瀾。舉世瘋狂，有誰獨醒？十九世紀中葉，曾有丹麥醫生契爾伽德 Kierkegard 研究神學及哲學，認為要由機械文明所造成，舉世瘋狂的病態中，解救人類，而提倡存在主義Existentialism本想醫世醫人，豈料他自己也無法自醫，未及中年，便死於憂鬱之症。可是這種尙未成熟的存在主義，却因時代之刺激，普遍於歐陸，風行於美國。附會曲解，乃致於飲鴆止渴；如妄用治療精神病的藥品，來痲醉人心；或剽竊中國道教的糟粕，傅會佛家小乘的頑空思想，形成類似印度上古時代的倮形、塗灰等外道來迷惑人心。使無知的青年，以蓬頭垢面爲適性，以殘殺盜淫爲自由，而邪風鼓煽，不脛而走傳遍全世界。這也足見今日宗教的式微，哲學的沒落，和教育的破產。在這時代傳染病的侵蝕下，最先遭受毒害的是欠缺抵抗力的青年；而青年的中毒，也等於扼殺了下一代的生機。因此今天我們要解救這一危機，應從青少年的德藝教育，作爲勵志的輔導，希望能本着「幼吾幼以及人之幼」的古訓，使迷惘的這一代不再迷惘，而能走上光明的坦途。

創辦國際文哲學院（International College of Cultural Philosophy）之目的

文化學術，關係世界人類的命運，國家社會的興衰，至深且鉅。在歷史上，無論東方或西方，任何一個國家社會的演變，以及戰爭的原因，常被視爲是政治、經濟的動亂。其實，這個動亂的根本，還是在於文化學術。

自十五世紀以來，歐洲文藝復興運動，促成了科學的發展，爲西方社會帶來了物質的文明。接着而有工業革命，使西方的文化、學術、思想邁入了一個新的里程。直到十九世紀，東方國家如中國、日本，開始接觸西方文化。由於震驚聲光電化之奇，船堅礮利之威，而動搖了對固有文化的信念，於是急起直追，由盲目學習西方的科學，遂有全盤西化的趨勢。

正在東方國家猶忙於急起直追的當時，西方社會却因物質文明的發展，孵育成唯物思想的暗流，侵蝕了人心，腐化了社會。就拿代表現代西方文化的美國來說，如宗教信仰的貶值，人文哲學的衰落，教育思想的捨本逐末，與國際領導的舉措不定，在在都使得智者慮，仁者憂。至於青年人的不滿現實，陷於徬徨和盲動，老年人的無家可歸，流於絕望之境，這些都給予科學文明以嚴重的諷刺。這不僅是西方推崇物質文明的自食苦果，而且也波及了東方各國，使人類數千年來所祈求的世界和平與幸福，瀕於幻滅。

照理說，東方國家談不上物質文明，應該不致於陷入這塊泥沼，其實不然；一方面固然由於生存在現實的世界，弱肉強食，沒有經濟實力的國家，只有任人擺佈；一方面也由於貪圖物質上的享受，拋棄自家寶藏，迷途忘返，其可哀可慮，更有甚於西方國家。

鑑於此，美國有許多先見之士，都認爲今後世界局勢，能補救西方文化在科學文明發展上的缺點，並作爲西方宗教、哲學，振衰起弊之良藥的，只有東方文化的復興。國際性的東西精華協會便應乎這一要求而成立。

東方文化的結晶是儒、道、佛三家的思想。近年來，西方人研究東方思想，常歸於禪學；最近，追索東方的科學精神，又趨向於儒、道兩家同源的易經；事實上，佛家明心見性的智慧，道家全生保眞的修養，與儒家立己立人，敦品勵行，以及世界大同的理想，如能與西方文化交流融會，必能補救科學思想的不足，拯救物質文明的所失。因此東西精華協會，特別在中華民國的台灣設立總（分）會以外，同時籌建國際文哲學院，創辦禪學中心Ch'an(Zen)Center、道學中心Tao Center、儒學中心Confucian Center、西洋哲學中心Western Philosophies Center，及醫學中心Medical Center。並與美國及世界自由地區各國的各大學學術研究機構合作，接受各國學生來華留學，研究東方文化；培養師資人才，待有相當成績，再派遣分赴世界各地，闡揚東方文化，爲東西文化交流而努力；並將陸續擧辦人文科學與自然科學等綜合性的研究機構，以開風氣之先，作爲溝通東西文化交流的總站。

創設禪學進修班之願望

禪乃佛法之心要，佛教之精華，不僅是中國文化之精粹，亦爲東方文化人生修養之中心。

近年以來，禪風廣被歐美，被譽爲「東來之光明」，但因西方人士並未了解禪宗乃東方文化之精蘊，而至於徒託空言，毫無實義，或專拾牙慧，流於疏狂，甚至與嬉皮爲伍，參雜今日西方文化之邪見。

本會有鑒於此，特於國際文哲學院，籌建禪學中心，並先行試辦禪學進修班，藉以造就禪學師資，俾能專心力學，眞參實證，而探其玄閫。由此而敦正人心，改善人類社會之風規，達成自利利他之目的，尤所厚望焉。

開辦西洋哲學進修班的因由

西方文化，向來以哲學 Philosophy 思想爲主流，其宗教信仰也以哲學爲依據，而科學研究更以哲學爲其起站。即使宇宙本體之探索，形而上本身之認識，智識來源之確定，人生價值之建立，無一不以哲學爲其歸趣。

然西方人文文化，卽以宗教爲泉源，哲學爲主流，故無論其爲個人之人生，或社會之群治，皆循哲學思想爲本位。尤其有關國家世運之興衰成敗，皆以哲學思想爲主因。

自文藝復興運動而至於現代，戰爭與和平之樞機，無不以哲學思想爲其關鍵。時至今日，西方哲學雖漸呈衰象，而歐洲各國學校，尤其如德、法等國，在中學時代，哲學已列爲必修之課程，其重視有如此者。故欲知西方文化，必須對其宗教信仰及哲學思想作深入之研究，方可窺其堂奧而擷其精華。

吾國自十九世紀末期而至今日，雖知哲學思潮之重要，高級學府亦有哲學科系之設立，而並未眞知灼見而嚴加重視。至於目前，徒有其表而乏實義，在一般社會而言：有誤認哲學爲瘋人之學之嫌。在一般學府而言：所有哲學內容，大多成爲學院哲學形式。上焉者，停留在研究十八世紀之思潮；下焉者，徒事邏輯思辨之技巧而已。至於今日世界實在缺乏哲學之中心思想，而人文思想之進退失據，乃至唯心、唯物、非心非物、畢竟如何？皆不知所云，茫無準則，處處顯見對哲學思想認識之貧乏。由此觀之，冀求東西方思想之溝通，完成世界人類和平之福祉，戛戛乎難矣哉！

本會有鑒於此，特創辦西方哲學進修班，以期有助於東西方文化之交流，爲世界人類和平幸福之思想，作進一步之努力。

開辦美術進修班的動機

生活與美術，不可或分。風清月白、雲蒸霞蔚、山川展其視野、江海舒其壯濶、此爲大自然之美術。樓台櫛比、村舍縱橫、花鳥蟲魚、點綴風塵、建築刻畫、飾其庭宇，此爲人間世之美術。衣裳盡裁剪之能事，視聽極怡悅之安排，此爲身心享受之美術。育而樂之，一飲一啄之間，授以文教而化之，無一不與美術攸關。西方文化，如古之希臘、羅馬，近世之法、意等國，視美術爲澡雪精神之閬苑，充沛生命之營衞，良有以也。今者，時易世變，美術之境界，亦隨世運而異。雲月如故、而意境之今昔各別。抽象與影像交羅，粗獷與文明幷雜，是非未定，情智亦隨之而雜陳。

唯我中華美術，於世界文化中，早在千餘年前，吸收印度文化精神而一變，交融禪與道之意境而別樹一幟，經歷久遠，自成風格。但每有過重神似而失其眞情，揮灑自如而失於透視與比例，古不如新，適爲識者所譏。然精心傑作，超神入化而美不勝收者，無論從東西各方不同文化之角度而觀，咸有猗歟盛哉之感。

然美術境界，畢竟爲精神生命之結晶，當此人競物欲，生活困於現實之時代，凡昔日獨樂徜徉於曉風殘月之意趣，行將隨機械文明湮沒於輪旋而無遺。況際此東西之情調異趣，欲求交互融渾之創作，而圖復興一代民族文化之美術精神，進爲人類社會建立新型文化美術之貢獻，若不衆志一心，承先啓後，精心悉力以赴，恐將隨時代之輪墮，而愧對於後世。本會有鑒於此，特開辦美術進修班，期以有助復興中華文化之願望，達成生活與美術之福祉，以符育樂之效果。

創辦國樂進修班之目的

中國文化，自古以來，首重禮、樂。但自春秋以後，禮失於時宜，樂亡於通俗。仲尼刪訂，長懸日月之心。秦、漢更張，猶存古制之意。唐、宋、明、清以還，迭遭世變而時有興衰，雖非傳統，允有可觀也矣。及至今世，禮、樂文化之衰頽，莫此爲甚。今秉「禮失而求諸野」之義，創建國樂師資之進修，實爲響應中華文化復興運動之用心，以期禮樂教化之興復，從此有期於成也。

開辦語文進修班的希望

文字語言，爲表達人類意志與感情之唯一工具，大至萬象雜陳，小至無形可覓，無不賴語言文字之功。窮文字技巧之極而入於藝術之境，可通神明之德而類萬物之情，透過語意之表而得意忘象，即可不落言詮而超於天地形骸之外。故曰「文以載道」，「語可通神」。

今日世界，交通發達，溝通各國文字語言不同之民族感情，使其文化交流，不再隔膜，必須先求語文之瞭解，實爲當務之急。然習語文者每皆視其爲溝通國際人士交往之工具，偏於技巧而忽於文化精華之交互傳播，良有憾也。

本會試辦語文班之目的，實欲藉此語文之階梯，進而祈求東西文化之交流，俾使世界文化各大系，交互融會而成爲新時代之新型文化思想，爲全人類社會謀得眞正和平之福祉，誠所望也。

試辦國醫進修班的主旨

近世科學促進了機械工業的發達，爲人類帶來了高度的物質文明，可是維護人類生存安全，與生活幸福的技能與學術，却未能隨科學的進步而並駕齊驅；如救世救人的醫學發展，遠不如科學武器殘害人類的快速與急烈。尤其在中國，自本世紀開始，受歐風美雨的襲擊，本來造福東方人類社會達三千年之久的中國醫學，因國人由心理的自卑而失去其自信，對它產生了懷疑，因此使其內蘊的精華，爲西方醫學所掩奪，至於一蹶不振。

其實東西方醫學，各有長短，只是中國醫學缺乏科學精神，和科學方法的整理，抱殘守缺，師心自用，以致形成家傳祖秘的絕學，而無法宏揚爲公開而普遍的濟世學術，未能促使隨時革新的醫學。

在今天，無論那一種學術知識，都須破除門戶之見，而互集衆長，才能對人類的幸福有嶄新的貢獻，就拿中西醫學來說，由於文化背景的不同，也各互有短長，如：

㈠中醫的理論基礎，以中國哲學爲出發點，強調精神勝過物質，偏於唯心的路線。
西醫的理論基礎，以科學實驗爲出發點，認爲物質勝過精神，偏於唯物的路線。

㈡中醫注重養生，如飲食的攝生，寒、溫、暑、濕的保養。
西醫注重衞生，如注重環境的衞生，預防傳染病的流行。

㈢中醫自二千年前，即有生理的解剖，但以活的人物爲對象，只是沒有如現代具備科學觀念與科學工具的輔助，因此不能精益求精。西醫雖然重視生理的解剖，但以死的人體或一般生物爲對象，而人非一般生物，生機更非死理可比，藉此類推證明，確有不少弊漏，所以西醫解剖的結論，還須再求進步，有重新研究，精益求精的必要。

㈣中醫特重氣脈與氣機的原理，以生命的活動功能爲重心，一切藥物治療，和養生的觀念，都由此而發。例如一砭、二針、三灸、四湯藥的步驟，即由此而來，這種特色，西醫尚有缺欠之處。西醫特重軀體腑臟的組織與保護，所以對血液營養的調整，維他命與荷爾蒙的補充，則有獨到的貢獻。

㈤中藥以取於天然爲主，所用藥物治療，直接營養，便以服食生物爲主。間接營養，是以攝受植物爲主。雖然自有充分的理由，但終嫌過於原始，不合於現代的科學方法。西藥以流注人體以後，與生理的組織調配爲主，因此無論直接和間接的治療，多半注重礦物及生物的化學性藥物，但終嫌視人如物，且有許多副作用，反而有碍人體生命的眞元。

由以上各點大致看來，中西醫學，彼此各有長短，不可偏於本位之見。本會有鑒於此，爲了發揚中國醫學的優點，融會對於東西方醫學的專長，擬先試辦國醫進修班，希望能由此而促進中、西醫學的交流，對於人類生存的幸福有更新的貢獻。

與哈門教授談全球性前提計劃

按：威理斯．哈門先生（WILLIS W. HARMAN）是史丹福國際研究所（SRI INTERNATIONAL）的資深社會科學家，史丹福大學總體工程經濟系統系教授，理性科學研究所（INSTITUTE OF NOETIC SCIENCES）所長。他更潛心於形而上學，心靈中意識與秘部份的專研，近來已有所得，曾以「改變人格的關鍵」（TRANSFORMING AFFIRMATION AS A KEY TO PERSONAL CHANGE）一文，寄南懷瑾教授請益，已譯成中文，刊於「知見」第十四～十五期。並認為世界人類的和平，須有「全球性前提計劃」的正確思想。這便是南教授對哈門教授「全球性前提計劃」的回信全文。

哈門教授 席右：久仰

高賢，素所佩欽。前蒙來信徵詢意見，並賜宏文，尤爲感謝，已轉譯刊載「知見」矣。無奈俗務繁忙，作覆遲遲，尚請見諒。

今因李慈雄返校之便，匆匆作答如次：有關全球性前提的計劃，立意至善。但須從人類文化前因，如何演變爲現有世界現象的後果，尋找出其癥結所在，方知究竟。譬如醫師用藥，必須診得病源所自，演變如何？才能處方治療。

㈠人類文化的大系，大概言之，可以東方與西方文化兩大系統概括之。

西方文化的有今日歐、美文明，其源流系別雖多，在政治、社會方面，要皆以今日美國式的民主、自由，作爲文明的榮耀。在現實生活方面，要皆以精密科技與工商業經濟爲決定性的指標。但皆迷失西方文化，統歐、美三千年來，精神文明的性靈中心。因此而形成今日的世界，物質文明似乎予人類生活帶來更多的方便，但在精神心靈上愈來愈呈空虛。換言之：物質文明的發達，給予人類生活上許多方便，精神文明，愈形相對的墮落。

東方文化雖概括有埃及、阿拉伯等系統。但無可諱言，唯有中國文化爲東方文化的大系，其影響亞洲之巨，歷時三千餘年，地區概括東南亞、東北亞、中東一部份。然而以三千年來以農爲主而立國的文化，極端重視人道、人文、人生的安康，重視自然而輕視唯物唯利的思想，深根固植已久。但在近今百餘年來，一受西方文化的刺激，倉皇失措，無法自守藩籬。於是要改弦更張，即無如歐、美自十七世紀至十九世紀以來產業革命性的基礎。終而形成不東不西、不今不古的敗壞之局。倘欲維護固有文明，豈能拒西方文化中後期合理的人文思想，與物質享受的尖銳聲光。故至進退失據，形成今日禍亂不息的東方，甚之，波及全球的不安。

更有甚者，近代與現代歐、美高明之士，固眞有心救世者，並無一人眞正透徹了解東方文化。徒持皮毛之見，以訛傳訛，以偏概全。因此，西方謀國救世之士，凡所舉措，一施之東方，無不錯誤百出，圖好反壞，施福得禍，終爲人所詬病怨憤，敢怒而未敢言。

而在東方各國，師承西方文化者，大多亦皆膚淺從事，僅圖科技的實用，而不知歐、美今日的局面，自正病其如何缺乏精神文明安養的不安。

由此互相矛盾，由東至西，由西至東，如日月經天，雖無差別，但各地區之山川陵谷不同，所感之明暗陰晴，即各有不同的反應。倘使對全球綜合性氣象的無知，則將何以謀定全球性非汚染，否定武力競爭之前途計劃！

㈡西方文化感人影響的最深切而彰明者，當爲法國大革命的先後時間，由孟德斯鳩、盧梭等先賢之學說，而有現在歐、美民主，自由，社會文明的出現。但在西方精神文化的中心，有同於東方文化的博愛思想者，却由工業革命後各國工商的發展，配合亞當斯密的經濟思想而演變爲今日各家的經濟學說，幾乎無一而不從小我立場而圖富強康樂，何曾有全盤了解全球性各地區民族文化背景的不同，而建立爲全人類總體經濟工程的大計。

於是不平則鳴，在十九世紀之初，雖有恩格斯、馬克斯等資本論與共產主義的出現，欲救其偏。但不幸馬克斯等所見，僅限於當時當地第一次產業革命後的狀況，而不知其身後世界工業再改革的變化，精密科技發達的後果，資本主義雖更蓬勃，而社會福利亦當隨之而自趨平衡。

尤可怪者，馬克斯等經濟思想中偏激之處，一爲列寧、斯達林等相繼利用於蘇聯，建立異化民主的極權政權，在國際間產生新型態的沙皇帝國。因而使古老的東方文化，正圖轉向融會西方文化的中國，一般淺薄無知，缺乏固有文化根本之輩，利用一再變相的馬克斯共產主義，禍害中國，糜爛東方，形成今日的東方局面。目前中國的共產黨徒，雖心知泥淖愈陷愈深，欲反求諸己而圖自拔，但亦徒知固有文化的皮毛，而實不知中國文化爲何物何事，豈能自得挽救其失哉！

至於東歐其他地區之共產主義各國，雖已稍有覺悟，但亦同一病情，始終不求自我文化根苗所受病毒侵害之故，診斷不確，治療豈能見其大效。總之，從經濟政治之觀點而言：

自十七世紀以後，西方文化思想謀求安定社會與解決人類問題，始終認爲唯有從經濟問題着手，方得解決政治問題。而經濟問題，又與工商發展、物質文明的開發，畢竟不可分離。於是如治絲愈紊，仍然未得要領。

東方文化，自古及今的固有思想，始終認爲解決社會與人類問題，必須從賢明的政治措施入手，方得安定社會與求得人類和平。而政治與文化思想，又息息相關而不可分。文化與經濟，又彼此相乘而不可偏。於是主觀各異，莫衷一是而未得融會貫通。

㈢目前世界局勢，大部分的注意在於——A：注重經濟的復甦。B：限制武器與軍事的發展。C：極力宣傳抑制人口膨脹，提倡節制生育；尤其對東方的印度、中國，正在推波助瀾而加強宣傳。其實，凡此種種的作爲，只是顯見主謀國際和平者束手無策，更無對全球人類平等博愛的遠見，而且仍基於國家或個別民族主義的狹隘私心所出發。即使並無小我私見的預謀，亦只是有限度，短時期有效的消極辦法，並非爲全球人類謀長程福利的良策。

全球性的總體經濟問題，其利與弊，都由科技進展與工商開發問題而來，譬如因地而倒，必然因地而起。當此電腦、核子物理等科技的日新月異，生產工業，已邁進於產業再革命時期。工業產品與財富，已非無產階級與資本家間的人事貧富問題。應當有思想、有理論之指導，使其轉向共同爲全球人類平等謀福利，使人與人間，再無貧富分配不均，階級差等鬥爭問題的存在，只有人能如何利用物理與天然的物質資源，轉化爲高度靈活的精神文明世界。此當爲今日及即將來臨的科技，必然可以到達總體經濟工程所能領導的趨勢。唯須如何建立其經濟哲學的新理論、新觀念，配合科技發展，作爲新時代的指導而已。

人口膨脹問題的顧慮，同此理由，其基本出發點，仍舊在農業經濟的糧食、居住等經濟分配問題而來。正如馬克斯等只見其當時生存時期工業生產情形，而不知後來科技發展與人文思想自然進步的趨向。有限節制生育，事實並非壞事。但認爲人口膨脹，即爲世界禍源之說，未免可笑。況且解決糧食、營養、居住等問題，在即來的科技發展，應可迎刃而解，亦只爲總體經濟工程計劃即須待解的一環，並非絕難以處理的死結。

至於限武與裁軍問題，必須從人性哲學上謀求解決，基本在人類羣體情欲與理性問題。實難片言可畢其詞。人類有兩大欲求，無論過去、現在、未來，勢所難免，除非有超越物外能力的聖哲。此皆基於人性需要飲食，男女兩大原性出發，擴展而成爲羣體的痴肥症：一即支配財富與資本主義，一即富國強兵與霸權思想。但決非馬克斯的資本論與共產主義，以及弗洛以德的性病態心理等現象論所能解決。我讀大作「TRANSFORMING AFFIRMATION AS A KEY TO PERSONAL CHANGE」一文，已知先生自得啓示良多。至於深入形而上與形而下關係的探討，容待他日細論，恕忙不盡所言。現在僅就彼此已知問題，略抒積愫，藉代面談而已。

〔民國七十二年（一九八三）四月八日，台北〕

南氏族姓考存前敍

蠢動含靈，形生有情世界，情之所鍾，雖山川木石，盈溢生機，故遊子思故鄉，循源追祖澤，爲人之常情所繫，此亦人而有人文文化之所立基，其所謂異於禽獸者，豈非此乎？況生當衰世，運逢浩劫，元遺山所謂：「百年世事兼身事，尊酒何人與細論」。於是，乃前有「南氏族姓考」之作，時在中華民國六十七年，西元一九七八年也。書成鑄版，不脛而走。大韓民國南氏大宗會總裁南憲祐先生，首寄「南氏追遠誌」，繼寄「南氏大同譜」以贈，讀其序，方知同爲南字，而族姓血緣有別。三韓南氏，乃唐玄宗時使日大臣金忠，返國途中，遇颱風而飄泊新羅，適當安祿山之亂，明皇幸蜀，韓王景德，以其籍汝南，故賜姓南。此爲其一支。復有寧波金氏，漂海入其康津縣，合姓氏南，此爲其一支。如非憲祐先生南氏大同譜之寄贈，則無從稽考其原也。

旋有河北交河南汝鄂過訪，方知有山東日照南子田，江蘇宿遷南克發等多人，因見「南氏族姓考」而知全國各地羈旅台灣之宗族多人。經諸同宗之不辭勞瘁，不避艱辛，不計毁譽而得各自修其序穆，促開宗親大會，乃有民國七十年（西元一九八一年）辛酉上元舉行南氏宗親祭祖大典之舉。嗣復頻繁敦促，擬集修統譜，皆因懷瑾之不敏而遲疑未如所期。尋於七十年（西元一九八一年）春，輾轉得小舜及南宅前岸族兄常槎之助，遙寄懷瑾之家乘，及歷代高祖之遺容與先君遺照，並昔所疑處而亟欲知問者，慶喜得償宿願，豈僅如杜工部所謂：「家書抵萬金」之可喻耶！故於前所作族姓考缺樂清南宅始祖名諱者，今補完備。又於端八、端十兩祖之名次有誤者，今補更正。至如遜清末造，呂純陽眞人降乩，囑於殿後岸邊，建石照屏以輝映東海，乩筆畫獅子追球，幷題詩以贈，蓋皆有關身世之懸記，窒疑於胸臆者數十年，今幷得讀其全律及其名聯，默覿仙靈，相視一笑，何怪寒山子厭豐干之饒舌哉！

去冬（七十二年，西元一九八三年）獲知舜銓等之孝思不匱，乃得常槎、麟書等諸君子之助，於杭州臨平覓得先君劫後遺骸，於夏曆癸亥十二月初十日迎歸，安葬故里，稍能彌補骨肉流離之痛於萬一。乃起而應宗人汝鄂等之請，即以家乘爲主，而訂正重印「南氏族姓考存」，以符諸羈旅者之所望，庶可告慰於先靈也。而增華其盛者，有贛南蔡策先生，字翼中，曾爲旅外南氏聯宗爲文。濰縣劉大鏞先生及濟南王鳳嶠先生分別署其封題。幷誌爲永懷。是爲敍。

〔民國七十三年（一九八四），台北〕

附：樂清縣南宅殿後石照屏乩筆題獅子踏球圖

天遣靈獅下，追球過海東。身翻毛有色，目努力無窮。聲吼千山震，口呼一劍風。舉頭驚百獸，善化石屏中。

殿後石照屏乩筆聯語

雲開日鏡毬生色　水受風梭劍有聲

復翁吟草選集前記

丙寅初夏，時當西元一九八六年五月之際，忽得　味師哲嗣朱璋世兄惠寄先師詩卷於美京近畿寓廬，適値由天松閣遷入蘭溪行館，雖轉徙事繁，然猶不忘審細恭讀師之遺作，頓憶五十餘載往事，反觀七十年來歲月，依稀昨夢，若存若亡，而小樓侍讀情景，歷歷如在目前，此所謂石火電光、夢幻空花之非實非虛也。

師之遺詩，集曰復翁吟草，復翁者，師之別號復戡上字之尊稱也。易之復辭曰：無平不陂，無往不復。余方讀竟師集，即思此集油印鈔寫，久恐散佚，當爲鐫版以期不隳，幷存此師弟因緣，以昭垂來茲。

司馬子長曰：君子疾沒世而名不稱焉。讀書而能下筆爲文，作文而能臻於詞章上藝，雖曰雕蟲小技，安知雕之難而作之不易，其中艱辛成就，豈祇大有可觀而已。余嘗語人云

：文人學者之著作，陳列書架而能歷數十百年仍受珍視者，實難多覯，故昔人有言：但得留傳不在多者，正爲享沒世之名而大不易也。

且余幼承庭訓，每識文人學者嘔心瀝血之作爲非易。故數十年來，每得前人孤本，無論其爲學術或技藝之撰，必設法使之流傳，延續作者慧命而不絕，亦爲自得其樂之佳事。昔日有一師友，生前曾以身後遺作諄諄付託，孰知蕭然長逝之後，所有翰墨因緣，咸毁於魔障，終至隻字難覓而莫可如何！由此益知留傳作而能稱名於後世者，亦有幸與不幸。

味師幸有哲嗣能彰先人遺志，不遠萬里海外而寄師作於余，豈能不色然喜而毅然爲之重梓而廣其流傳乎。於是，再寄此集於台北，囑陳生世志負責印行，蓋以美東尚無完備之中文印刷可任其事也。陳生世志，祖籍澎湖，長於高雄，卒業於台灣大學，今承余託而負老古文化出版重責，得余書後，迅即鑄版完成，覆函恭稱爲朱太老師之作而如何編排云云，稱謂處置無不合禮，求之澆漓季世之士，洵爲難能可貴也矣！

至若味師生平事蹟行儀，大要已詳於鄉前輩黃仲荃先生之序，及同門朱鐸民先生之傳略，余嘗欲補述從師受敎詩學之因緣，終爲俗事塵擾，未能遂作，深以爲憾。僅以私記昔年師示所作掃墓一律，悲涼憤慨，感念殊深，雖時逾五十載，猶琅琅背誦，一字未忘，今藉此以補此集之未收者，聊以志師道之不墜。且囑以朱璋世兄寄示近作附焉，幷以報友道之足珍也。是爲之記。

〔民國七十五年（一九八六）仲夏，美京近畿〕

重印復翁詩集贅言

自初唐進士取才，重視於詩，乃使周孔以還，學養著意於詩禮之旨，成為教化之首，一脉相承，上下競習，雖無詩人之才，而亦必學習作詩之風，千秋以後，遺緒不墜，此誠中華文化之特色，故亦有稱我國爲詩人之國者，譽乎，毀乎，誠難言也。

余生當清沒民初之世，科舉雖廢而科學未昌明較著，前朝遺老存者甚多，雖轉而執教於新式學堂，而仍秉科舉時代習氣，涵詠於詩詞歌賦，琴棋書畫之遺風，熾然如故。風行草偃，雖村豎野牧，工農技藝之暇，當自究攻吟詠者，比比皆是。余所居之鄉閭，有剃頭司務及木刻工藝者能詩，皆所目見親炙其實者，今雖時隔一甲子，每憶昔日風規，猶爲傾倒不已。由此可見，仲尼所謂溫柔敦厚，詩之教也，其盛爲如何矣！

惟余自溯平生，讀書不成，習劍亦不成，學詩更無成，及今而謬隨於學者之後，濫竽南郭，固有慚焉。然而能略辨平仄韻味，粗識詩學之藩籬者，允皆良師之德教，迥非吾才吾力之所及也。

然余性喜多門，好學旁騖，數十年間，文武師友，泛泛者數當百計。但於詩學而得啓迪其蒙者，首當推重朱師味淵。而余從味師遊，僅爲一暑假，首尾計時，不及兩閱月。而蒙其親說詩教者，僅爲一日。非一長日，實乃師爲余親寫竹刻筆筒「波平兩岸濶，風正一帆懸。」一聯，片刻而已。何以受其滋培影響而如此親切者，此無他，即古所謂言教不如身教，又有謂一字之師者是也。

時余年十二，方畢業於高等小學，適值海匪洗劫我家，生計頓挫，因之輟學自修。翌年暑假，家嚴告以味師應王宅姨丈之聘，允任表兄世鶴等暑期家教，可往從之，余聞之雀躍，欣列名儒鄉先生之門墻，是爲慶幸也。同學七八人，年皆長余而學尤先進，師則每日講解古文辭有關經史之文一篇，溽暑長夏，小樓一角，輕衫靸履，修髯清癯，把卷吟哦，聲達戶外。余方初喜讀詩，如世俗習誦之唐詩三百首，早已耳熟能詳，固不知其所謂名詩之好者，妙在何處！惟喜其音韻鏘然，足以抒情朗誦，自暢幼懷而已。

一日，偶過師室，翻閱案頭有清人吳梅村詩集，檢其律詩之什而讀之，愛不忍釋，師見之，乘興爲余朗吟梅村琴河感舊四律，然後掩卷泊然，相與一笑而退。余即取淸詩一卷，由梅村而徧讀集中諸家之作，情懷磊落，較讀唐詩而有勝得。因而心異人言詩須先習盛唐，宗法李杜，方爲正規，如清初諸家，不可學也。爲此而疑情頓起，橫梗胸中二、三十年。於是雖勞役四方，從事多途，行李所攜，不離詩卷，迨其遍讀歷代諸名家之作，入乎其內而又出乎其外，會之於心，始得釋然。所謂後後者未必不勝於前前也。

厥後每告諸新進後學，欲自探研國故，有一速成而實用之路，即先讀近代之作，然後反溯其源而及於上古，誠爲徑之捷者。例如讀史，先研清史再溯明元宋唐而上之，方知後果興衰之跡，即前因成敗之遺，從之鑑古證今，乃識來者之爲如何也。

清初盛世百餘年間，士懷前明勝國之思，華夏夷狄民族異同之辨，幽憤悱怨，而又不得形於言詞。但處康乾承平之際，文治武功，郁郁乎似尤勝於漢唐往事，故情懷蕩漾，心波起伏，所謂矛盾顚倒，實爲前史所未有者。故發而爲詩詞文學，寄意遙深，託情典故，殊非唐初盛晚諸世曠達疏通所可及者，宜乎情之切近於衰亂哀思而尤擅其勝場也。

味師生當清室末造，歷經民初鼎革而漸形變亂之局，高尚其志而家無餘資，隱逸遠蹈而世途戈矛，憂時傷世，感慨良深。故其所作，律宗杜法而出入於義山元白之間，且於吳梅村、錢謙益之流韻，不無深切影響。

暑假期滿，家館方散之後，客有過余家者，即示師之近作掃墓一律，如：地下或留乾淨土，人間到處可憐生。以及：老病日深難拜起，千愁訴盡覺身輕。又如：人孰惡生祈死樂，天胡醉夢縱瀾狂等句。悲天憫人之思，溢於言表，讀之悽然憬懼。蓋余常聞人言詩讖之說，今讀師作，疑似讖語，故爲不安。旋又見師轆轤體五律，有：露白心肝寒日甚，滿城風雨近重陽之句，例之黃仲則：寒甚更無修竹倚，愁多思買白楊栽。全家盡在風聲裡，九月衣裳未翦裁。悽惋尤有過之。詎知次年春間，師果登遐委蛻而逝。言爲心聲，詩從情發，文字之爲讖也，雖爲偶中而不可盡信，而亦非不可信而有其因者。此亦師之身言之教而影響余一生之鉅者。

至若味師名作如崖山弔古一律，起句如：趙家三百年天下，捲入洪濤巨浪中。倘混之杜集，應無遜色，此皆昔諸名賢，多所推許者，又如諷人反遊仙詩有云：若使劉晨得賢婦，何緣成就入山身。則雋永有味，典雅溫柔，較之袁子才輩之麗句，似又敦厚有加。惟其生不逢時，限於名與位之不高，正如杜牧所謂：由來才命兩相妨已耳。千古才人，湮沒草萊而聲名不彰者，何可數計，亦幸與不幸而已，豈勝道哉！

上述余與味師師弟因緣，爲時短暫，雖如曇花夢影，而花落韻遺，夢過影留，故余每言詩教，常憶師之音容風儀，猶如目前。今隔數十寒暑，余則風霜凋其短髮，劫火燎其餘生，行脚四方，不文不武，勞塵一世，非俗非僧，余若能詩善畫，綜此一生行跡，可爲詩情畫意者，何止千題。惜乎好學無成，終慚筆墨。

迨一九八五間，余方飄泊美京，筱戡世兄寄贈味師詩選謄稿，忻喜無已，即轉寄台北付印以行。實則，余生平不盡喜詩選之集。蓋選者皆憑一己喜愛而集爲一册。見仁見智，何好何惡，固難定論。歐陽修所謂：文章千古無憑據，但願朱衣暗點頭者，即此意也。然而前人遺作，雖爲殘篇剩稿，亦足以傳，聊勝於無矣。但事後方知，筱戡兄檢贈師之全集舊印者僅存一册，因郵誤遲到，故與之約必爲印茲全集，方了余願。旋而俗務紛繁，余又自北美往返歐亞之間，塵勞於役，一再延期，積爲心垢。今將台北已鑄之版，移轉香港印出，因諾筱戡兄爲作前記，不敢辭以不文，謹述其先後因緣如是，謹以報命耳。此爲之記，且爲詩誌其緣曰

家館角樓原小友，七旬以外獨言詩。
商量舊學悲前哲，鼓盪新潮看後知。
四海遊龍空期許，三生夢影轉成癡。
支離事業皈文佛，月在中天一笑遲。

〔己巳仲秋西元一九八九年八月記於香江旅次〕

日本感事篇序

己酉季秋中日文化訪問團抵京都之日，即識彼邦學者木下彪先生於旅次。偕遊八日，靄然可親，讀其詩益見其忠君愛國之思湧於風月江山之表，屈賦賈文，情當如是。自註感事，見或各殊；然雲月等同，邦家異域，盖亦思不出於其位者也。

時在東方文化座談會席中，曾允携歸再版，即顯彼邦耆宿，長於漢詩之才，且欲藉兹篇之紀事，使後之來者，覽資殷鑑而齋戒自省已耳！

〔民國五十九年（一九七〇）季秋，台北〕

致答日本朋友的一封公開信

十一月十一日下午，中日文化訪問團在東京參加東方文化座談會，關於我要講的「東西文化在時代中的趨向」一事，因爲時間有限，爲了珍惜中日兩國難得的盛會與寶貴的時機，我自動停止講話，希望兩國與會人士，有較多的時間，可以互相商討重要的議案。當我宣佈這個意見以後，大和學園的負責人土屋米吉先生，便提出我講演稿末後一段引用司馬遷所說：「載之空言，不如見之於行事之深切著明也」一句話，要我提出較爲具體的意見。而且土屋先生很客氣的說：「要講東方文化，中日兩國原爲兄弟之邦，中國是老大哥，所以希望貴國以兄長的立場，開誠佈公有所指教。」同時他又問我此行對於日本的觀感。

土屋先生彬彬有禮的質詢，經過我方翻譯人員的轉述，以及當時觀察土屋先生謙和而誠懇的態度，使我不得不作答覆。但我有主要的兩點聲明：㈠因爲時間不夠，有許多可以貢獻給大家的意見，無法詳細說明。㈡這是我第一次到日本，先後匆匆七天，都在旅途播遷之中，由京都經伊勢而到達那智山，再經過在日本文學上負有盛名的朝熊岳山而到達東京，車塵輪跡，贏得一身疲累，雖有不少的觀感，但自認並不成熟，故暫時保留意見。然而散會以後，日方著名漢學家兼漢學詩人木下彪先生，以及我國訪問團同行的幾位朋友，都一致告訴我說：當時我說的話，翻譯人員辭未達意，不能充分通譯，而且遺漏了許多要緊的關鍵，非常遺憾。後來又有日方的幾位與會人士通過翻譯，要我見之於文字而寫出來，作爲此次歷史性與會的紀念。十二日中午返國以後，事務羼集，實在懶得執筆。但與木下彪先生有詩文之約，而且土屋米吉先生所提的詢問，確甚重要，故匆匆寫就本文，公開寄與土屋米吉及木下彪兩位先生，並獻給日本此次參加東方文化座談會的諸位先生，作爲此行備受殷勤招待的答禮。秀才人情，書生拙見，未必可登大雅之堂，但如野人獻曝，各抒一得之見，山人野叟之言，聊備一格而已。但是這祇是代表我私人的觀點，並不代表中日文化訪問團，或任何文化團體與我國人的意見，其中或有不妥當的觀點，可以付之一笑，希望不要因此而引起爭論，如果有此情形發生，須得事先聲明，恕我愚拙而又冗忙，不擬再作答覆。

現在我要再加申覆我當日所說的話而稍加補充：

主席和各位先生：本來爲了珍惜會議的時間，我要求不必說話，現在爲了土屋先生指定要我答覆問題，又祇好開口講話。但是這個問題牽涉很廣，如果要將我所知的資料，貢獻給貴國及本會議席，在短促的時間中，又勢所不能盡畢其說，祇好留待將來，有機會時再作補充。現在我要提起諸位注意的：據我所見，貴我兩國今天與會中的許多人，可能都犯了一個容易錯誤的偏見，因爲大家對於貴我兩國，以及東方各國之間今天的文化思想，與造成社會風氣的敗壞，國家前途的殷憂，工商業社會導致人心陷溺於現實的趨勢，乃至青年心理的徬徨與頹廢，教育的失敗等等，一律都歸罪到西方文化的錯誤。大家不要忘記，我們今天開會會場的種種設置，便是現代化西方物質文明發展中的產品，甚之：與會人士的衣、食、住與交通工具等等，大多數仍是西方文化自然科學發達以後，物質文明發展中的結晶。西方文化中的自然科學與物質文明的發達，它給予人類在生活上的利便，生存中的幸福，並無過錯，而且祇有好處。但是東方各國，在傳統保守文化的情感中，認爲人生倫理、社會秩序、道德觀念、生活方式等一切突變中的亂象，都是受到西方文化影響的關係，所以厭惡甚而鄙棄西方文化；其實，這是東方人，或者說：貴我兩國自己被西方文化物質文明的形態衝昏了頭，自己放棄、忘却了東方固有文化的傳統精神；換言之：也就是自己揚棄中國的傳統文化，所以才有今天的窘態。以中國話來講，我是一個土包子，而且是一個非常頑固的愛好中國文化的分子。因爲我從來沒有出洋去留過學，所以沒有對西方文化偏愛的情感與嫌疑。而且我以山野之身可以公平的說一句，西方文化，自然科學發展成果中的物質文明，並沒有帶給東方人以太多的禍害。至於我們接受西方文明以後所發生的流弊與偏差，那祇怪我們自己拋棄了東方固有文化的寶藏，而自毀其精神堡壘所得的應有懲罰。

其次，所謂西方文化，並不能以今天的美國文化而概括一切西方文化，由希臘時期而到今天的歐、美，它本身也自有三千年的歷史。它的人文科學，在精神文化上的成就，由宗教而哲學，由哲學而科學的互相遞嬗，也是有他的精神所在。不幸的是，今天歐、美的國家與社會，也正因爲自然科學促進物質文明的長足進步，而使人文文化的精神堡壘瀕臨崩潰，而無所適從。他與我們東方所遭遇的困惑和煩惱，祇有病情輕重的不同，而其同病相憐的情況，並無二致。因此，我們要放開胸襟，放大眼光來看，目前我們所面臨的局勢，是東西方人文文化將要同臨崩潰，新的世界人類文化尚茫然無據，危機隱伏的時代。我們不僅是須要爲復興貴我兩國的東方固有文化而努力，我們更應該爲人類文化開創新的局面，肩負起拯救世界人類危機的責任；要發揚東方人文文化與固有的人生哲學，來補救因自然科學促進物質文明的發展，所造成的工商業社會之弊病。而且我還要鄭重的希望貴我兩國與會的高明人士，必須認清一個重要的關鍵，對於過去歷史文化上的光榮，不能留戀，過去的歷史，是無法挽回的，留戀往事，祇是文學的情緒。至於時代的演進，是無法倒流的，悲傷時事，那是無補時艱的詩人情感。歷史的排版，各有千秋的一頁，時代的演進，是當前的大勢所趨，我們要放開胸襟與眼光，如何振興東方文化，來補救西方文化在世界時勢中的不足，這才是我們的責任，也是對貴我兩國前途有利的大目標。中國文化，素來秉承儒家的「民吾胞也，物吾與也」的精神，與佛家「衆生平等」，「心、物、衆生，三無差別」的明訓，所以對於東方人或西方人，都認爲「人同此心，心同此理」。我個人以山野之身，積十多年從事教育，以及教導西方各國友人學習中國文化的經驗來說，深切體會到「誠以待人，無物不格」的古訓。許多朋友認爲我有許多外國學生，應該會有很多的收入，事實上，我爲宏揚中國文化，爲溝通東西文化而努力的工作，是作的蝕本生意。當西方學者要向我學習的時候，每每問到我要多少鐘點費的問題，這時我便告訴他們，我祇要求依禮來學，並不講求代價；西方人從商業的觀念，重視學問的代價與價值，所以把學問與知識，也變成商品，東方人素來認爲道是天下之公道，祇要執禮而來，中國文化便以學問知識作爲應該交出的布施，並無代價，更不要求還報。因此，從我學習或交遊的西方人，大多數都與我變成家人父兄的感情，漸漸進入東方文化的人生境界。他們有別我而去的，仍然保持充沛的感情，一如東方人的「禮尙往來」。例如一個美國學生，爲了看到我吸烟太多而流淚，因爲他怕吸烟而妨礙到我的健康。一個德國學生，臨去時向我跪拜辭行，起來時淚眼婆娑，捨不得離去。最近一位美國的女學生對我說：「當我付出代價去學習時，與在老師家裏學習的心情完全不同，因爲用代價換來的知識，那祇有商業行爲的感覺，並無感謝的心情。」又當美國前任總統甘迺廸遇刺的時候，以及美國對亞洲政策種種矛盾措施的過程中，我與另一位美籍有識之士，也是美國退休的將軍，談論到東西方文化與東西方觀念的差別，我問過他對現在局勢的感想，他告訴我說：「我覺得美國的歷史，倒退了一個世紀。」他也爲美國的前途，以及東西方文化思想的矛盾，與人類文化前途而擔憂，才發出這種內涵無限感喟的嘆息。我現在提出這些極其微末的資料，祇是爲了提供我們今天要復興東方文化的精神之工作，應當如何作法的一個參考。我們需要放開胸襟，放大眼光，瞭解今天的局面，不祇是爲復興東方文化而工作，實在要爲拯救世界人類在文化思想上的危機而努力。至於有許多重要而比較複雜的資料與意見，實在限於時間，一時講不清楚，希望大家原諒。

以上是我當時在東京參加東方文化座談會臨時答覆土屋米吉先生的一番話。現在追憶補述出來，祇是爲了日本朋友的要求，並彌補當時翻譯人員未能把握重點的遺憾。

回國以後，國內一些朋友與美國留華的少數友人，關心此行與會的情形，及留心東方問題與日本問題的人，也如土屋米吉先生一樣，要我說出此行對於日本的觀點與感想。使我覺得有一言難盡，礙難答覆之處。

爲了提供給會後中日兩國將來籌備東方文化復興策進協會的參考，姑且綜合我的一些觀點，公開答覆。但是，這仍然祇屬於我的一隅之見，未必甚然。老子說的：「正言若反」或者具有「他山之石，可以攻錯」的作用，那都不是我的預料所及了。

關於日本經濟發展中工商業社會的觀點：我們一行二十多人，抵達京都那一天的下午，便遊覽了舊的內廷與二條城（德川幕府時代的大本營）的外景。一路行來，朋友們的讚揚或批評，加深了我對歷史哲學的感喟與惆悵。

第二天乘長途遊覽車直達那智山，雖然受到長日車途勞頓之苦，但很高興能夠走馬觀花的看到由明治維新而第二次大戰結束之後日本的農村，新近進入工商業發達和都市繁榮的日本現代化經濟的外貌。既使人低徊聯想固有東方農業社會的詩情畫意，追憶安靜寧謐的舊歷史時代；同時又使人想到兩三年前日本農村婦女的大遊行，要求壯丁回到農村去的情景。從表面看來，第二次大戰以後，日本的鄉村建設，與農業社會，極其快速的進入東方式現代化的階段，非常值得欽佩與欣賞。但頭腦過於哲學化的我，很快的就會感觸到十九世紀以來西方各種經濟思想與工商業社會的發達，帶給東方經濟思想的影響而憂慮。經過四天的旅行，由豐橋乘高速夜車到了世界聞名的名都東京以後，看見最新型而合於國際水準的種種建築與都市建設，有人問我作何感想？我祗反問一句：這些都是第二次大戰以後二十多年來的成果吧？他說是的。我說：那麼，我要休息，不想再看了。當然，不但問話的人，不會太滿意我的答覆。同車的日本朋友們，恐怕也不會瞭解我這句話的機鋒。

總而言之，戰後的日本，在筋疲力竭之餘，舉國上下，經過二十多年的刻苦砥礪，一致努力於工商業的發展，能有今天的成果，的確值得興奮與自豪，但是這種自豪與興奮，並非日本之福，也不是東方文化應有的精神，一個國家與社會，如果忘記歷史過去的敎訓，缺乏未來遠大的眼光，困惑於現實而自豪，那是非常可慮的趨勢。現在就我所感覺到的粗淺觀念，提供日本過去與未來經濟發展的參考：

㈠我所謂過去的日本，僅是指戰後二十多年前的時期。在第二次世界大戰結束以後，日本始終很幸運的在復興。因為他碰到我們 蔣總統，當時秉中國歷史文化「興滅國，繼絕世」的精神，毅然決定「以德報怨」的政策；主張保存日本人傳統歷史文化的精神堡壘，而不廢除天皇存在的制度，不要求賠償，更沒有分裂其土地與內政上的治權，因此戰後的日本，才在非常幸運中重整國家，發展工商業，而有今天在經濟上的成就。我在那智山與東方文化座談會上，曾經親自兩次聽到日本人大久保傳藏先生對於此事的重複講話，慷慨激昂的表示衷誠的感謝，並要求大家不要忘記歷史的這一頁。然而言者諄諄，聽者藐藐，而且據我觀察，除了中年以上少數高級知識分子，感覺到心情的沉重以外，一般社會與工商界的資本家們，尤其是後起之秀的日本人，早已對歷史淡忘而漠不關心，甚之，還很可能對於大久保先生的論調，會嗤之以鼻。我說這些話，既不是要日本人感恩圖報，也不是別有用心，因為中國文化，素來有「施恩不望報，受惠不能忘」的明訓。我祇是說明現代經濟成長中日本幸運的前因，由此而說明以下第二點日本未來經濟思想的可慮之處。同時也就是解釋前因我之所以答不想看東京都市繁榮新建設的道理。因為在現代的經濟思想與物質文明的時代中，一個國家如果沒有戰爭，沒有內憂外患，舉國上下，能夠同心協力，從事經濟的發展與建設，那是任何國家都作得到的事情，既不足為奇，更不必嘆為觀止。

㈡未來的日本經濟趨勢，據我的觀察，那是一個非常嚴重的問題。我們必須知道，世界上有兩種工具，對人類的生存具有正反兩面的作用：一是武力與武器，一是金錢與財富濟。防護國家的安全，必須有精良的戰備；穩固國家的基礎，必須有充沛的財政與健全的經濟。然而戰備強的國家，如果沒有高度文化的政治哲學，往往會使得一個國家民族，生起唯我獨尊的侵略野心。同樣的，一個經濟發展到實力充沛的國家，如果沒有遠大的經濟哲學的思想，往往會躊躇滿志，挾富而驕，而欺凌弱小。而且人類有天性的弱點，當他在強有力的時候，必定想要耀武揚威，控馭一切。如果在富有的階段，必定會恃富而驕，憑陵孤寡。何況東方民族中的日本，素來具有奮發雄飛，不甘寂寞的個性。他在今天的世界局勢中，工商業的發達，已漸漸可以媲美國際水準，躍登世界第二位的寶座，經濟的成長，也是力可左右落後地區，而揚威於先進地區。那麼，日本現在的資本家與政治界的高級知識份子，如果缺乏在現代經濟學上遠大的思想，一有偏差的觀念，恐將為他自己的國家與東方各國，帶來新的危機。但我並沒有充分瞭解現代的日本資本家以及他們的經濟思想，祇是憑泛泛觀察所有的一得之見，先有杞人憂天的顧慮而已。雖然我對於近代與現代，西方或東方的經濟思想，沒有很深切的研究，但從哲學的觀點來看，任何一種來自西方文化的經濟思想，無論資本主義或社會主義，嚴格的說來，都祇適用於某一個國家或某一類型的社會。並沒有一種為謀求增進全世界人類的福祉，能夠平等而統一的適應各地區的經濟思想。假定是有，也會因某一種政治思想與政治方略而變質，更何況並未得見。就以今天雄長世界的美國而論，又何嘗例外。因此，我希望今後的日本，要放開胸襟，放大眼光，要在東方文化思想，濟弱扶貧，與大同思想的觀念中，產生一種新的經濟思想，用來指導工商業的發展，爲全世界人類謀福祉，開創未來新的局面，這是一番千秋大業，今後的日本正好趕上時代，大有可爲。否則，外不足以抗左傾共產主義的侵襲，內不足以平服狹隘的國家主義的情感。結果都會走上想以現有經濟上的成就，而變相的雄長亞洲，那就於人於己，都是大有可慮的新生之憂了。

關於文化思想的觀點：我們此行的任務，主要是參與日本所舉辦的東方文化座談會，以及參加日本全國師友大會二十週年的盛典。除了這兩次的重要會議，冠蓋雲集，勝友如雲以外，並無個人的接觸，也沒有與後起之秀的日本學人們交往。在全國師友大會席上，我們看到了日本劍道與吟詩（讀漢詩）等東方固有文化的節目以外，同時也看到名聞國際的作曲家須摩洋朔，親自指揮演奏的節目。聽了安岡正篤先生與有關人士們爲日本文化及東方文化前途而擔憂的講演，同時也聽到木下彪先生對日本文化與國家社會風氣的隱憂與沉痛的說辭。我們看到京都宮殿上所繪中國十八名臣的壁畫，也看過東京皇宮的氣象。然而過去所知行到皇宮前面必須頂禮膜拜，或脫帽鞠躬的現象，已經成爲無可追尋的往跡。我祇看到日本青年男女的嬉皮，攜手蹀躞在宮牆外的蒼松綠草間，一派羅曼蒂克的畫面，與一大羣嬉皮在車站橫七豎八的情景。我看到穿着和服男女們的彬彬有禮，也看到夜總會前面紅男綠女們東西合璧的新面目與新潮派的作風。當然！我也看到在公共汽車上，女人抱着孩子，拿着東西，站在車廂裏被擠，青年男女們公然堂皇就坐，而不讓位的東方式大丈夫的作風。同時也看到關閉了的大學門前的佈告與封條。凡此種種，與我在國內所見所聞，大同小異，祇是觸目驚心，更加感覺到這是東西方文化，在現代工商業發展，物質文明膨脹浪潮中的大流弊。歐、美的國家，已經開始自食惡果而圖謀對策。他的傳染影響，不幸地，竟會這樣快速的到達日本社會，縱然有老年人的坐以論道，企圖力挽頹風的感喟，恐怕將隨暮年而消逝，而無補於新文化思想的一片漠然與空白。陽明之學，創造了明治維新一代的日本，但陽明之學也帶給日本在事功上的苦果，這是學術思想上一個非常深奧的大問題，姑且置而不論。關於青年的嬉皮與學生鬧事問題，帶給教育界與學術界的苦惱，其中實有兩種本質不同的問題存在，日本眞具有領導權威者，應該加以注意。由美國存在主義演變中造成的嬉皮，在素質來講，大多是中人之產以上的子弟，而且都是受過較高等教育的青年，因爲不滿世界的情勢，而反對前輩在學術思想與政治思想上領導的偏差所引起。這是他們在教育上，習慣於注重批判，尋求自我一代的新生觀念，結果又茫然無據而不知其所歸向的必然現象。但是東方式與日本的嬉皮，却是西子捧心，東施效顰在胡鬧而已。這是過分曲解自由與民主，對優良傳統的風氣，矯枉過正的病態。至於學生鬧事，當然與左傾思想有關，又是另一原因。總之，我拉雜列陳匆匆七八天內，在日本所見所聞的這些事實與現象，相信每一問題，都具有專題論述的價値，當然無法一一詳說。一言以蔽之：日本在文化思想上的危機，的確是一件更爲値得擔憂的問題。他們更舉辦東方文化的座談，以及中日兩國，此次在會議中，雙方共同要舉辦東方文化復興運動的提案，實在是一件任重而道遠的工作，我希望大家能夠做好，但又怕不容易眞做得好。現在爲了答覆土屋米吉先生的詢問，我祇提供有關日本文化思想方面的兩個觀念：

㈠所謂復興東方文化的內涵：如果放開胸襟，開誠布公來講，實際上便是復興中國文化。當時所以造成明治維新的壯盛局面，無非是眞能做到漢學爲經，西學爲緯所得的成果。除了漢學—中國文化以外，如果東方文化還有別種精華，那就非我所知了。過去一個世紀，日本在東方文化的地位，據我所知，他一直爲中國接受西方文化的先河，一向成爲東西文化的轉運站，猶如今天日本在工商業上的成就一樣，創造的不太多，吸收融會而改良的倒不少。東方人自有東方文化的歷史背景與價值，正如西方人自有西方歷史背景與價值相似，如要兩者融會交流而創建新文化時代，爲時尙早，起碼還須要有半個世紀到一世紀的努力。所以我們爲了挽救東方在現實存在世界上的危機，必須要共同整理，重新振興東方文化，爲了日本所謂的漢學的精神作新注，我的大體觀點，已經見之於十一月十一日的演講辭與前面一段話中，不必再說。

㈡値得注意日本文化學術界的優良作風：由於我此行兩次參加日本有關文化學術界的會議，看到日本經濟界的資本家們，能夠與文化學術界密切合作，相互提攜，這是値得欽佩的優良風氣，也是日本學習到西方文化較好的一面。一個眞正現代化講自由經濟與民主政治的國家，從事工商業的資本家們，他和文化學術與政治，往往是不可或分的。除非敎育水準不夠的社會，學問知識的低落，不能洗滌個人滿身金錢的俗氣，以及長年沉醉在書卷中充滿酸氣的人們，不能瞭解時與勢變的經世之道，於是便彼此扞格不入，分道揚鑣，各行其是，小至對於個人，大至對於社會國家，都無眞正的利益而反受其害。因此，此行參觀後，對日本工商界的資本家與文化學術界合作的精神，是深爲讚佩。至於今後努力的方向應當如何？那就要看東方文化復興後的作爲了。說句老實話，依我的淺見，日本在經濟上的成就，儘管已使工商業躍登世界第二位的寶座，但是在學術思想上，還是非常貧乏的。工商業發達的社會，往往會造成文化思想上的空虛。因此歐洲人往往有個共同看法，那就是「日本祇是專講商業利益的國家」，對於這點，我希望日本當今躊躇志滿之際能略加注意。（因爲此時希望日本察納雅言，未免太難了）

最後我要反覆的聲明，以上所述來去匆匆七八天中對於日本的觀感，說句老實話：有許多地方，我們是有同病相憐的沉痛，這也正是今日世界東西方文化在激流交滙中所有矛盾的病態，尤其在東方各國爲更甚。所以重整東方文化，融會東西古今中外的工作，眞是刻不容緩的事。「國家興亡，匹夫有責。」我想，中日兩國的學人，今後面臨的重任，當然有不勝重壓之感。

（民國五十八年（一九六九）十一月三十日，台北，中央日報副刊）

跋蕭著世界偉人成功秘訣之分析

自我英雄意識，與崇拜英雄觀念，無論古今中外，在人類心理中都是普遍存在之共通現象。由此以觀，推而廣之，即如動物界中，凌弱畏強，亦等同存有人類崇拜英雄意識，此乃自然現象，原無足怪。唯人類秉有性靈知識，異於動物禽獸之本能，因而產生後天教育與人格道德等理性觀念；復進而修整美化人生之規格，範圍類別，因人而定智賢愚不肖之謂，而且美其特出之士，曰聖賢、曰豪傑，以示尊崇德業事功成就之不同。誠可謂飾智文行，極盡智巧思辨之能事。究其實，無非為人類普遍潛在之心理意識作祟，仍乃自我英雄意識，與崇拜英雄觀念之演變。「仁者見之謂之仁，智者見之謂之智。」乃各自適其理解之異同，各是其是而非其所非而已。

人們對英雄意識崇拜之心理，既如上述，以此研讀歷史，擧古今中外歷史人事之累積，勉強而說某時、某地、某人，爲自由民主之思想，此並非落伍之崇拜英雄主義；要皆爲文人學士，所謂智識分子等輩之舞文弄墨，強調薄視英雄思想爲標榜，畢竟難以視爲篤論。然則，所謂自由民主等美號，亦僅爲人類生存界中，某時某地一種人羣生活之方式，並非絕對之眞理。蓋眞理之所以爲眞，盡舉古今中外所有宗教哲學之思想言論，至今猶無定論。至眞非理，至理無眞。遇英雄之運用，即成其爲英雄方式，遇聖賢之作爲，即成其爲聖賢之事業。所以時代無論新舊，範圍無論大小，求其建功立業而卓然有所立於天地之間者，同爲英雄心理，固爲千古一轍也。

自十九世紀末至二十世紀之間，西風東漸，所謂新潮流之思想理論，蔚然成風，於是指英雄之稱謂而諱其爲舊意識，而代以偉人之稱謂，作爲新名辭。舊瓶新酒，湯換藥存，擧世滔滔，多半在狙公之幻示下而高談其暮四朝三之稱謂，羣詡謂偉人事業而非英雄思想，用相吹噓。此一觀念，即隨自由民主之思潮而並進，於是幾變傳統儒家思想之人人可爲聖賢一辭，將其易爲人人可爲偉人之意識。進而求其人之所以成其爲偉者，不從德業事功之自立，唯事權巧方法之造作。故國人迻譯西洋馭人秘訣等書，應運而出。以待人接物，而曰馭，曰牧；以處世治事，而曰管理，曰控制。不從溫良恭儉讓以得之，不從寬厚性情而處之，終至於人自疑猜，禍變不測者，此豈非事有必至，理有固然。

余友蕭天石先生，英姿挺拔，才氣縱橫，早於二十餘歲，即有鑒於此，乃著世界偉人成功秘訣之分析一書，以爲諷世而寓雅誨。自此書問世以後，擧國上下，競讀而研習之者，遍於朝野，而著者亦因是書之作，名滿宇內。旋因國變東來，隱居海隅，復秉其二三十年之經驗閱歷，再加修整再版二十次之原書，完成此一巨作，即可想見其內容之豐富與體驗之確切矣！所論進德修業之言，雖主儒家思想，亦多有出入於佛老之間，確爲別有會心之處，其言人生修養與乎世道士風之高見，亦確爲當代言青年修養諸書之冠。至於博論宏辭，尤多發見，不待再爲宣論其價值。唯於感跋之餘，謹補偉人成功秘訣之向上一語曰：苟欲爲世界上眞正之偉人，唯一秘訣，祇是平實而已。此可謂成功之向上語，末後句，極高明而道中庸，非常者，即爲平常之極至耳。以此質之高明，信必首肯。是爲跋。

〔民國四十三年（一九五四）台北〕

景印地理天機會元序

堪輿之學，遠紹於春秋，高推至上古，其原蓋出於陰陽家言，後與雜家相混，故爲縉紳先生所詬病。漢初司馬遷著史記，列日者傳，有堪輿家之稱，淮南子天文訓謂：堪輿徐行，雄以音知雌。許愼注曰：堪天道，輿地道。而孟康則釋堪輿爲神名，與許說異焉。朱駿聲又謂：堪爲高處，輿爲下處，天高地下之意也。漢書藝文志，列有堪輿金匱十四卷，今稱相地者曰堪輿，而漢以前書已佚，今未之見也。

世傳晋人郭璞著葬經，凡言堪輿學者，靡不祖述，其書之眞僞莫辨，但大有異於後世之著述。蓋葬經以山川形勢，論斷於陰陽，五行勝尅之理，古樸可玩。中唐以後，其學益形駁雜，祖述宗派，各有所長，而形勝之說，尤重於岡巒之體勢，是此非彼，習者難宗。迨乎兩宋，理學大儒輩出，標仁術而重孝道，卜葬之說愈加興盛。范仲淹、朱熹諸賢，靡不輸誠其學，而遂於其述。古之養生送死而無憾者，至此已極其能事矣。如墨子復生，或王充再世，必更有甚其諷譏矣。

元、明以後，邵雍卦氣運會之說大盛，凡涉陰陽術數之學，概如百岳朝宗，趨爲至鵠。於是堪輿之說，亦以邵學爲準，注重天心合運，競爲理氣爲歸，效地法天之旨，證今引古，言之鑿鑿。故明、清以後，無論江右大家，浙、贛學派，皆採巒頭理氣之說，互爭短長，綜其所學，或宗三元以懸空打卦之理氣爲主，或主三合以天心正運之形勝爲依。辨方擇時，則有紫白之術，選吉擇日，則有奇門遁甲之流，動輒有忌，諱莫如深。然四庫編集，獨推三合而鄙棄三元，謂無所據，實則，三元之秘，雋非清儒所知，故蓬心自用，但崇師說而已。綜此以觀，堪輿演變之史跡，約概如斯。

時至今日，科學之說繁興，言地者即有地理、地質、地球物理種種之學，言天者，復有天文、氣象、曆法、星象、太空等等之盛。歷古相傳堪輿地理之說，生死人而肉白骨者，將皆嗤之以鼻，視之爲妖，然佞于其道者，舉世毀之而不加阻，猶篤信如神。無論窮鄉僻壤之愚夫愚婦，或市朝冠蓋之縉紳先生，面避迷信之跡，隱崇陰陽之宅，比比皆是。貴之如此，鄙之如彼，其爲此道之學術者，固爲是耶？非耶？誠爲難決也。

余於傳統國故之學，東方神秘之術，秉好奇求知之性，靡不探索玩習，初猶疑信參半，愼思難辨，及乎年事日長，涉獵既多，憬然而悟。所謂堪輿者，實爲吾國上古質樸之科學研究，託跡於生死孝道之際，窮究其地質之妙，與道家五岳眞形圖之旨，皆爲別具肺腸，揭示地球物理之心得也。其學是否足爲定論，遽難下一斷語，然兩千餘年，囿之於埋葬之說，加之於妖妄之言，誠爲大過矣。若今之學者，能先盡自然科學之基礎，融通人天哲學之理念，掘發古學之長，闡揚今學之妙，則堪輿之爲說，亦大有可觀也矣。惜余識陋智淺，事忙意亂，未能遂其所欲，深入而淺出，變古而之今，誠爲一大憾事。

宋今人君，從事出版，歷有年矣。前過吾寓，覩此地理天機會元一書，請予景印。余謂之曰；此必俟吾師黃皮胡玉書夫子一言爲序，方可闡其內蘊。宋君懇之再三，余爲請之胡師，時師已行年八十有三，倦於講習，乃囑余爲之言，吾聞之先輩言風水者，有曰：一德、二命、三風水、四積陰功、五讀書。由此可知，迷信堪輿陰陽之說，足以轉變人生命運者，可以瞿然醒悟矣。若取史記，日者列傳與龜策列傳，詳細繹讀，則知古今迷信其術，徒爲笑談者夥矣。倘由此而開發新知，據以窮天人物理之妙，則溫故知新，當無憾於斯學也，是爲序。

〔民國五十八年（一九六九）季冬，台北〕

南懷瑾先生著作簡介

1. 論語別裁（原文加注音） 南懷瑾述著
是中華民國開國以來，闡揚中國固有文化精髓，推古陳新，使現代中國人能夠了解傳統文化的橋樑。它，接續了古今文化隔閡的代溝。

2. 孟子旁通㈠ 南懷瑾著
是繼「論語別裁」後，劃時代的鉅著，爲中華文化留下再生的種子，內容包羅諸子百家思想精華，觸類旁通，驗證五千年來歷史人事，司馬遷謂：「通古今之變，成一家之言。」恰足以讚之。（初集梁惠王篇先出版，以後陸續出書。）

3. 佛門楹聯廿一副
金粟軒詩話八講
淨名盦詩詞拾零 合篇
本書揭開古今詩訣奧秘，法語空靈，禪機雷射，所輯及所作詩詞、楹聯，皆爲千古流傳難得一見之詩林奇嚮。

4. 新舊的一代　南懷瑾著

原名：廿世紀青少年的思想與心理問題。解析了近百年來學術思想的演變，近六十年來的教育問題和現代社會青少年思想問題的根源。

5. 定慧初修　袁煥仙　南懷瑾著

本書收集袁煥仙先生及其門人南懷瑾先生，有關止觀修定修慧的講記，對習禪及修淨土者，提示了正知正見和眞正修行的方法，最適合初學者。

6. 靜坐修道與長生不老　南懷瑾著

融合儒、釋、道三家靜坐原理，配合中、西醫學，對於數百年來，各方修道者的修持經驗，予以深入淺出的介紹和解答，揭開幾千年來修持的奧秘。

7. 參禪日記（初集，原名：外婆禪）　金滿慈著　南懷瑾批

本書是一位退居異國的老人，參禪修道來安排他晚年生活的實錄，許多修行的功夫和境界，都是女性修道者，最好的借鏡與指導。

8.參禪日記（續集）　金滿慈著　南懷瑾批

她的日記續集，讓廿世紀的現代人，看到一個活生生的，邁向修道成功的事實例證。

9.習禪錄影　南懷瑾著

「羚羊掛角無踪跡，一任東風滿太虛。」本書是禪宗大師南懷瑾先生，歷年來主持禪七的開示語錄，及十方來學的修行報告，您想一睹禪門風範嗎？假此文字因緣，也算空中授受，可乎？

10.禪話　南懷瑾著

「山迴迴，水潺潺，片片白雲催犢返；風蕭蕭，雨灑灑，飄飄黃葉止兒啼。」禪話對歷代禪門祖師的公案，給予時代的新語！

11.金粟軒紀年詩初集　南懷瑾先生著

本書爲南懷瑾先生自十五歲至七十歲，閒居隨感而作詩詞編集而成。詩是他思想情感寄託蘊藏之所在，也是弟子們藉以了解其師生命的橋樑，本編所集，皆清涼塵囂之無上甘露也。

12.禪與道概論　南懷瑾著

本書說明禪宗宗旨與宗派源流，及其對中國文化之影響。後半部談正統道家及隱士、方士、神仙丹派之思想來源和內容，可稱照明學術界的方外書。

13.楞嚴大義今釋　南懷瑾著

「自從一讀楞嚴後，不看人間糟粕書」——它是宇宙人生眞理探原的奇書，是入門悟空的一部書，也是抱本修行，閉關修行一直到證果跟在身邊的一部書。

14.楞伽大義今釋　南懷瑾著

「楞伽印心」，禪宗五祖以前，用它來驗證學人是否開悟，書中有一百零八個人生思想哲學問題，是唯識學寶典。解析唯心、唯物矛盾的佛典。

15.禪海蠡測　南懷瑾著

本書爲南懷瑾先生傳世經典之作，有關禪宗宗旨、公案、機鋒、證悟宗師授受、神通妙用，及其與丹道、密宗、淨土之關係，鈎玄剔要，爲無上菩提大道，舖了一條上天梯。

16.維摩精舍叢書　袁煥仙著　南懷瑾等編纂

散盡億萬家財，行脚遍天下，求法忘軀，大澈大悟，川北禪宗大德塩亭老人煥仙先生，此篇鉅著，分判諸宗門派獨步千古，凡究心三家內典者，不可不讀，南懷瑾先生即其傳法高第也。

17.歷史的經驗(一)　南懷瑾著

本書爲南教授外學講記，以經史合參方式，長短經、戰國策爲主，講君臣對待，有無相生、利弊相參的道理，是治世的良典，是領導的藝術，也是撥亂反正難得的寶笈。

18.道家、密宗與東方神秘學　南懷瑾著

本書揭開千古修行、成仙、成佛之奧秘，有關道家易經、中醫、與神仙丹道，以及西藏密宗原理和重要密法法本之提示，皆有深入淺出的介紹和批判。

19.觀音菩薩與觀音法門　南懷瑾等著

家家彌陀佛，戶戶觀世音，本書收集南懷瑾先生，歷年對觀音法門之講記，及古今大德、顯密二宗對觀音菩薩的看法及觀音修持法門，是學佛的初基，也是求證佛法最直接切入的方便法門

20.金剛經別講　南懷瑾講述

金剛決疑，金剛印心，「金剛經別講」以現代化、生活化的方式，活活潑潑地，讓現代人不論是初學佛或老參同修，都能隨其深淺，各得勝解。書後附有南老師的「中國文化與佛學八講」，是最基礎的佛學概論，是最佳結緣入門的階梯，也是簡要直捷的佛法大意鳥瞰。

21. 序集　南懷瑾著

本書集中南老師歷年來所寫有關諸書序言，編爲一册，內容精蘊，包含廣泛，於人生學問、修證各方面之見地，高邁今古，迥脫凡塵，揮發儒、釋、道三家思想精華，可藉爲初學入門引導之指南，亦可作爲資深研究者更上之驗證。亦可由此略窺南先生思想精神之大概。

22. 歷史的經驗(二)　南懷瑾講述

張良助劉邦擊敗項羽，統一天下，兵機謀略，大多得自黃石公素書之啓發，素書凡一千三百三十六言，上有秘戒，不許傳于不道、不神、不聖、不賢之人，若傳非其人，必受其殃。得人不傳，亦受其殃。張良之後，此書不知去向，至晉朝，有人盜發張良之墓，於玉枕之處發現此書，自此素書始再傳於世間云云。書後附陰符經及太公三略，皆兵法之宗祖。南先生此篇講記，將三千年來歷史例證，平鋪原經文之後，以便讀者可以經史合參，而對於千古是非成敗之際之因因果果，判然明白，或者以之做爲個人創業，及立身處世之參考。

23. 一個學佛者的基本信念——華嚴經普賢行願品講記　南懷瑾著

本書將華嚴經普賢行願品的內義闡述無遺，尤其將普賢行願的修持法門直述公開，顯密融通，是歷來講解此經所未曾有者。書後幷附普賢菩薩有關經文及諸佛菩薩行願。

24.禪觀正脈研究（上） 南懷瑾講述

據佛經記載，釋迦文佛住世時期，有無數修行弟子修行得道證果，何以二千多年來，佛法普及之後，修道者多如牛毛，證果者反而寥寥無幾？此一公案困惑千古行人，原來當初世尊座下弟子，泰半皆從白骨禪觀入手，以爲修行之根基，故容易獲得果證。自南師以「禪密要法」爲底本，首倡白骨禪觀之修法以來，參修同仁，宿業漸消，疾病多癒，禪觀定力亦日有更進。因之懇請南師首肯，乃將當初講記整理出書，以爲修道行人之參考，由於後半部尚待校正及補充資料，故先出版上册先行流通。

25.中國佛教發展史略述 南懷瑾先生著

本書從印度佛教起源，談至佛法傳入中國時的現況，以迄於民國後的佛教界，對於研究佛教歷史淵源及禪宗叢林制度的學者，本書提供了清晰的史料和線索，書後并附禪宗叢林制度與中國社會全文。

26.中國道教發展史略述 南懷瑾先生著

幾千年來道教的歷史演變，由學術思想、宗教型式及修煉內涵三方面，以及宗教及科學兩個層次，公平的批判解析道教存在的歷史原因，和它偉大的貢獻和價值，並預言未來道教所應發展